서정시의 기호와 담론

김동근

국학자료원

책을 펴내며

이 책은 서정시의 기호들이 단순한 언어기호로서의 의미를 넘어, 어떻게 담론체계로서의 의미를 생성하게 되는가에 대한 관심으로부터 출발하였다. 시적 담론은 언어적−비언어적 기호체계의 구조를 이룬다는 점에서 기호학과, 상이한 사회적 실천 영역에서 문화적으로 중개되는 제도화된 언술형식이란 점에서 담론 이론과 관계를 맺는다. 그러므로 담론 분석은 언어학적 규칙성과 기호학적 규칙성 사이의 차이를 밝히는 데 그 목적이 있게 된다.

문학 텍스트는 기호학적 시각에서 ① 이미 존재하는 언어 안에서 ② 어떤 것을 어떤 사람이 어떤 사람에게, ③ 어느 시간에 어떤 사회적·문학적 맥락 안에서 산출하는 발화utterance라 할 수 있다. 문학적 텍스트가 실제로 발화되는 것이라는 사실에서, 문학의 기호학은 언어의 기호학이 아닌 실제적인 스피치의 기호학으로 분석될 수 있을 것이다. 그러나 문학은 이미 존재하는 언어에 의해 쓰여지므로, 문학의 기호학은 또한 언어학과 밀접한 관련을 갖는다. 즉 음운론, 통사론, 의미론적 분석이 문학기호학에서 고려되는 것이다. 이런 점에서, 언어학적 기호가 낱말과 사물의 결합이 아닌, 개념과 청각 이미지의 결합임을 밝힌 소쉬르의 언어이론은 문학기호학에 커다란 영향을 끼쳤다고 할 수 있다.

그러나 최근 들어 문학기호학은 '심미적 매력 내지 응축성', 또는 '주체의 무의식적 텍스트 욕구'에 대한 질문이 제기되면서 결함을 드러내게 되었다. 즉, 구조주의나 기호학은 텍스트로부터 주체를 배제시켜왔다는 점에서 그 한계를 보여준다. 기호학적 시각에서 보면, 문학의 생산과 수용은 하나의 문화에서 서로 맞물려 있는 기호체계들이 이루어내는 보다 더 포괄적인 생산-재생산 순환의 일부일 뿐이다. 그러므로 앞으로 기호학이 해야 할 일은 문화와 문학의 관계를 담론체계와 상호 담론이라는 측면에서 재구성해보는 일이라 할 수 있다. 결국 문학 텍스트에 대한 기호학적 담론 분석이란, 텍스트의 '문학성'을 기호학적 구조들과 담론적 요인들의 상호작용을 통해 해명해 가는 작업이라 할 수 있다.

한편, 이 책은 근래 들어 우리 시단이나 학계에서 서정성의 문제가 다시 제기되고 있음에도 주목하였다. 이는 지금까지 근대사회를 떠받쳐 왔던 거대담론이 그 효력을 상실하게 되고, 개별화된 미시담론이 가치 판단의 척도가 된 1990년대 이후, 우리의 사회·문화적 현상 전반에서 기인한다고 볼 수 있다. 근대적 속성의 변화와 세기의 전환이 시적 서정의 본질을 다시 생각하게 한다는 점은 어쩌면 당연한 귀결일지도 모른다. 그것은 우리에게 전통양식에 대한 계승과 해체 사이에서 고민하게 만들었고, 또한 새로운 방향성을 모색하도록 강제하고 있다.

시적 서정의 새로운 방향성을 탐색하는 작업은 서정성의 본질과 전통 서정시의 궤적을 다시 살피는 데서부터 출발해야 한다. 이를 위해 필자는, 서정시 역시 분명히 한 시대 한 사회의 의사소통 방식과 주체성에 의해 축조된 담론 양식임을 전제하면서, 서로 상이한 서정시 양식들을 텍스트로 하여 기호학적 담론 분석을 시도해 보았다. 서정시 역시 자아와 세계의 관계망 속에서 산출되며, 언어기호에 의한 주체 표현의 양식이라는 점에서 여타의 서사체와 마찬가지로 나름의 담론 질서를 갖고 있기 때문이다.

시의 기호체계에 대한 이러한 인식을 바탕으로, 이 책의 제1부에서는 우리 서정시의 발전 과정에서 중요한 토대를 이루고 있다고 보여지는 1930년대 시의 특질을 재조명해 보았다. 1930년대의 시단을 순수 서정시

의 흐름이 주도하였음은 주지의 사실이지만, 그러나 서정성 구현의 방식
이라는 점에서는 상호 변별적인 두 가지 흐름이 내재해 있다. 그 하나가
이미지즘 경향의 주지시이고, 다른 하나는 전통 서정시의 맥을 이어온
주정시이다. 이에 따라 두 흐름의 대표적 시인이라 할 수 있는 정지용과
김영랑의 시작품을 텍스트로 하여 이들의 시가 지닌 서정적 상관성과 변
별성, 그리고 체계의 변이 양상을 시적 담론의 차원에서 밝혀 보았다.

다음으로 제2부에서는 '서정성의 변용과 담론'이란 주제 아래, 1930년
대 시론의 담론적 의미를 찾아 본 글과, 미당 서정주의 시와 현대 시조시
의 담론 특성을 분석한 글들을 모아 놓았다. 이는, 시론이란 시 텍스트의
체계를 지탱하는 이데올로기라 할 수 있는 까닭에, 시론의 전개 양상을
통해서 당시 시의 담론적 의미를 더욱 정확하게 살필 수 있으리라는 범
박한 소견 때문이기도 하고, 마침 이 책의 제목에 어울리는 몇 편의 조잡
한 글들이 마련되어 있었기 때문이기도 하다. 우둔함과 게으름 탓에 더
세밀하게 다듬지 못해 오히려 전체적인 맥이 흐트러지지 않았을까 조심
스럽다.

학위를 마친 지도 여러 해, 지난한 학문의 길에서 못내 힘겨워하는 제
자를 안쓰럽게 지켜봐 주시고 이끌어 주신 전남대학교 국어국문학과, 국
어교육과의 여러 은사님께 머리 숙여 감사의 말씀을 올린다. 또, 다른 대
학에 계시면서도 항상 격려의 마음을 전해 주신 모든 선생님들께 보잘
것 없는 이 책으로나마 감사 인사를 대신하고자 한다.

끝으로 어려운 형편에도 불구하고, 부끄러워 머뭇거린 필자에게 선뜻
출판을 권유해 준 국학자료원 정찬용 사장님께 감사드리며, 아울러 이
책의 부족한 점들에 대해 선배 및 동료 연구자들의 각별한 관심과 가르
침 있으시길 바란다.

2001년 1월

김 동 근

차 례

제1부 1930년대 시의 기호와 담론체계

1930년대 시의 담론체계 연구　11

제2부 서정성의 변용과 담론

1930년대 시의 담론체계 연구

－지용시와 영랑시에 대한 기호학적 담론 분석－

제1부

1930년대 시의 기호와 담론체계

제1장 서 론

1. 문제의 제기

한국 현대시문학사의 전개 과정을 논하는 데에 있어서 가장 많은 관심을 불러일으킨 시기가 1930년대이다. 그것은 한국 현대시의 기점 문제를 규명하고자 할 때나, 현대시로서의 한국적 특질을 논의할 때 이시기의 시작품이 그만큼 커다란 비중을 차지하고 있기 때문이다. 그 예로, "한국 현대시의 분수령을 이룬 시기"[1]라는 언급은 바로 첫 번째 문제에 대한 해명이라 할 수 있으며, "우리 시가 지향해야 할 바가 무엇이며, 어디에 뿌리를 내려야 하는가 등에 대해서 보다 더 진지하게 관심을 갖게 된 시기였다"[2]라고 지적한 것은 두 번째 문제에 접근하기 위한 전제라고 할 수 있다.

1930년대의 시가 이처럼 긍정적인 평가를 받을 수 있었던 이유는 시에 대한 뚜렷한 자각 없이 자연발로의 감정에 의존하거나 이데올로기의 보조 수단에 머문 1920년대의 시를 극복하려는 노력의 결과, 전시대에 비해 새로운 시적 감수성과 형상화의 기법을 보여주었다는 점에 있

---

1) 조지훈, 「한국현대시사의 반성」, 『사상계』(1962. 5), p.302.
2) 한계전, 「1930년대 시와 그 인식」, 『한국현대시사연구』(일지사, 1983), p.326.

다. 따라서 1930년대는 예술작품으로서 하나의 시를 체험하려는 자각
이 이루어진 한국 현대시사의 시대 전환기적 의의를 띤 시기3)로 부각
되어 왔다고 볼 수 있다. 그리고 이러한 평가들은 특히 '순수서정시'에
포괄될 수 있는 1930년대 전반기 시운동의 성과, 즉 <시문학파>의 시
어에 대한 자각이나 이미지즘계열 주지시의 시적 방법론 혁신 등에 그
근거를 두고 있다. 그러나 이러한 논의들의 대부분도 주로 '순수시'라
는 개념성을 강조하고 있는 반면에, '서정시'라는 양식상의 문제는 상
대적으로 소홀히 취급하고 있음을 볼 수 있다.

한 시기의 문학사적 의의나 가치는 역사적 조건에 입각한 개념성으
로만 평가되어질 수는 없다. 문학사란 구체적인 개별 작품들을 바탕으
로 한 보편적 총화인 것이고, 따라서 개별 작품들의 양식적 차이에 대
한 검토가 우선되어야 한다. 물론 서정시의 양식상의 문제는 접근하는
관점에 따라 각각 다른 차원에서의 차이화가 이루어질 수 있겠지만, 본
논문에서는 서정성의 개념적 차이가 시인의 시적 언술행위에 어떻게
연관되어지는가 하는 점에 관심을 갖고자 한다. 즉 서정시란 정서의 산
물임과 동시에 구체적인 언어에 의해 발화되어지는 일종의 담론태이기
때문에, 시인의 정서와 시적 발화는 밀접한 상관성을 유지한다는 점을
이 글의 출발점으로 삼으려는 것이다.

텍스트로서의 문학작품은 그것이 어떠한 양식적 특성을 갖든 간에
'담론discourse'의 일종이라는 점에서 공통 분모를 갖는다. 극양식이나
서사양식은 물론이고 서정양식 역시 기본적으로 화자와 청자가 존재하
는 담론의 한 형태임이 분명하다. 그러나 시에서의 화자와 청자는 작품
이 창조되는 시대와 관습, 사회적 이데올로기, 시인의 시적 주체성 등
에 의해 각각 다르게 나타난다는 점을 간과할 수 없다. 이런 이유로 구

---

3) 김명인, 「1930년대 시의 구조연구」(고려대 박사학위논문, 1985), p.3.

조주의 방법에서는 철저히 배제되었던 시인의 문제가 시를 담론으로 이해하고자 할 때는 그 체계화를 주도하는 '주체subject'4)라는 개념으로 받아들여진다. 그러므로 시의 담론에 관한 연구는 화자와 청자 사이의 단순한 통화 모형 차원을 넘어서는 것이다.

순수서정의 시대라 일컬어지는 1930년대 우리 시의 경우에도 서정성의 문제와 그 서정을 시적 담론으로 체계화하는 주체의 문제는 당시의 시를 올바르게 이해하는데 중요한 입각점이 될 수 있다. 왜냐 하면, 억압의 시대라는 역사적 조건으로 인해 순수시 형태로 창작되어진 것이 전반적 현상이긴 하지만, 그러나 서정성의 특질과 주체가 취하고 있는 세계에 대한 자아의 양상이 각각 다르게 나타나기 때문이다.

1930년대 전반기에 순수시운동을 전개하여 당시의 시단에 방향성을 제공하였던 <시문학파> 시인들의 경우, 하나의 유파적 성격을 갖고 있음에도 불구하고 1920년대의 유파들과는 달리 각기 다양한 시적 특성을 드러내고 있다. 이는 이들의 시가 당시의 역사적·문학적 조건들에 대해 순수시라는 동일한 대응 자세를 보였다 하더라도, 서정성과 시적 담론이라는 구체적인 대응 방식에 있어서는 독자성을 견지하였음을 의미한다.

1930년대라는 문학사의 한 시기를 설정하여 당시 시의 담론 특성을 서정시의 양식적 차이와 연계하여 살피고자 하는 이 글은, 그러므로 그

---

4) 담론의 주체란, 언어의 통합관계적 연쇄 속에서 의미의 일관성을 유지하는 '단일한 목소리'이다. 시에서의 담론 주체는 기표signifiant와 기의signifie에 의해 재현되어진다. 그러므로 담론 주체는 발화 행위자로서의 언술행위 enunciation의 주체와 발화를 통해 진술되어지거나 서술되어지는 언술내용 enunced의 주체로 구분된다. 일차적으로 언술행위의 주체를 시인, 언술내용의 주체를 화자라 할 수 있지만, 시적 담론이란 시인에 의해 생산된 역사적 산물임과 동시에 항상 독자에 의해 재생산되는 현재적 산물인 까닭에, 독자 역시 언술행위의 주체일 수 있다. 여기에 대해서는 II장에서 자세히 다루기로 한다.

변별적 차이를 두드러지게 보이고 있을 뿐만 아니라 1930년대 서정시의 전개 과정에 각각 상이한 방향에서 초석을 제공하였던 정지용과 김영랑의 시를 텍스트로 하여 분석과 해석에 임하게 될 것이다. 그리고 지용시와 영랑시의 서정적 원리와 담론적 의미를 해명하기 위한 구체적 방법으로 기호학적 담론 분석을 적용하고자 한다. 따라서 담론태로서의 시 텍스트에 대한 기호학적 접근의 과정을 보임과 동시에 두 시인의 작품적 특성을 단일 기준으로 비교해보자는 데에 이 글의 일차적인 목적이 있다.

다음으로, 이러한 과정을 통해 확인된 결과들을 1930년대 시의 전반적 담론 양상과 관련시킴으로써 지용시와 영랑시의 담론적 의의를 도출하는 데에 그 두 번째 목적이 있다. 이런 까닭에 이 글에서는 지용시와 영랑시가 갖고 있는 개념적 공통성보다는 양식적 변별성에 더 많은 관심을 보이게 될 것이다. 우선 2장에서는 서정시의 양식적 차이를 주지적 서정시와 주정적 서정시로 나누어 그에 따른 담론 양상을 살펴보고, 지용시와 영랑시의 담론 조건을 통사론적 층위, 의미론적 층위, 주체성의 층위에서 논하게 될 것이다. 3장에서는 두 시인의 시적 특성들이 가장 효과적으로 압축되어 있다고 생각되는 각 세 편의 시를 텍스트로 선택하여 담론체계 분석의 실제를 보이고, 이를 통해 '지배소 dominant'5)와 '통화 모형'의 대비적 특성을 추출하고자 한다. 4장에서는 이러한 지배소와 통화 모형이 '상호텍스트성inter-textuality'6)에 의해 어

---

5) 무카로프스키는 시적 언어의 특성을 '전경화'와 '지배소'로 설명한다. 지배소는 다른 요소를 평가하는 관점이 된다. 지배소는 작품 속에서 계속 움직이며, 다른 요소들의 방향을 지시하고 다른 요소들과 관계를 맺어 시작품에 통일성을 부여하는 요소이다(J. Mukarovsky, 「Standard Language & Poetic Language」, Linguistics & Literary Style, ed. D. C. Freeman, Holt, 1970, pp.40~56).
6) '상호텍스트성'이란 크리스테바의 용어인데, 토도로프의 '관계의 이론'이나 바흐찐의 '대화의 이론'과 유사하다(최현무, 「기호학자 쥘리아 크리스테바」, 김화영 편역, 『프랑스 현대비평의 이해』, 민음사, 1984, pp.265~276 참조).

떻게 변이되어 있는가를 보일 것이며, 아울러 그에 대한 기호학적 해석을 통해 얻어지는 주제적 특성과 시정신이 1930년대 시의 보편적 담론 양상과 관련하고 있는 시사적 의의를 논하게 될 것이다.

참고로, 본 논문에서 분석 대상으로 하는 정지용 시의 경우, 『정지용 시집』(시문학사, 1935)에 수록된 89편과 『백록담』(문장사, 1941)에 실린 33편 등 총 122편의 작품 중에서 주로 1930년대에 발표된 작품들을 텍스트로 하되, 전자에 수록되었으나 1920년대 후반 발표작인 33편과 후자에 수록되었으나 1940년대 초기 발표작 10편은 비교 대상으로 필요한 경우에만 인용하였음을 밝혀 둔다. 김영랑 시의 경우, 그의 총 발표작 85편[7] 중 『영랑시집』에 수록된 53편과 1930년에 발표되었지만 이 시집에서 누락된 사행소곡 「못오실 님이」,[8] 그리고 이 시집 발간 후 1930년대 말에 발표된 7편[9]의 작품을 합쳐 총 61편의 시를 주 텍스트로 삼되, 1940년대의 작품 중 주 텍스트와 연계성을 가지는 몇몇 작품은 보조 텍스트로 인용하였음을 아울러 밝혀 둔다.

2. 연구사 검토

이 글이 좀더 타당한 유효성을 확보하기 위해 논제와 관련된 기존의 연구 성과들을 다음의 세 가지 측면으로 나누어 검토하고자 한다. 그

---

7) 김영랑의 시를 총체적으로 수록하고 있는 유일한 문헌인 김학동 편저 『모란이 피기까지는 — 김영랑 전집 · 평전』(문학세계사, 1981)에는 총 86편의 시가 실려 있으나, 이 중 「琴湖江」은 그 출전이 불확실하며 또한 시적 호흡으로 보아 영랑의 작품으로 판단하기 어렵다는 평가가 최동호와 허형만 등에 의해 내려진 바 있다.
8) 『시문학』 2호(시문학사, 1930, 5).
9) 「거문고」, 「가야금」, 「달마지」, 「연」, 「五月」, 「毒을 차고」, 「墓碑銘」.

첫 번째가 1930년대 전반기 시의 문학사적 가치나 현상에 관한 논의들이며, 둘째는 <시문학파>에 대한 종합적 연구나 지용시와 영랑시에 대한 비교 연구, 셋째는 정지용과 김영랑 시에 대한 개별적 연구들이다.

우선, 1930년대 전반기 시에 관한 논의의 초점은 대체로 이 시기가 한국 현대시의 진정한 교체기인가를 따지는 기점 문제로 모아져 왔다. 이 경우, 조지훈10)과 백 철11) 등은 이 시기를 현대시의 기점으로 보는 입장에 서 있다.

조지훈은 순수시를 제창하고 나선 시문학파의 신선한 자극을 근거로 삼고 있으며, 백 철은 영미의 현대시가 이미지즘에 바탕하고 있다는 점에 비추어 <시문학> 동인과 편석촌 등에 의해 씌어진 1930년대 벽두 한국시의 주류가 이미지즘계열의 모더니즘 시라는 점을 현대시 기점의 근거로 들고 있다. 그러나 해외문학의 수용이란 어떤 경우에도 재문맥화의 과정을 거친다는 점에서, 직접적 상관 관계로 설명하는 백 철의 주장은 비판의 소지를 안고 있다고 볼 수 있다. 따라서 현대시의 기점을 1920년대 후반으로 소급하고자 하는 의견12)이 제시되어 왔다.

한계전은 현대시사에서 소월이나 만해의 시를 배제할 수 없다는데 동의한다면, 시문학파의 시가 20년대 시의 부정에서 비롯되었다는 이야기는 불가능해진다 하여 30년대 기점론을 재검토할 것을 주장한다. 정한모는 소월과 만해시의 가치와 더불어, 모더니즘의 하위 개념으로 이미지즘을 고려할 때 정지용의 초기시가 여기에 해당된다 하여 현대시의 기점을 1920년대 후반으로 소급한다.

---

10) 조지훈, 앞의 글.
11) 백철, 『조선신문학사조사』(백양당, 1949).
12) 한계전, 앞의 글, pp.232~233.
    정한모, 『한국현대시문학사』(일지사, 1974), pp.48~49.
    오세영, 「근대시·현대시의 개념과 기점」, 『한국 현대시사의 쟁점』(시와 시학사, 1992), p.38.

여기에서 이러한 논의를 검토한 이유는 현대시의 기점을 재론하기 위한 것이 아니라, 그 근저에서 1930년대 시의 두 가지 방향성을 발견할 수 있기 때문이다. 즉 그 하나는 소월과 만해의 맥을 잇는 주정적 서정시의 방향이요, 다른 하나는 이미지즘과의 영향관계를 형성하고 있는 주지적 서정시의 방향이라 할 수 있다. 이는 흔히 전통지향성과 모더니티지향성으로 설명된다.

한편, 좀더 구체적인 변별성은 <시문학파>에 대한 종합적 연구나 정지용과 김영랑의 시에 대한 비교 연구의 검토를 통해 찾아진다. <시문학파>에 대한 종합적 연구는 김용직[13], 김학동[14], 유윤식[15] 등이 관심을 갖고 유파 형성의 배경과 동인들간의 관계, 각 시인들의 작품세계 등을 천착하였다. 그러나 이러한 연구들도 작품의 변별성을 직접적으로 비교하고 있기보다는 개별 시인의 시적 특성을 언급한 후 그 결과를 총체적으로 연관시키고 있음을 볼 수 있다. 따라서 지용시와 영랑시의 변별적 특질을 제시한 서정주의 다음 글은 두 시인의 차이를 직접 비교할 수 있는 단초를 제공하고 있다는 점에서 그 의의가 크다.

두 사람이 다 그들의 感性의 體驗을 主로 抒情詩를 써온 건 事實이지만 ○○이 그중에서도 感覺의인 瞬間享受를 空間的으로 點綴하는 데 主力해 온 反面에 永郞은 한 情緖의 持續을 그의 時間 위에 維持하려 애써온 詩人이다. 두말할 것도 없이 이 두 가지가 다 人間感性의 職能이로되 感覺은 隨時로 生滅하는 瞬間의 것인 반면에 이것의 종합 축적이요 그 선택 淨化의 산물인 한 개의 情緖는 스스로 持續하려고 하고 또 어느만치라도 事實로 持續力을 가진다. …… 感覺의 사람과 같이 情緖의 사람도 感應하는 사람임엔 틀림없지만 그

---

13) 김용직, 「시문학파 연구」, 『한국현대시연구』(일지사, 1982).
14) 김학동, 『한국현대시인연구』(민음사, 1984).
15) 유윤식, 「시문학파연구」(한양대 박사학위논문, 1988).

는 이미 인간의 모든 感覺的인 體驗을 토대로 一의 感情生活의 持續
을 營爲해야 한다.16)

　서정주의 이 글은 지용시의 특질을 감각으로, 영랑시의 특질을 정서
로 보고 감각을 공간에, 정서를 시간에 연결시키고 있다. 그리고 정서
를 감각의 우위에 둠으로써 시에 있어서 시간의 우위성을 강조하고 있
다. 두 시인의 시적 특질에 대한 이러한 평가는 서정주 자신의 시적 태
도와도 유관한 결과이겠지만, 어찌되었든 지용시와 영랑시의 차이를
공간성과 시간성으로 보고 있다는 점은 탁견이라 할만 하다. 그리고 선
행 연구로서의 이러한 결과는 지용시와 영랑시의 구조적 원리를 '지배
소'의 개념을 통해 분석하고자 하는 이 글에 하나의 초석을 제공하고
있는 것이다.

　다음으로 정지용과 김영랑의 시에 대한 개별적인 연구 성과들을 간
략하게 검토하기로 한다. 이러한 검토 과정에 의해 텍스트에 대한 분석
의 객관성과 정당한 해석적 지평을 확보할 수 있기 때문이다. 정지용의
시에 대한 최초의 평가는 김기림과 임화로부터 비롯되었다. 김기림은
"현대의 呼吸과 脈膊을 부러넣은 최초의 시인"이라 하여 정지용을 '최
초의 모더니스트'로 평가하였으며17), 임화는 계급주의 이론에 입각하
여 "내용과 사상을 방기한 技巧派"라는 혹평을 가하였다.18) 이 외에도
정지용의 시는 당대의 평론가들에 의해 긍정적 평가19)와 부정적 평

---

16) 서정주, 「영랑의 서정성」, 『문학』 2권 3호(1950).
17) 김기림, 『시론』(백양당, 1949), p.176.
18) 임화, 「문학의 원리」(학예사, 1940), p.176.
19) 양주동, 「1933년도 시단년평」, 『신동아』 3권 12호(1933. 12)
　　이양하, 「바라든 지용시집」, <조선일보>(1935. 12. 7.~10.)
　　김환태, 「정지용론」, 『삼천리문학』 제2호(1938. 4.)
　　박용철, 「박용철전집」2(시문학사, 1940)

20　제1부 1930년대 시의 기호와 담론체계

가[20)]를 동시에 받아 왔다.

당대에서 이루어진 지용시에 대한 이러한 상반된 견해는 그 기본 골격에 있어서 부분적인 수정을 받아오긴 했지만, 오늘날까지도 많은 연구자들[21)]에 의해 유효하게 적용되어진다. 그리고 이들이 긍정적 입장에 있든 부정적 입장에 있든 간에, 지용시가 공유하고 있는 이미지즘적 요소와 전통적 요소에 논의의 초점이 모아지고 있음을 볼 수 있다. 여기에, 정지용을 온전한 모더니스트 시인이라고는 할 수 없더라도, 그 시적 서정의 특징이나 담론의 체계화 방식을 주지적이라 할 수 있는 소이가 있는 것이다.

김영랑 시에 대한 연구는 대략 세 가지 관점에서 이루어져 왔다. 첫째는 실증적인 관점에 의거한 것으로 전기적 · 문헌학적 연구[22)]가 주를 이룬다. 둘째는 문학적 혹은 미학적 접근으로 구조, 운율, 시어, 이미지 등을 분석 고찰한 것[23)]이며, 셋째는 역사적 사회적 관점에 입각한 연구

---

20) 최재서는 모더니티 지향의 입장에서 정지용의 시를 '知的 빈곤'이라 비판하였다(최재서, 「문학 · 작가 · 지성」, 백 철, 『비평의 이해』, 민중서관, 1974). 조연현은 전통지향적 입장에서 "心臟에서 나온 노래가 아니라, 手工에서 나온 노래이기 때문에 시의 가장 중요한 문제인 人性問題의 해결과 救援을 등한히 하고 있다"고 휴머니즘의 입장에서 비판하였다(조연현, 『문학과 사상』, 세계문학사, 1949, p.242).

21) 유종호, 『비순수의 선언』(신구문화사, 1962).
송 욱, 『시학평전』(일조각, 1963).
김윤식 · 김현, 『한국문학사』(민음사, 1973).
김우창, 『궁핍한 시대의 시인』(민음사, 1977).
김종철, 「30년대의 시인들」, 『시와 역사적 상상력』(문학과지성사, 1978).
김학동, 『정지용연구』(민음사, 1987).
김학동 외, 『정지용연구』(새문사, 1988).
양왕용, 『정지용시연구』(삼지원, 1988).

22) 김용직, 「시문학파연구」, 『한국근대문학연구』(서강대 인문과학연구소, 1969).
김학동, 「영랑 김윤식론」, 『한국현대시인연구』(민음사, 1977).
허형만, 「영랑 김윤식 연구」(성신여대 박사학위논문, 1992).

23) 정한모, 「조밀한 서정의 탄주」, 『문학춘추』 1권 9호(1964. 12).

작업24)으로써 영랑의 문학을 시대와의 대응 방식이라는 측면에서 고찰한 것이다. 이 가운데 두 번째 관점의 연구들이 주목되어지는데, 여기에서 논자들이 한결같이 동의하고 있는 것은 영랑시의 가장 중요한 특질이 음악성에 있다는 점이다. 이러한 결론은 영랑의 시가 낭만적 서정시, 다시 말해 주정적 서정시의 본질에 충실하고 있음을 의미한다.

기존의 연구에 대한 이상의 검토 결과, 1930년대 서정시의 양식적 차이에 따른 담론 양상과 지용시와 영랑시의 담론을 체계화하는 지배소의 실체에 접근하기 위한 입각점을 찾은 셈이다. 이는 지용시와 영랑시 담론의 변별성과 상관성을 밝혀 가는 척도임과 동시에 1930년대를 주도하였던 서정시의 두 가지 방법론적 특성을 유추하기 위한 전제로 적용될 수 있을 것이다.

3. 시적 담론과 기호학

기호학적 담론 분석을 이 글의 방법론으로 채택하고 있음은 앞서 밝힌 바 있다. 여기에서 담론이란, 텍스트 자체일 뿐만 아니라 텍스트 분

송영목, 「한국현대시분석의 가능성」, 『현대문학』(1966. 2).
오하근, 「역설의 미학─<모란이 피기까지는>의 운율과 구조」, 『한국언어문학』 12집(한국언어문학회, 1974).
손광은, 「영랑시에 나타난 향토성연구」, 『호남문화연구』 12집(전남대 호남문화연구소, 1982).
김재홍, 「생의 양면성 또는 존재론의 시」, 『문학사상』 168호(문학사상사, 1968. 10).
정숙희, 「김영랑문학연구」(인하대 박사학위논문, 1987).
24) 이헌구, 「김영랑평전─멋에 徹한 시인」, 『자유문학』(1956. 6.)
서정주, 『한국의 현대시』(일지사, 1969).
김 종, 「영랑시의 저항문학적 위상」, 『식민지시대의 시인연구』(시인사, 1985).

석의 방법을 뜻하기도 한다. 따라서 이 글은 기호학과 담론이라는 두 가지 방법론에 동시적으로 기대어 있게 된다. 즉 시 텍스트를 기호학 차원의 지배소와 담론 차원의 통화 모형에 의해 조직된 구조적 체계로 보고자 하는 것이 이 글의 입장이라 할 수 있다. 이러한 입장은, 지금까 지의 담론 분석이 주로 통화 모형의 차원에서만 이루어짐으로써 시와 일상적 담화의 차이, 즉 문학성을 추출하는 데는 일정한 한계를 보여왔 다는 점을 그 근거로 한다.

시 텍스트란 단순히 기표signifiant와 기의signifie의 결합으로 이루어진 언어학적 코드, 즉 화자와 청자 사이의 의사소통체계에 불과한 것은 아 니다. 왜냐하면, 시는 독자가 없는 상태에서 씌어지고, 시인이 존재하지 않은 상태에서 읽혀지기 때문이다. 그러므로 시 텍스트는 기호학적 담 론체계로 분석되어야 한다. 시 텍스트를 담론체계로 이해할 때, 언어는 그 이면에 의미를 숨기고 있는 외적 실체가 아니라, 관계들의 결texture 을 형성하면서 역동적으로 의미를 생성하는 구조적 실체[25]이다. 이런 점에서 언어의 계열관계와 통합관계에 관심을 갖는 기호학은 시의 담 론체계에서 언어학적 의미 이상의 시적 의미를 읽어내는 데 유용한 통 로를 제공할 수 있으며, 여기에 이 글의 방법적 의의가 있다고 하겠다.

"모든 담론은 극"이라는 바흐찐 M. Bakhtin의 명제에 의한다면, 순수 서정시인을 포함한 모든 작가는 작가의 모습과 함께 자신 이외의 다른 목소리를 그가 쓰는 모든 담론에 부여한다는 점에서 연극적[26]이다. 여 기서 시인, 즉 담론 주체가 만들어낸 목소리는 작품 내적 화자의 목소 리이며, 이것은 연극적인 가면과 같은 것이다. 바흐찐은 담론에 의한 의사소통의 모형을 다음과 같이 제시한다.[27]

---

25) R. Scholes, Semiotics and Interpretation(Yale Univ. Press, 1981), pp.12~13.
26) T. Todorov, 최현무 역, 『바흐친 : 문학사회학과 대화이론』(까치, 1987), p.103.
27) 위의 글, p.85.

대상
|
발화자 —— 담론 —— 청취자
|
상호텍스트
|
랑그

바흐찐의 이 모형은 야콥슨 R. Jacobson의 언어 전달체계 중 전언 message을 담론으로 바꾸어 놓고 있으며, '발화자 – 담론 – 청취자'의 관계 역시 채트만 S. Chatman이 제시한 '내포작가 – (화자 – 청자) – 내포독자'의 담론 질서[28]와 상통하고 있다고 할 수 있다. 이는 발화자와 수신자, 그리고 담론 내부의 화자와 청자 사이에 이중적 의사소통이 이루어짐을 보여주는 것이다. 그들은 주체와 대상의 일방적 관계가 아니라 서로가 주체이면서 동시에 대상이기도 한 호혜적 관계이며, 그들 사이의 상호 작용에 의하여 의미가 축조된다.[29] 즉 텍스트란 그 수용자인 독자와의 소통 과정에 재생산 가능한 상태로 놓여 있는 까닭에, 독자는 화자에 대한 청자임과 동시에 담론의 주체가 되는 초월적 자아의 자리에 위치하는 것이다. 독자의 이러한 역할이 가능한 것은 시라는 텍스트가 미메시스의 차원을 넘어 세미오시스의 차원으로 부상해 있기 때문인데, 이는 곧 시 텍스트가 해석의 多價性으로 열려 있음을 의미한다.

이런 점에서, 텍스트의 의미를 저자에 의해 고정된 의미로 이해하는

---

28) S. Chatman, 한용환 역, 『이야기와 담론』(고려원, 1990), p.179.
29) 정효구, 『현대시와 기호학』(느티나무, 1989), p.22.

것은 재래적인 관습적 견해이며, 텍스트는 현재라는 시점의 여러 가지 다른 읽기에도 언제나 열려져 있다는 사실을 받아들여야 한다고[30] 주장하는 앤터니 이스톱 Antony Easthope의 말은 주목할만하다. 그에 의하면, 시적 담론은 거기에 아로새겨진 기표가 지속적으로 어떤 형태를 이루고 있어 물질적으로 결정된다고 할 수 있지만, 읽어 가는 과정에는 '이데올로기ideology'[31]가 작용하고 있어서 이데올로기적으로도 결정되는 역사적 산물이기도 하며, 또한 행위의 주체에 의해 주관적으로 결정되는 것이기에 독자의 생산품이란 면이 존재하기도 한다. 그러므로 담론은 물질적, 이데올로기적, 주체적이란 세 차원에서 동시에 응집되고 결정되는 법이다. 그러나 이 글은 지용시와 영랑시를 현재적 텍스트로 인식하는 독자 입장에서의 감상문이 아니고 역사적 텍스트로 간주하는 연구자 입장에서의 분석적 글인 까닭에, 담론 주체라는 용어를 시인에 한정하여 사용하기로 한다.

담론체계로서의 텍스트에 대한 분석과 해석은 문학 작품에 대한 기호학자들의 접근 방식과 그 맥을 같이 한다. 기호학은 모든 문학 작품을 임의적인 기호로 보고 그 기호가 가지고 있는 의미작용을 파악하고자 하는 연구이다. 따라서 문학 작품은 '일종의 기호체계'라는 롤랑 바르트 R. Barthes의 명제는 시의 기호학적 연구를 위한 단서가 된다. 언어체를 다룬다는 점에서 기호학은 언어학과 방법론적인 유대를 지니며, 언어가 기호의 가장 복합적인 형태라는 점에서 구조주의와 맺어지고,

---

30) Antony Easthope, 박인기 역, 『시와 담론』(지식산업사, 1994), p.5.
31) 문학에서의 이데올로기를 논한 알튀세르에 따르면, 언어는 사회적 산물이기 때문에 담론을 이루는 개인적 발화는 사회적 사실에 의해 한정된다. 그러므로 구체적인 개인을 사회적 형성체로 구성하는 주체성subjectivity이 곧 담론의 이데올로기이다. 시란 언어의 역사적이고 상대적인 자율성에 의거해 규정되는 이데올로기적 실천의 특수한 사례라는 것이다(L. Althusser, *Lenin and Philosophy and Other Essays*, London; New Left Books, 1977).

문학을 독립 과학으로 성립시키기 위해 문학적 특수성의 내재적 총체를 연구한다는 측면에서는 전래의 시학과 불가분의 관계를 갖는다. 문학적 기호가 기호학에서 다루어지는 한, 그것은 모든 기호의 제조 행위라는 폭넓은 관점에서 관찰될 수 있다. 즉 그것은 비록 상이한 층위에서 중요하게 다른 강조점을 갖는다고 하더라도, 의미작용화하는 모든 양식을 형성하는 동일한 법칙을 말하는 것이다.[32]

한편, 기호학은 내재성의 원칙이라는 기본 명제에 의거하여 출발하였다. 한 작품의 해석은 텍스트에서 출발하여 궁극적으로 텍스트에로 귀착해야 한다는, 그리하여 전텍스트(작가의 창작 과정)나 후텍스트(작품과 작가와의 관계)의 문제는 다만 이 일차적·언어학적인 약호의 성격을 명백히 하고 난 후에야 가능하다[33]는 것이 그 명제이다. 그리고 이 약호의 성격은 '차이difference'에 의해서 드러나는 것이며, 차이는 이항 대립적 관계에서 비롯된다. 또한 하나의 시적 담론 내에는 '변형transformation' 사이에 나타나는 대조와 대립이 있다. 이렇게 볼 때, 의미는 대립소들의 차이 안에서 그 차이를 통해서만 나타나는 것[34]이다.

이 글에서도 이러한 내재성의 원칙에 입각하여 텍스트의 분석을 통사론적 층위와 의미론적 층위에서 시도하되, 앞서 언급했듯이 시 텍스트 역시 일종의 담론체계라는 점에서 그 구조화 방식으로서의 통화 모형에도 관심을 갖게 될 것이다.

---

32) Susan Witting, 「기호학과 문학이론」, 박종철 편, 『문학과 기호학』(대방출판사, 1983), p.131.

33) Coquer, Semiotique litteraire(Mame, 1973), p.26.

34) 서인석, 『한 처음의 이야기─창세기 1~11장의 기호학적 설화분석』(생활성서사, 1986), p.79.

제2장 1930년대 시의 서정과 담론 조건

1. 서정시 양식의 두 경향

우리 문학사에서 1930년대의 시는 순수시 또는 순수서정시라고 규정
되어 오고 있다. 일반적으로 1920년대, 특히 그 후반기를 이데올로기의
시대라 한다면, 이에 비추어 1930년대는 탈 이데올로기의 시대임이 분
명하다. 물론 이러한 구분이 1920년대 시에 대한 전면적인 부정을 통해
1930년대의 시가 등장하였음을 의미하는 것은 아니다. 시문학파의 시가
소월이나 만해의 시와 대척점에 있었던 것도 아니요, 이미지즘의 대표
적 시인인 정지용의 시적 편력 역시 1926년『학조』지에 발표된 작품들[1]
로 거슬러 올라가기 때문이다. 단지 1920년대의 우리 문단이 낭만파, 프
로문학파, 민족문학파 등의 집단주의에 의해 전개되어 왔고, 또한 그 문
학적 경향이 목적주의에 있었다는 점에서 시문학파나 모더니즘은 문학
의 이러한 목적주의 경향에 대한 부정에서 출발하였다고 볼 수 있다.
따라서 1930년대 시의 가장 두드러진 특성 가운데 하나는 그 개성화

[1) 정지용은 1926년 6월『學潮』창간호에「카페―프란스」,「슬픈 인상화」,「파
충류동물」등 세 편의 시와 함께 시조 아홉 수, 동요 다섯 편을 발표하고
있다.

내지 개체화에서 찾아진다. 아울러 거기에는 낡은 국면, 거친 비시적 분위기에서 벗어나 새로운 차원을 타개하려는 안간힘의 자취도 뚜렷하게 나타난다. 여기서 개성화란 1930년대의 시가 개인적인 세계 또는 '나'의 노래 쪽으로 기울어졌음을 뜻한다. 1930년대 시의 이러한 특성은 물론 엄밀한 의미에서 순수시로 정의되기는 어렵다. 본래 순수시란 19세기 프랑스 상징주의 시인들에 의해 일반화된 개념으로, "시란 강한 밀도를 지니고 음악에 일치하는 효과의 서정에 본질을 두며 오로지 심미적인 현상에만 몰두할 뿐 지성이나 모랄에 초연해야 된다"[2]는 명제에 입각해 있다. 그러나 우리의 경우 1930년대 문학의 전반적 현상인 순수문학의 하위 개념으로 순수시를 이해하고 있으며, 시의 비순수성에 대한 순수성을 지닌 문학이라는 뜻의 상대적 개념으로 사용된다. 이런 점에서 순수시라는 가치개념의 용어보다는 상대개념인 순수서정시라는 용어가 더 타당할 것이다.

'순수'에 대한 이러한 개념의 문제는 <시문학파>나 이미지즘 시와 일정 부분 관계를 맺고 있는 예술파와 주지파[3]의 시론을 통해서도 유추해 볼 수 있다. 물론 정지용의 시가 주지파의 시론과 온전히 일치한다고는 볼 수 없지만, 시에 대한 기본적인 태도에 있어서는 상사성을 갖고 있음이 분명하다. 예술파와 주지파는 프롤레타리아 문학에 대하여 일제히 비판을 가하면서, 그에 대한 반명제로 예술파는 문학의 개성론, 순수론, 형식과 내용의 문제 등을 정립하고자 하였으며, 주지파는 휴머니즘론, 지성론, 모랄론, 세대론 등을 그 바탕으로 삼았다. 여기에서 이들의 문학론이 프롤레타리아 문학론에 대해 반명제로서의 상보적

---

2) E. A. Poe, 「Poetic Principle」, T. Smith & E. Parks ed., The Great Poetics(New York : W. W. Norton & Company, 1960).

3) 여기에서 예술파와 주지파라 한 것은 실재한 유파의 명칭으로서가 아니라, 시론의 경향이 유사했던 박용철, 김환태, 김문집 등을 편의상 예술파로, 김기림, 최재서 등을 주지파로 명명한다.

관계에 있으면서도, 예술파가 프롤레타리아 문학의 이념을 전적으로 부정하는 태도를 취하는데 반해, 주지파는 이를 발전적으로 수용하려는 경향을 보인다는 차이를 발견할 수 있다.

이런 점에 비추어 볼 때, 우선 주지파의 경우 "지성이나 모랄에 초연"해야 된다는 순수시의 가치개념으로부터 벗어나 있는 것이며, 또 예술파와 주지파 상호간에도 기본적인 태도의 차이가 개재해 있는 것이다. 그럼에도 불구하고 이들이 활동한 1930년대를 순수시의 시대라 일괄한다는 것은 이 때의 '순수'의 개념이 전시대의 '목적'에 대해 상대적으로 사용되고 있음을 의미하는 것이다.

순수문학이란 이데올로기에 종속되는 것을 거부하고 현실을 일정한 미학적 거리를 통해 파악하면서 그 존재를 자율적 규범에 맡기는 문학4)이라고 정의할 때, 순수문학으로서의 1930년대 우리시는 순수서정의 탐구를 통해 그 진로를 결정한 것으로 보여진다. 이는 다음의 몇 가지 근거에 의해 확인될 수 있다.

첫째, 순수문학은 1920년대 목적문학에 대한 대립 개념으로 대두하였다는 점이다. 전시대를 지배하였던 두 개의 문학 흐름이 프롤레타리아문학과 민족주의문학이라 할 때, 이들의 공통점은 그 정도의 차이가 있을지는 모르나 모두 목적문학이라는 데 있다. 신경향파와 카프의 시가 노린 것은 민중의 현실이었고 그들의 의식화라든가 조직, 선동이었다. 이것은 그들의 시가 집단과 공중의 개념에 입각해 있음을 뜻한다. 민족문학파의 경우 그 기본적인 입각점이 민족과 역사에 있었으며, 그 정신적인 닻은 전통의식에 내려져 있었다. 이러한 사정은 물론 카프의 시와 다소 다른 측면을 보여주는 것이긴 하지만, 이 때의 전통의식 역시 1930년대 시의 개성 추구와는 맞서는 위치에 놓인 개념이다.5)

---

4) 오세영, 「30년대의 문학적 상황과 순수문학의 대두」, 조동일 외 편, 『한국문학연구입문』(지식산업사, 1982), p.591.

둘째, 1930년대의 문학은 일반적으로 개인적 삶의 문제에 집착하고 정치적·사회적 의미의 현실을 외면했다는 점에서 보다 편협한 순수문학이었다. 문학 내적, 그리고 외적 요인들에 의해서 문학이 사회·역사적 현실을 외면할 때 그 문학은 개인적 생존의 문제에 몰두하게 되는 것이며, 그 결과가 1930년대의 우리 문학에서는 시문학파의 서정성, 모더니즘의 감각성, 이 상의 의식분열, 생명파의 존재탐구, 박태원의 사소설, 이태준의 장인의식, 이효석의 탐미주의[6] 등으로 나타났다고 할 수 있다.

셋째, 예술성 탐닉의 문학 자세를 견지하였다는 점이다. 전시대의 목적주의 문학에 대한 배제의 입장이 1930년대 시의 일관된 흐름이었다고 할 때, 이는 자연스럽게 언어의식의 고양, 기교의 세련, 형식상의 실험을 수반하게 된다. 특히 시문학파의 시는 모두가 예외 없이 제 나름의 세계를 그 자신의 독특한 목소리로 노래하고자 한 자취를 드러내며, 이와 아울러 이 시기의 시는 개혁 내지 혁신의 의지를 보여주고 있다. 그 결과 서정·단곡화 현상[7]을 보여준 30년대의 시는 전시대의 목적주의 시와는 달리 대부분 주제의식의 노출이 뚜렷하지 않다. 즉, 이 무렵의 시들은 화자의 감정을 정서적으로 표출해 내는 데 역점을 두었으며, 비교적 짧은 시의 구조 속에서 언어의 짜임새를 기하고자 하였다. 이는 이 시기의 시적 관심이 언어의 탄력성을 확보하고 그 질적인 차원을 구

---

5) 이런 사실은 T. S. Eliot의 「Tradition and Individual Talent」를 통해서 단적으로 드러난다. 엘리어트는 문학활동의 두 축을 이루는 관습성과 창조적 차원 개척의 면에 새로운 해석을 가했다. 그의 논지는 물론 지나친 개성 추구가 관습성의 면을 무시할 수 있는 양 생각하는 경향을 경계하려는 쪽에 있다. 그러나 어떻든 여기서도 작자의 개인적 재능 내지 개성이 역사, 전통과는 이해가 상치하는 개념임이 전제가 된 셈이다(김용직, 「1930년대 시와 감성 시의 주류화」, 『문학사상』 1986. 7, p.283. 각주).

6) 오세영, 앞의 글.

7) 김용직, 앞의 글, p.284.

축하려는 데 있었음을 의미한다. 이러한 입장은 순수 서정시의 창작 태도를 목적문학뿐만 아니라 나아가 대중문학과도 구분 짓기에 이른다. 박용철이 해외문학파의 시를 언급하는 자리에서 순수시를 "속물주의에 대한, 정치주의에 대한, 저비한 예술에 대한 투쟁"[8]이라고 한 것은 그들의 창작 태도를 선언적으로 보여주고 있다고 하겠다.

그렇다면 1930년대의 시단이 추구했던 순수시 곧 서정시의 장르로서의 기본 특성은 무엇인가, 또한 그 양식상의 문제를 결정짓는 요소는 무엇인가? 본 장에서는 이에 대한 검토와 아울러 그 양식의 차이에 따르는 시적 담론의 경향을 논하게 될 것이다.

1) 서정시의 개념과 양식적 차이

오늘날 일반적으로 서정시라 하면 막연히 '고독한 자아의 자기토로', '주관적 감정의 직접적인 표현', '자연에의 고독한 몰입' 등의 독백적이고 감정적인 주관성으로 이해되고 있다. 서정시에 대한 이러한 주관적인 견해는 서구 문학에서뿐만 아니라, 그 절대적인 영향하에 놓이게 된 우리 나라에서도 지배적인 서정시관으로 받아들여지고 있다. 주관성을 중시한 이러한 견해들은 대체로 서정시가 대상의 내면화에 의해 이루어진다는 전제 아래 출발한다.

자이들러 H. Seidler는 서정시의 본질을 내면화, 노래, 감동의 직접적 표현이라는 세 요소로 규정한다.[9] 그에게 있어서 시는 대상에 대한 자아의 일체감에 의해 탄생되는 것이며, 서정시란 외부 세계가 개인적 체험에 이끌려와서 그 사물성을 상실하고 주체의 내적 태도에 의해 언어

---

8) 박용철, 「문학유파의 개념」, 조선일보(1936. 1. 3).

9) Herbert Seidler, Die Dichtung, 장희창, 「서정시 개념에 대한 소고」, 『동의논집』 13집(동의대, 1986), p.46.

의 영역에서 순수하게 형성된 하나의 통일적 구조물이어야 한다. 이는
카이저 W. Kayser의 '대상의 내면화'라는 개념과 상통한다. 카이저는 서
정성 속에서는 세계와 자아가 서로 융합되며, 영혼성이 대상성을 몰아
내고, 대상성은 스스로 내면화된다고 말한다.[10]

또 슈타이거 E. Staiger에 따르면[11], 서정시는 상호 침투의 양식이라
규정된다. 서정시에 있어서 객체는 반드시 주체에 의해 왜곡, 변모되어
그 나름대로 정서를 자아내는 모양에 이르는 것이며, 그리고 그 역도
또한 참이라는 것이다. 즉 꿀바꿈이 되어 서정양식의 자양분에 이르는
것은 객체만이 아니라 주체 역시 객체와 상관 관계를 갖는 가운데 왜
곡, 변모된다고 하여 서정성의 본질을 주체와 객체, 영혼과 풍경, 내용
과 형식, 시인과 독자 사이의 '간격의 부재'로 규정한다. 그에 의하면
시에서 간격을 메워 주는 것은 '회상'이며, 이 회상이야말로 서정적 문
체의 기본 특성이라 할 수 있다.

> 회상은 주체와 객체 사이의 간격의 부재, 서정적 융합에 대한 명
> 칭이어야 한다. 현재, 과거, 심지어 미래적인 것까지도 서정시 속에
> 서 회상될 수 있다.[12]

슈타이거의 이러한 '회상'은 자이들러나 카이저의 '내면화'와 그 개념
에 있어 차이를 갖고 있지 않다. 회상이나 내면화는 서정시 최고의 본질
적 특성이 내면성에 있다는 견해를 각기 다른 용어로 표현한 것에 지나지
않는다. 이러한 주관적 서정시관은 헤겔 F. Hegel이 그의 『미학 Ästhetik』에

---

10) Wolfgang kayser, Das sprachliche Kunstwerk, 장희창, 위의 글.
11) E. Staiger, 오현일 · 이유영 역, 『시학의 근본개념』(삼중당, 1978), p.72.
12) 위의 글.
　　슈타이거는 서정적 문체의 기본 특성을 '회상', 서사적 문체의 기본 특성을
　　'제시', 극적 문체의 기본 특성을 '긴장'으로 제기한다.

서 제시한 견해[13]를 그대로 받아들인 것인데, 헤겔은 서정문학의 본질을 주관성으로, 서사문학의 본질을 객관성으로 규정한 바 있다.

따라서 슈타이거 등의 주관적 서정시관은 18세기 낭만주의문학의 시대정신이었던 감정의 숭배, 비합리주의를 나타내는 데에 정감서정시가 가장 적합하였다는 역사적 사실에 바탕을 두고 '내면화'라는 서정성의 기준을 오늘날의 서정시 개념으로까지 확장시킨 것이라 볼 수 있다. 이는 이성에 대항하는 감정의 정당한 해방이라는 명제에 집착함으로써, 서정시에 있어서 감정이 차지하는 부분뿐만 아니라 또한 감정 자체에 대해서도 과대 평가한 결과라 할 수 있다. 그러나 현대소설의 해체적 경향에서 나타나는 바와 같이 서사문학은 그 객관성에 의문이 제기되고 있으며, 또한 서정문학의 본질을 주관성으로 규정하는 것도 타당하지 않게 되었다.

주관성 중시의 이러한 낭만주의적 서정시관을 지나 19세기에 이르러서는 서정성의 객관화를 시도하려는 노력이 있어 왔고, 그 결과 사물시, 절대시, 구체시라는 새로운 서정시 양식이 등장하게 된다. 아스무쓰 B. Asmuth에 따르면[14], 사물시는 감정적 주관적 체험시들이 객관화되어 가는 과정에서 생겨나 19세기 서정시의 한 유형을 이루게 된 것이다. 사물시는 인공적인 것, 즉 인간의 손에 의하여 제작된 사물들을 시적 대상으로 선택하는 까닭에, 이러한 시들에 있어서 서정적 자아는 낭만주의의 정감시에서처럼 시의 주체이거나 자신의 체험의 증인이 아니

---

13) Friedrich Hegel은 『Ästhetik』 p.83에서 서사장르와 서정장르의 차이를 다음과 같이 논하고 있다.
    "그 자체 객관적으로 완결된 총체성으로서 주체와 마주보고 있는 사물에 귀를 기울일 필요성에서 서사문학이 성립하고, 그와 반대로 서정문학에서는 스스로 언명하고 자기자신의 표현에서 정감을 얻는 정반대의 요구가 충족된다."

14) B. Asmuth, Aspekte der Lyrik(Westdeutscher Verlag, 1981), pp.93~94.

다. 오히려 시인은 이러한 서정적 자아가 자기 자신에게 불확실한 것이 되었기 때문에, 객관적인 사물 자체의 진리성과 신뢰성을 추구하게 된다.[15] 그러므로 사물시에 있어서의 서정성의 본질이란 이제 감정 그 자체가 아니라 대상에 대한 자아의 경험 방식인 것이며, 그러한 경험은 지적으로 이미지화되어 표상된다. 이런 점에서 서정시의 한 양식인 사물시는 영·미 중심의 주지적 이미지즘 시와 깊은 관련을 맺고 있다고 볼 수 있다.

한편, 절대시에서는 아리스토텔레스 이래의 고전 시학에서처럼 주어진 현실을 그대로 모방하는 것이 아니라, 현실로부터 구성 자료들을 추출해내어 그것들을 상상적으로, 그리고 상이한 것들을 혼합시킨 하나의 시세계로 새로이 조립하고자 한다. 그러므로 절대시의 양식은 초현실주의적 시 형태로 드러나며, 여기에서는 정감에 찬 조화 대신에 불협화음의 혼합이 지배한다. 절대시에 있어서의 불협화음적인 미의 추구는 프랑스 상징주의 시인들에게서부터 그 징조가 보여진 후, 모더니즘의 유럽적 특징인 초현실주의 문학론으로 이어져 왔다.

이러한 현실 해체적 특성은 18세기 정감시의 주관성과는 완전히 상반되는 것으로, 그들에 의하면 서정시란 영감에서 저절로 우러나오는 것이 아니라 의식과 비판적인 조절에 의해서 제작되는 것이고, 따라서 서정시의 본질은 공작성artistic에 있게 된다. 공작성이란, 내용의 보편적 붕괴에 직면하여 자기 자신을 내용으로서 체험하고 이 체험으로부터 새로운 양식을 형성하려는 예술의 시도이며, 가치들에 대한 허무주의에 대항하여 새로운 초월을 설정하려는 시도인 것이다.[16]

아스무쓰가 분류한 객관적 서정시의 마지막 양식은 구체시이다. 구체시운동은 1950년대 중반 이후 60년대와 70년대에 걸쳐 전개되어 왔

---

15) 장희창, 앞의 글, p.49.
16) 위의 글, p.50 참조.

으며, 우리의 경우 90년대 들어 특히 활발하게 이루어진 시 양식이다. 구체시는 빠르고 간단하게 의사소통을 하고싶어 하는 현대인의 취향에 맞추기 위해 나타난 형식으로, '축소'와 '배열'을 시 창작의 기본 원리로 하여 언어기호의 다양한 형태를 인위적으로 조작함으로써 시각적, 청각적 이미지를 강하게 불러일으킨다. 이러한 구체시는 종래의 서정성이란 개념과 완전히 결별하고 전통적인 언어 사용법을 파기한다.[17] 구체시는 시의 재료인 언어기호 자체를 시작의 대상으로 간주한다는 점에서 언어의 물질성에 바탕을 두고 있다. 그러므로 구체시의 기법들은 종래의 자동화된 말하기와 쓰기 습관을 해체시켜 희극적이고 풍자적인 효과까지 낳게 한다.

이상으로 살펴본 객관적 서정시의 양식들은 시인의 주관성을 중시하는 정감적 서정시와는 달리 고도의 지적 작업에 의해 시작 행위가 이루어진다는 공통점을 갖고 있다. 그러나 아스무쓰의 견해는 낭만주의 전통이라는 정감적 서정시의 역사적 배경을 도외시하고, 자연적 장르로서의 서정시의 기준을 세우기 위해 지나치게 단순화시키고 있다는 지적을 면키 어렵다. 왜냐하면 사물시, 절대시, 구체시 양식이 낭만주의 전통에서 비롯된 정감시에 비해 훨씬 더 객관적이긴 하지만, 그렇다고 해서 서정적 주관성으로부터의 완전한 이탈이라고 보기엔 곤란하기 때문이다. 이는 주관적 서정시관을 전개했던 슈타이거의 견해가 아직까지도 설득력을 얻고 있는 이유가 되는 것이며, 따라서 서정시의 양식적 차이는 서정성의 본질을 탐구한 이들의 견해와 더불어 구비문학으로부터 기록문학으로의 전환, 즉 가요시 형태로부터 문자시 형태로의 전환 과정을 통해서 이해되어야 한다.

---

17) 김천혜, 「독일의 구체시운동」, 『오늘의 문학론』(지평, 1985), p.194. 필자는 구체시의 전통을 말라르메, 이탈리아의 미래주의자, 다다이즘, 폴리네르 등과 연관지어 설명하고 있다.

이러한 전환 과정은 자연히 서정성의 가장 뚜렷한 제시 방식이었던 가요성의 약화를 가져오게 되고 시에 있어서 노래와 유리된 독자적 법칙을 발전시켜 왔다. 그 결과 가요성으로부터 완전히 이탈해버린 구체시 형태는 이제 더 이상 서정시의 양식상 범주에 포함시킬 수 없게 된 것이다. 따라서 서정시의 양식적 차이는 주관성의 핵심이 객관화의 과정을 통해 정감시의 '감정'으로부터 서정적 자아의 '고독'으로 변화된 데서 기인한다고 볼 수 있으며, 그 대표적인 양상을 주정시와 주지시의 경향으로 나눌 수 있을 것이다.

2) 주지적 서정과 자기 객관화의 담론

서정시에 있어서 언어의 감각적 사용이나 비유를 통한 신선한 이미지의 제시는 작품의 정서를 살리기 위해 원용된 것이다. 이는 시의 속성 자체에 대한 인식을 요구하게 되는데, 시의 언어는 과학적 언어와 달리 언어를 정서의 함량이 커지도록 사용한다.

언어의 이러한 사용법은 개개의 낱말이나 구절의 문제가 아니라, 작품을 구성하는 행과 연의 관계, 나아가 그 형태와 구조 전체의 문제에 해당한다. 그러므로 정서적으로 언어의 새 차원을 개척하려면 그에 부수되어 반드시 형태, 기법에 대한 인식이 뒤따라야만 한다. 30년대의 시는 이에 대한 배려의 자취도 남기고 있다. 그 대표적인 것이 20년대 후반 정지용의 시에서 발아된 후 30년대 중반 우리 시단의 주요 경향으로 자리하게 된 이미지즘 계열의 모더니즘 시라고 할 것이다.

한국근대시문학사에 있어서 모더니즘 운동은 정지용의 초기시인 「카페-프란스」, 「슬픈 인상화」, 「파충류동물」 등에서 확인할 수 있듯이 1926년경에 이미 배태되어 있었다고 볼 수 있다. 그러나 당대의 문단

추세와 당대 이론가들의 동조를 얻지 못한 점 등으로 인하여 모더니즘 운동이 문단의 전면에 드러나지 못하고 있다가 30년대에 이르러 문단 추세의 변화와 이양하, 최재서 등의 이론가들에 힘입어 그 윤곽을 확연히 드러낸 것으로 풀이된다.[18]

이들의 등장을 계기로 하여 우리 시단은 전통 서정시의 흐름과는 변별적인 새로운 시의 경향성을 구유하게 된다. 이러한 두 경향성으로 인해 1930년대 시단은 "전통지향성tradition orientation과 모더니티지향성 modernity orientation의 변증법적 발전구조"[19]로 파악되기도 한다. 이는 당시의 우리 시단이, 특히 모더니즘 시운동의 측면에서 볼 때 서구화와 전통의 문제에 직면하였으며, 여기에 덧붙여 전시대의 낭만주의와 편내용주의(목적주의)에 대한 반동적 성격을 띠었으리라는 점을 짐작하게 한다.[20]

> 朝鮮에서 이 르네쌍스가 싸워야 할 첫 敵은 그것의 앞길에 頑强하게 막아선 封建的, 儒敎的 思想이였다. 그것은 李朝五百年間 朝鮮社會의 骨髓에 매치고 細胞에 슴인 致命的 毒素였다.[21]

> 모더니즘은 두 개의 否定을 準備했다. 하나는 「로맨티시즘」과 世紀末文學의 末流인 「센티멘탈 로맨티시즘」을 위해서고, 다른 하나는 當時의 偏內容主義의 傾向을 위해서였다.[22]

---

18) 한계전, 「1930년대의 시와 그 인식」, 김용직 외, 『한국현대시사연구』(일지사, 1983), p.234.
19) 김윤식, 『한국현대시론비판』(일지사, 1975), p.241.
20) 이에 대해서는 문덕수의 『한국 모더니즘 시연구』(시문학사, 1981) pp.291~301을 참조할 것.
21) 김기림, 『시론』(백양당, 1949), p.60.
22) 위의 책, p.74.

위의 글들을 통해서 알 수 있는 바, 1930년대의 모더니즘은 전통과 낭만주의 및 편내용주의(민족주의, 마르크스주의)에 대한 부정으로부터 출발한 것이며, 그들이 추구했던 모더니티modernity 즉 근대성 역시 이러한 전시대적 요소와의 대척점에서 찾아진다. 그러므로 흔히 30년대 시의 경향성을 논하는 자리에서 동시대의 시가 갖는 상호 영향관계에도 불구하고 '주정적 / 주지적', '주관적 / 객관적', '음악적 / 회화적' 등과 같은 이분법적 구분이 행해지는 것이다.

그렇다면 시에 있어서의 모더니티란 무엇인가? 이에 대한 분명한 대답을 구하기란 매우 어려운 일이지만, 프레이져 G. S. Fraser는 일단 그 기준을 시의 복합성, 암시성, 반어성, 모호성 등으로 제시23)한다. 또한 스피어즈 M. K. Spears는 모더니즘의 기본 이념을 '단절의 원리principle of uncontinuity'24)라 지적한다. 그에 의하면 단절은 '형이상학적metaphysical 단절', '미학적aesthetic 단절', '수사학적rhetorical 단절', '시간적temporal 단절' 등으로 나뉜다. 그리하여 그는 이러한 단절을 기본 원리로 하는 모더니즘 시의 중요한 특징을 '공간적 형식spatial form' 즉 시간 질서의 공간화라고 요약하였다. 모더니티로서의 이러한 기준과 이념은 시적 화자의 직접적 목소리에 의해서보다는 객관적 사물을 통한 '보여주기' 수법에 의해서 더 효과적으로 구현될 수 있었을 것이다. 따라서 그 담론의 방식에 있어서도 주정시처럼 진술적 방식이 아닌 묘사적 방식이 선택되어진다.

시의 담론이 묘사적 방식으로 이루어질 경우, 앞서 분류한 객관적 서정시의 양식 중 사물시 형태가 가장 유효할 수 있다. 왜냐하면 근대사회 속에서의 서정적 자아는 그 불확실성으로 인해 내면의식을 주체적

---

23) G. S. Fraser, *The Modern Writer and His World* (Kenkyusha, 1956), p.4.

24) M. K. Spears, Dionysus and the City; *Modernism in 20th Century Poetry*(Oxford Univ. Press, 1970), p.11.

으로 드러낸다기보다는 대상에 대한 자아의 경험 방식, 즉 묘사에 의존하기 때문이다. 그러므로 이러한 시에서는 주지적이고 객관적이며 회화적인 특성들이 가시화되어 나타난다. 여기서 한 가지 검토해야 할 사항이 시와 현실과의 관계이다. 대상에 대한 자아의 경험 방식이란 결국 현실 인식의 문제인 것이고, 모더니즘의 주요 이념 중에 하나가 문명 비판에 있다는 점은 필연적으로 이에 대한 해명을 요구하기 때문이다.

주지하다시피 모더니즘의 선구자인 엘리어트 T. S. Eliot는 그의 「황무지」를 통해 전후 근대문명의 상황을 날카롭게 파헤치고 있다. 리비스 F. R. Leavis의 아래 글은 엘리어트의 현실인식, 즉 근대문명과 시의 관계를 황무지와 황무지적인 것으로 본다는 점에서 시사하는 바 크다.

> 근대에 있어서의 황무지의 의미는 무엇인가? 그 대답은 아마 이 시가 드러내고 있는 의미심장한 분열성disorganization에서 찾아질 수 있을 것이다. 그것이 부조리하게 보여지는 것은 풍부한 문학적 차용과 인유, 그리고 많은 독자들을 난감하게 하는 박식함과 깊은 관련이 있다.25)

여기에서 더욱 중요한 문제는 현실을 지성인으로서의 어떤 관점에서 바라보느냐에 있다. 엘리어트의 기본 태도는 근대의 황무지적인 문명에 질서와 안정을 회복하고자 하는 것이었으며, 이의 실현을 위해 유럽의 근원적 전통인 카톨리시즘을 그 바탕으로 삼고 있다. 이는 모더니즘의 현실 인식이나 문학론이 전통과 역사의식에 입각해있음을 의미한다.26) 그러나 우리의 경우 소위 모더니스트 시인으로 언급되어지는 정지용, 김기림, 김광균 등은 모더니즘의 전제 요건인 지성의 관점27)이 정

---

25) F. R. Leavis, *New Bearings in English Poetry* (Penguin Books, 1932), pp.77~78.
26) 문덕수, 앞의 책, pp.298~300 참조.
27) 문덕수는 1930년대의 한국적 상황 속에서 지성인이 취할 수 있는 관점, 즉

립되지 못함으로 인해서 확고한 현실 인식을 보여주지는 못하고 있다. 이는 시에 있어서의 세계관의 문제인 것으로, 시적 담론의 이데올로기 조건을 취약하게 하는 요인으로 작용하였다.

정지용의 경우 카톨리시즘이나 동양적 세계관의 극기와 절제가 보여지지만, 그것은 개인과 대상의 관계 정립에 국한된 채 근대 또는 식민지시대라는 현실과 직접적인 관계를 맺지는 못한 것이다. 마찬가지로 김기림이 근대 자본주의문명에서의 '죽음과 재생'을, 김광균이 '실향의식'을 시적으로 표상하고 있다 하더라도 그 역시 확고한 이데올로기적 조건을 갖추고 있다고 말하기는 어렵다.

이런 점에서, 1930년대의 주지적 서정시는 모더니즘의 정통 이데올로기에 입각하여 그 담론을 통해 현실 비판 또는 문명 비판을 의도하였다기보다는 차라리 불확실한 시대의 지성을 시적 자아의 객관화로 보여준다고 할 수 있다. 즉 시적 체험의 표현 욕구를 대상에의 관심으로 집중하여 자아의 외면을 강조함으로써 시의 담론을 보다 객관화시키게 되었던 것이다.

3) 주정적 서정과 자기 내면화의 담론

앞서 논한 양식의 차이를 전제할 때, 주정적 서정시는 낭만주의 시관에 맥이 닿아있는 정감성을 바탕으로 하고 있다고 볼 수 있다. 그러므로 주정적 서정시에는 서정시의 여러 특성들28) 중에서도 특히 다음의

모더니스트로서의 기본 태도를 허무주의, 카톨리시즘, 커뮤니즘(마르크스주의), 유교적 인문주의 등으로 구분한다.
28) 슈타이거가 앞의 글(『시학의 근본개념』)에서 논한 서정시의 특성은 다음과 같이 정리될 수 있다.
   첫째, 서정시의 세계는 작자 자신에게만 고유하게 내재하는 개성적인 세계이다.

몇 가지 특성들이 강하게 드러난다. 주정적 서정시는 우선 근원을 명료하게 파악할 수 없는 영혼의 깊이 속에 기반을 둔 정조의 표출로 이루어진다. 또한 회상의 상태를 지향하기 때문에 주정시에서의 모든 존재물은 단절된 대상이 아니라 융화된 상태로 존재한다. 그러나 무엇보다도 중요한 특성은 주정적 서정시가 언어의 의미보다는 음악의 상태를 지향하는 까닭에 논리와 문법의 차원을 초월하며, 동시에 단형의 시형을 이루게된다는 점에 있다. 주정적 서정시의 이러한 특성은 결국 주체와 객체가 시적 자아에 의해 내면화된 담론적 양상을 보이게 되는 것이며, 1930년대의 우리 시 역시 이런 점에서 예외적이지 않다.

1930년대의 우리 시단이 순수시운동의 선두에 섰던 시문학파와 중반의 모더니즘, 후반의 생명파에 의해 전개되어 왔음은 주지의 사실이다. 이 중 모더니즘 시를 제외한 시문학파, 생명파의 시들은 대체로 주정시의 흐름 속에서 개괄될 수 있을 것이다. 시문학파의 경우 정지용의 참여로 인해 주지적 서정시까지 포함된다고 하지만, 그러나 이는 시문학파의 결성 동기가 서정시의 양식적 동일성보다는 전시대의 목적시에 대한 순수시의 결집에 있었던 까닭일 뿐이며, 이 모임을 주도했던 박용철의 시론이나 김영랑의 시작품은 다분히 낭만주의적 주정시의 색채를 갖고 있는 것이다.

둘째, 서정시는 독자의 반응을 전제하지 않는 무목적의 시이다.
셋째, 서정시의 세계는 고독의 공간이다.
넷째, 서정시는 정조의 표출로 이루어지고, 그 정조는 통일의 상태를 지향한다.
다섯째, 서정시는 회상의 상태, 곧 융화의 상태를 지향한다.
여섯째, 서정시의 가장 커다란 의의는 음악성에 있다.
일곱째, 서정시는 논리와 문법의 차원을 초월한다.
여덟째, 서정시가 행할 수 있는 실질적인 것은 아무 것도 없다.
아홉째, 서정시는 정조를 표출하기 때문에 그 길이가 짧다.

美의 추구 …… 우리의 감각에 녀릿녀릿한 기쁨을 일으키게 하는 자극을 전하는 美, 우리의 심회에 빈틈없이 폭 들어 안기는 感傷, 우리가 이러한 시를 추구하는 것은 현대에 있어 흰 거품 몰려와 부디치는 바위 위의 古城에 서 있는 감이 있습니다. 우리는 조용히 걸어 이 나라를 찾아볼까 합니다.[29]

박용철의 이러한 언급은 전시대부터 이어져온 계급주의와 민족주의, 그리고 기교주의 논쟁이라는 1930년대의 문학적 현실 속에서 순수한 서정으로서의 미의 추구가 '고성에 서 있는' 것 같이 위험하고 외로운 작업임을 토로하고 있는 것이다. 시인이 이처럼 순수미의 추구를 위험하고 외로운 작업으로 인식하면서도 이에 굴하지 않고 순수서정의 세계에 몰입하게 될 때, 시는 자연히 절대적이고 개성적인 미의 세계에 경도되지 않을 수 없는 것[30]이며, 따라서 위의 글은 시문학파의 지향점이 낭만주의적 순수서정시에 있었음을 선명하게 부각시켜주고 있는 것이다. 또한 『시문학』 3호의 권말에 구르몽과 셸리의 시론을 소개하고 있거나, 『박용철전집』에 수록된 번역시의 대부분이 18세기 낭만주의 작품이라는 점은 그들이 추구했던 순수시가 주정적 서정시 양식이었음을 의심할 수 없게 한다.

시문학파의 이러한 경향성은 그들의 창작시에서도 어김없이 드러난다.

내마음의 어뢴듯 한편에 끗업는
강물이 흐르네
도처오르는 아츰날빗이 빤질한

---

29) 『시문학』 3호(1931), p.32.
30) 김동근, 「박용철 시론의 변용적 의미」, 『한국언어문학』 34집(한국언어문학회, 1995), p.217.

은결을 도도네
가슴엔듯 눈엔듯 또 피스 줄엔듯
마음이 도른도른 숨어잇는곳
내마음의 어딘듯 한편에 끗업는
강물이 흐르네

　　　　　　　-「동백닙에 빗나는 마음」 전문

　김영랑의 이 작품은『시문학』 창간호의 허두를 장식한 것이다. 뿐만
아니라 그후 여러 비평가들에 의해 1930년대의 한국 시를 대표하는 가
작으로 일컬어진 바 있다.[31] 이러한 평가는 이 작품이 1930년대 시의
경향, 즉 주정성과 주지성을 겸하고있다는 측면에서 이루어진 것이다.
그러나 여기서의 화자의 감정이나 생각은 객관적 사물로 대체되어 있
는 것이 아니며, 또한 시인의 목소리가 주지주의의 경향으로 나타나 있
는 것도 아니다. 그렇다기보다는 오히려 주정적이며, 낭만주의의 색채
가 더 짙어 보이는 것이 이 작품이다. 물론 이 시의 중심을 이루는 의미
내용이 '강물'에 전이되지 않았는가 하는 반문을 제기할 수도 있겠지
만[32], 시적 객체로서의 '강물'은 서정적 회상의 대상이 되어 자아와의
합일을 시도하고 있는 것이지 자아를 구체적이며 객관적인 사물로 제
시하고 있는 것은 아니다. 그러므로 얼핏 감각화된 듯 보이는 화자의

---

31) 김춘수,『한국현대시형태론』(해동문화사, 1958), pp.68~69.
32) 이에 대해서는 김춘수의 아래와 같은 언급이 대표적이다.
　　"영랑의 시의 언어는 비단 이 시에서뿐만 아니라, 퍽 시각적·촉각적이다.
　　설명적·개념적인 것을 되도록 피하고, 구체적·감각적인 것을 사용한다.
　　사용한다고 하기보다는 그런 언어로 되어 있다. 그가 예민한 감각을 가졌
　　다는 증좌일 것이다. 이 시에서의 <빤질하다>는 형용사와 <도른도른>이
　　라는 부사는 언어로서는 한층 빛난다. 이 언어의 빛나는 감각성이 그러나
　　시 한 편의 의미에까지 깊이 관련을 못 맺고 있다. 영랑이 스타일리스트
　　(stylist)가 아닌 증좌다."(김용직,「1930년대 시와 감성시의 주류화」,『문학사
　　상』1986. 7, p.282 재인용).

마음(향수 또는 동경의 감정)은 실제에 있어서는 주관의 테두리를 벗어나 있지 못하다. 이는 영랑시에 대한 박용철의 글에서도 드러난다.

> 그는 唯美主義者다 …… (중략) …… 그는 不自由·貧窮가튼 물질적 현실생활의 체취, 작품에서 추방하고 될 수 있는 대로 純粹한 感覺을 추구한다. 그는 의식적으로 언어의 華奢를 버리고 시에 形態를 부여함보다 떠오르는 香氣와 같은 자연스러운 호흡을 살리려 한다.[33)]

이는 영랑시에 대한 감상으로서의 해설임과 동시에, 시문학파가 추구했던 순수서정시의 본질이 주정성에 있었음을 의미한다. 유미주의자로서의 영랑의 시적 담론은 결국 시의 형태를 통해 독자와의 의사소통을 전제한다기보다는, 떠오르는 향기와 같은 자연스러운 호흡으로 이루어진 자기 내면화의 담론인 것이다. 그러기에 "너 참 아름답다. 거기 멈춰라고 부르짖는 한 순간을 표현하기 위하야, 그 감동을 언어로 변형시키기 위하야 그는 捨身的 노력을 한다"[34)]는 언급에 대한 이해가 가능해진다. 즉, 감동을 언어로 변형시키는 것이야말로 영랑시 담론의 정체임을 밝혀주는 단서라 할 수 있다.

체험을 표현하려는 욕구가 자아에 대한 관심으로 쏠리게 될 때 자아의 내면은 강조되고, 그 충격적 체험의 내면화에 의해 자연히 작품은 주관적 경향을 보일 수밖에 없게 된다. 영랑시의 경우, 그가 택한 소재들은 모두가 화자의 눈길과 목소리로 새롭게 나타나는 객체들이다. 그리고 이러한 화자의 목소리도 객체의 침투를 받아서 성숙하고 시가 되는 것이다. 이렇게 보면 영랑의 시들은 주체와 객체간의 간격 부재를

---

33) 『박용철전집』 2, pp.106~107.
34) 위의 글, p.108.

특성으로 하는 주정적 서정시의 한 보기에 해당되는 셈이다.

2. 지용시와 영랑시의 담론 조건

시를 일종의 담론으로 읽는다는 것은 시를 하나의 작업으로 인식해
서 구성체로 논의하려는 것이며, 독자를 능동적이자 생산하는 주체로
인식하는 것이다. 비평의 임무는 작품의 '진실들'을 밝혀내는 데 있는
것이 아니라 '정당성'을 밝혀주는 데 있다[35]고 한 롤랑 바르트 R. Barthes
의 말이 독서 행위의 기본 태도에 대한 좀더 타당한 진술이라고 한다
면, 텍스트의 목표는 독자를 더 이상 소비자가 아닌 텍스트의 생산자로
만드는 것이어야 한다. 시에서 말하고 있는 것은 언어이지 시인이 아니
어서, 텍스트에서는 오직 독자만 발언할 수 있기 때문이다. 즉 텍스트
로서의 시는 시인에 의해 생산이 완료된 기성의 생산품이 아니라, 독자
에게서 끊임없이 재생산되어지는 생산 행위의 장인 것이다. 그러므로
시의 의미는 항상 고정되어 있는 것일 수 없다.

텍스트의 의미란 언제나 읽는 과정 속에서 생산되는 법이다. 종래의
시 비평들이 시를 시인의 가정된 '의도'와 '인격'이란 면에서 다루고 있
는 것은 바로 이런 과정에서 필요로 하는 안정감을 부여할 목적에서이
다. 이런 측면에서 보면 종래의 비평에서도 사실상 시를 단순히 언어로
읽는 것이 아니라, 일종의 담론이라는 가정을 은연중에 가지고서 읽었
던 것이다. 그러나 종래의 비평에서는 텍스트를 어떻게 읽어야 할 것인
가를 규정하기 위해 저자라는 개념을 의문의 여지가 없는 선험적인 조
건으로 받아들이고 있는데 반해, 담론 이론에서는 저자를 텍스트의 소

---

35) R. Barthes, *Essais Critiques*(Eds du Seuil, 1964), p.255.

산이거나 결과로 설명한다[36]는 점에 그 차이가 있다.

앞서 연구 방법론에서도 밝힌 바 있듯이, 앤터니 이스톱은 시의 담론이 물질(언어)적, 이데올로기적, 주체적이라는 세 가지 차원에서 동시에 응집되고 결정되어진다고 말한다. 1930년대 시의 두드러진 특성이 개성화와 개체화라고 한다면, 이는 당시의 시적 관심이 '나'의 문제에 있었음을 의미하는 것이며, 시의 담론에서 드러나는 '나'의 문제란 결국 언어·이데올로기·주체성의 차원에서 검토되어야 한다. 이 글에서는 이를 시적 담론의 통사론적 조건, 의미론적 조건, 주체성의 조건으로 상정하고 정지용과 김영랑 시의 담론체계를 분석하는 토대로 삼고자 한다.

1) 통사론적 층위

언어의 문제를 다루는 데 있어서 소쉬르 F. Saussure의 언어 이론은 지금까지 개별적인 발화utterance(소쉬르의 개념은 parole)가 어떻게 언어체계langue 안에서 일어나 문장을 포함하는 단계로까지 이르게 되는가를 보여줄 수 있다는 점에서 그 유용성을 인정받아 왔다. 그러나 한 문장이 다른 문장들과 연결되어 하나의 응집적인 전체를 이루게 되는 방식과 이유에 대한 논의 과정에서는 소쉬르의 언어 이론이 명쾌한 해명을 내리지 못하게 되는데, 그 이유는 이러한 문제가 바로 담론의 영역에 속해 있기 때문이다.

담론이란, 여러 문장들이 연속된 질서를 형성하는 방식, 즉 이질적이면서 동질적인 하나의 전체에 참여하게 되는 방식을 구체적으로 밝혀주는 용어이다.[37] 그러므로 구조들의 체계인 문학 작품을 분석하기 위

---

36) Antony Easthope, 박인기 역, 『시와 담론』(지식산업사, 1994), p.25.
37) 위의 글, p.27.

해서는 담론이라는 차원에서 그 언어 조건들을 해명해야 한다. 특히 언어로 짜여진 가장 긴밀한 유기적 통일체인 시 텍스트에 있어서는 더욱 그러하다.

지금까지의 재래식 담론 이론들은 담론을 의사소통 행위와 동일시하는 경향38)이 강하였다. 그러나 의사소통이란 담론의 주요한 결과 중의 하나일 뿐이지 담론 그 자체는 아니다. 왜냐하면 언어는 화자와 청자간의 의사소통을 가능하게 하는 전달 수단으로만 사용되는 것이 아니라, 그 자체만으로도 자족적인 물질적 본질 즉 물질성materiality을 갖고 있고, 물질로서의 이러한 언어가 담론의 법칙에 따라 구성됨으로써 하나의 의미를 생성하기 때문이다. 기표signifiant와 기의signifie의 관계를 자의적 결합으로 설명하는 소쉬르의 말도 따지고 보면 언어의 기표적 물질성을 긍정하고 있는 것이다. 이에 대한 논의가 좀더 구체적이고 설득력을 갖기 위해서는 데리다의 견해를 참고할 필요가 있다.

표기 기호란 …… 살아있는 부호다. 이것은 표기되는 순간에 소진되는 것이 아니라, 어떤 맥락에서 그 기호를 방출하거나 생산해

---

38) 이러한 경향은 주로 담론을 의사소통의 매체로 인식하는 다음과 같은 견해들에서 드러난다.
"문학적이든 아니든, 언어 용법의 일부는 언어학적 범주에 대한 예증일 뿐만 아니라 …… 또한 의사소통의 일부, 즉 다양한 종류의 담론인 것이다."(H. G. Widdowson, 「Literature as Discourse」, Stylistics and the Teaching of Literature, 1975, p.27.)
"언어학자들은 모두 인간의 의사소통이란 최소한 세 가지 층 — 의미·형식·구성질료, 즉 담론·통사론·음운론 — 으로 기술할 수 있다고 동의할 수도 있겠지만, 언어학의 경계에 대해서는 이견들이 있다."(M. Coulthard, An Introduction to Discourse Analysis, 1977, p.1.)
"언어를 통해 소통되는 내용의 많은 부분이 '말해지지 않은 것'이라는 점이 앞의 논의과정에서 입증된 셈이다. 이런 사실의 중요성은 특히 담론의 분석에서 명백히 드러난다."(E. C. Traugott & M. L. Pratt, 「Analysing Discourse」, Linguistics for Students of Literature, 1980, p.241.)

냈던, 경험적으로 결정되는 주체의 현존을 넘어서서 그 주체가 부재하는 상태에서도 되풀이 될 수 있는 법이다.[39]

데리다의 이러한 언급은, 글이란 본래 수화자(독자)가 존재하지 않은 상태에서 이루어지는 발화 형태라는 점을 전제하고 있다. 이러한 전제는 또한 글이 발화자(작자)가 부재한 상태에서 독자에게 읽혀진다는 점에서 그 역의 전제를 성립시킨다. 따라서 표기 기호 즉 언어는 독서 과정에서 원래의 맥락context이나 실제의 맥락으로부터 유리되어 재생산되거나 반복되어지는데, 이 때의 재생산이나 반복은 바로 기표가 갖는 물질적 조건에 의존하여 이루어지는 것이다. 그러므로 작자의 의식적인 의도와 텍스트의 수용자 사이에는 항상 맥락의 유리가 있게 되고, 텍스트에서 보여지는 의도와 읽기 사이의 이 맥락의 유리를 데리다는 '차연differance'[40]이라고 명명한다. 그리고 텍스트에서의 이러한 차연이 가장 극명하게 나타나는 글의 형태가 곧 시이다. 시는 산문에 비해 기표를 반복되고 응축되는 형태로 특수하게 사용하기 때문이다.[41] 이렇게 본다면 시의 담론적 특성은 결국 기표의 의도적인 반복에 있는 것이고, 기표의 반복을 통해 발화가 전경화됨으로써 의도와 읽기 사이의 차

---

39) J. Derrida, 「Signature event context」, *Glyph* I (1977), pp.181~182.

40) 데리다는 언어의 의미가 발화자와 수신자 사이에 개재하는 맥락의 '차이 difference'에 의해서 만들어진다고 한다. 또한 언어의 시간적 성질은 인식의 '연기deferment'를 초래하고, 이로 인해 이전의 의미는 나중의 의미에 의해서 수정되어진다고 한다. 이것이 바로 데리다가 조어한 '차연differance'이다.

41) 앤터니 이스톱은 이에 대해 야콥슨과 데리다의 견해를 비교하여 설명하고 있다. 즉 야콥슨은 시적 기능의 언어란 기표가 전달 내용을 강화시켜주는 언어의 특수한 용법이라고 규정한데 반해서, 데리다는 모든 언어가 사물화 즉 '물질성'을 갖고 있기 때문에 이 물질성이 약화된(기표가 기의에 지배받는) 산문 형태를 오히려 언어가 특수하게 사용된 결과로 인식하고 있다고 한다. 그는 아울러 이들의 의견을 종합하여 기표가 기의에 우선함을 주장한다(박인기 역, 앞의 글, pp.36~37 참조).

연이 일어나는 허구적 담론으로 읽혀질 수 있으며, 여기에서 언어의 시적 기능이 형성된다.

기표의 반복은 두 가지 효과를 의도함으로써 전경화된다. 그 하나는 시각적 효과이며, 다른 하나는 청각적 효과이다. 이러한 반복과 효과는 담론의 음성학적 층위, 통사론적 층위, 의미론적 층위의 유기적 관련 속에서 이루어진다. 한 편의 시를 체계화하고 있는 이 층위들 중에서 그 시를 독특하게 만들어주는 주도적 요소를 지배소dominant라고 하는데, 통사론적 조건이라는 차원에서의 지배소에는 그러므로 이 두 가지 효과를 의도하는 기표의 반복 방식인 병치나 대구 등이 포함될 수 있다. 따라서 지용시와 영랑시의 담론 조건을 언어의 차원에서 살펴본다는 것은 바로 그들의 시에서 드러나는 기표의 반복이 어떤 통사론적 법칙성에 의거하고 있으며, 그 시적 효과가 무엇인가를 밝히는 작업이라 할 수 있다.

> 詩의 신비는 言語의 신비다. 詩는 言語와 Incarnation적 일치다. 그러므로 詩의 정신적 심도는 필연으로 言語의 精靈을 잡지 않고서는 표현 제작에 오를 수 없다. 다만 詩의 심도가 자연 人間生活에 思想에 뿌리를 깊이 서림을 따라서 다시 詩에 긴밀히 血肉化되지 않은 言語는 결국 詩를 死産시킨다. 詩神이 居하는 궁전이 言語요, 이를 다시 放逐하는 것도 言語다.[42]

이 글은 정지용이 자신의 시론을 피력한 것이다. 여기에 이 글을 소개한 이유는, 이와 같은 전텍스트를 전제로 하여 그의 시를 분석하고자 함이 아니라 이를 통해 기표로서의 언어에 대한 정지용의 인식을 발견할 수 있기 때문이다. 정지용은 언어를 시의 매체로서만 아니라 대상으

---

42) 정지용, 「시와 언어」, 『문장』 11호(1939. 12.), pp.130~131.

로서도 인식이 가능한 것, 즉 초언어meta-language로 이해하고 있다.[43]
'언어의 정령'을 잡는다는 것은 대상에 대한 적합한 언어의 선택을 요
구하는 것이며, 기표의 물질성에 바탕을 둔 시적 기호화 과정을 의미한
다고 볼 수 있다. 언어에 대한 자각이 분명했다는 것은 시작품에 드러
나는 언어의 선택적 특성으로 증명되는데, 이는 언어전달행위
communication가 전언message 그 자체에게로 지향하고 있을 때 시적 혹은
미적 기능이 우세해진다는 야콥슨의 견해에 의거해 설명될 수 있다.[44]
  '전언에의 지향'은 정지용의 '언어의 정령'과 상통함을 볼 수 있다.
즉 정지용은 시적 기능의 확대를 위해 언어의 정령을 잡으려 노력하고
있으며, 이를 위한 구체적인 방법으로 개념적이고 추상적인 언어에서
벗어나 즉물적이고 구체적인 언어를 시어로 선택하고 있다. 이와 같은
언어 선택은 기호를 명확히 의식하도록 촉진시키며, 그 결과 기표와 기
의, 기호와 대상간에 내포적 체계를 형성한다. 정지용의 언어적 자각은
야콥슨의 표현을 빌면 "기호와 대상의 기본적인 이분성dichotomy을 심
화"[45]하기 위한 노력인 것이다.
  정지용의 시가 흔히 사물시 또는 시각적 이미지의 시로 평가되어 오

---

43) 문덕수, 「정지용론」, 『한국모더니즘시연구』(시문학사, 1981), p.301.
44) 언어의 시적 기능을 언어전달이란 면에서 설명한 R. 야콥슨의 이론에 따르
    면, 언어는 발신자addresser, 수신자addressee, 전언message, 문맥context, 약호
    code, 접촉contact이라는 여섯 가지 기본 요소로 형성되며, 이 여섯 가지 요소
    의 관계를 다음과 같이 도식화하였다(R. Jacobson, 「Linguistics and Poetic」,
    Selected Writing Ⅲ, ed. by Stephan Rudy, Paris. New York. Mouton, 1981, p.22).

문맥 context
전언 message
발신자 addresser ——————— 수신자 addressee
접촉 contact
약호 code

45) T. Hawkes, 오원교 역, 『구조주의와 기호학』(신아사, 1982), p.118.

는 이유는 바로 즉물적 언어를 통해 기호와 대상의 이분성이 드러나고 있기 때문이라고 할 수 있다. 대표시 중 하나인 「향수」의 경우 "옛이야기 지줄대는 실개천", "밤바람 소리 말을 달리고", "내 마음 …… 활살을 찾으려", "傳說바다에 춤추는 밤물결", "석근 별 …… 모래성으로 발을 옮기고"와 같이 서정적 자아를 '실개천', '말', '활살', '밤물결', '별' 등의 즉물적 언어에 투사하여 기호화함으로써 화자의 내면성으로 인격화된 새로운 기의를 기표에 생성하고 있다.[46]

시적 담론이 즉물적 언어들로 수행될 때, 시는 독자에게 한 폭의 그림과 같은 연상 작용을 일으킨다. 이 시에서의 이러한 시각적 효과는 언어 기표 자체에서뿐만 아니라, 통사적 구조화 방식에 의해서도 더욱 강화되고 있다. 「향수」의 구조화 방식은 통사적 등가성을 갖는 다섯 연의 병치와 각 연 사이의 후렴구 반복으로 이루어져 있다. 각각의 장면을 가진 다섯 개의 연을 병치시킴으로써, 서정적 자아는 공간적으로 이동하게 되며, '~곳'으로 끝나는 각 연은 결국 하나의 장면적 기표를 형성한다. 또 병치된 장면적 기표 사이에 "―그 곳이 참하 꿈엔들 잊힐리야"라는 화자의 목소리를 반복시킴으로써 장면성에 의한 시각적 효과를 극대화하고 있는 것이다. 이러한 특성은 지용의 대부분의 시편들에서 보여지는데, 아래 시의 통사구조를 살펴보면 더욱 확연하게 나타난다.

鋪道로 나리는 밤안개에
어깨가 저윽이 무거웁다.

---

46) 소쉬르는 『일반언어기호Cours de allinguistique gener』에서 언어 기호를 언어의 형식면form이 되는 기표signifiant와 내용면content이 되는 기의signifie와의 이면적 체계에서 정의를 내렸다. 시니피에는 시니피앙을 떠나서는 존재할 수 없는 것이며, 개념도 시니피앙을 떠나서는 존재할 수 없는 것이다. 그러므로 기표는 기의에 우선한다.

이마에 觸하는 쌍그란 季節의 입술
거리에 燈불이 함폭! 눈물 겹구나.

제비도 가고 薔薇도 숨고
마음은 안으로 喪章을 차다.
걸음은 절로 드딜데 드디는 三十적 分別
영탄도 아닌 不吉한 그림자가 길게 누이다.

밤이면 으레 홀로 돌아오는
붉은 술도 부르지않는 寂寞한 習慣이여!

－「귀로」전문

　「귀로」에서는 "무거웁다", "눈물겹구나", "喪章을차다", "길게 누이
다" 등의 서술어가 각 연을 단위화하여 평행 구조를 이루고 있다. 이러
한 시의 구조는 중국의 시에서 곧잘 사용하는 대구법 같은 것으로, 야
콥슨이 오랫동안 지적 탐구의 대상으로 삼아온 이른바 패래레리즘
parallelism이라 할 수 있을 것이다. 패래레리즘은 초 / 중 / 종 같이 순차적
인 연쇄성이 아니라 음악에서의 화음처럼 동시적인 것으로 울리는 것
으로서 서사적이나 논리적인 언술과는 대극적인 자리에 놓여지는 것이
다.47) 그러므로 「귀로」의 담론체계는 서술어의 대구 형태와 각 연 2행
의 정제된 형식으로 기표들을 구조화하고 있으며, 이러한 통사적 구성
원리에 의해 리듬성과 시각적 이미지를 동시에 구현해 낸다. 시적 담론
의 언어적 조건이 기표의 반복으로 살펴진다고 할 때, 즉물적 언어의
나열과 더불어 「향수」의 통사적 구조화 방식인 병치 형태와 시행의 반
복, 「귀향」에서 보여지는 대구 형태와 연 단위의 기표들은 곧 정지용
시의 지배소를 형성하는 통사론적 조건들이라 할 수 있다. 그리고 이러

---

47) 이어령, 「이어령문학강의Ⅲ」, 『문학사상』 179호(문학사상사, 1987. 9), p.120.

한 조건들에 의해 수행되는 담론체계의 통사구조는 독자에게 상징적 의미를 띤 시각적 이미지로 전달되는 것이다.

이에 반해 김영랑 시의 담론체계는 주로 은유와 직유에 의해 발화되고 있다. 이러한 비유적 기표들은 상징적 기표들에 비해 의미 전달이라는 면에서 더 직접적이다. 정지용의 시에서는 물질성을 강화하고 있는 상징적 기표들이 텍스트의 맥락에서 '계열적 관계'에 의해 체계화되고 있다면, 김영랑 시의 비유적 기표들은 '통합적 관계'에 의해 조직화되고 있다.[48] 이 경우, 기표들은 동시적 공간적으로 인식되기보다는 연쇄적 시간적으로 인식되어 음악적 효과를 가져온다.

> 돌담에 소색이는 햇발가치
> 풀아래 우슴짓는 샘물가치
> 내마음 고요히 고흔봄 길우에
> 오날하로 하날을 우러르고십다
> 　　　　　　 ─「내마음 고요히 고흔봄 길우에」 일부

> 내마음을 아실이
> 내혼자스 마음 날가치 아실이
> 그래도 어데나 게실것이면
> 　　　　　　　　 ─「내마음을 아실이」 일부

위의 시에서는 비록 즉물적 언어가 쓰이고 있다고 하더라도 '내', '내

---

48) 언어의 구조적 측면을 계열적 관계와 통합적 관계로 설명하는 야콥슨은 시적 기능에 대한 경험적인 언어학적 기준을 언어 행위에 개재하는 '선택 selection'과 '결합combination'이라는 두 가지 기본적 배열 양식에서 찾는다. 이 때 선택의 기준은 등가성, 유사성, 상이성, 동의성과 반의성이며, 결합 즉 배열을 구성하는 기준은 인접성이다(R. Jacobson, 김태옥 역, 『언어학과 시학』, 문학과지성사, 1977, p.155).

마음'과 같은 명시된 화자 기표에 의해 즉물적 기표들이 통어되고 있다. 즉 '~가치'나 '~아실이' 등의 반복이 이루어지고 있지만, 이는 계열적 관계로서의 병치나 대구라기보다는 통합적 관계 속에서의 연쇄라고 볼 수 있다. 계열적 관계는 언어의 선택selection이 이루어지는 환경이며, 통합적 관계는 선택된 언어끼리 서로 결합combination되는 환경이다. 이러한 통사론적 구조화 방식은 연 또는 텍스트 전체를 중문이나 복문 형태가 아닌 하나의 단문 형태로 조직하고 있으며, 기표와 기의는 비유에 의한 의존적 관계를 형성한다. 여기에서 음악적 효과가 발생한다. 그것은 기표의 의미가 비유에 의해 이미 전제됨으로써, 기표의 주된 역할이 기의에 대한 이분성을 드러내기보다는 오히려 기표 자체의 음성적 자질을 강화하는 데 주어지기 때문이다.

또 시적 담론이 단문 형태로 수행됨으로 인해 언술행위 과정에서 호흡의 정제를 가져온다는 점 역시 위의 시들이 음악적 효과를 획득하는 주요 요인이라 할 수 있다. 영랑시의 담론체계를 구성하는 이러한 특성들은 결국 시적 화자의 주관적 정서를 표출하는 데 가장 적합하게 작용하고 있는 것이다. 따라서 시의 음악적 효과에 기여하는 음성자질에 의한 기표의 반복과 통합관계적 연쇄가 바로 영랑시의 지배소 추출을 가능하게 하는 통사론적 조건으로 작용된다고 볼 수 있다.

2) 의미론적 층위

문학을 가리켜 시대와 사회를 반영하는 역사적 산물이라고 하듯이, 문학의 담론 역시 사회적 사실임을 부정할 수 없다. 그러므로 담론은 언어에 의해 결정됨과 동시에 이데올로기에 의해서도 결정된다. 이는 언어를 조직해 가는 담론 과정을 통해서 담론의 생산주체와 수용주체가 "세계에 대한 체계적인 사고들과 표상으로서의 이데올로기"[49]를 능동적으로 개입시켜 나가기 때문이다.

담론으로서의 언어는 단순히 관념 내용의 전달 수단에서 그치는 것이 아니라, 언어를 통해 관념 내용 그 자체를 재구성하여 세계를 인식하고 해석하며, 변혁해 나가는 주요한 장치로서 작동한다. 그러므로 시가 사회적 경험 내용을 생산하고 수용하는 과정 속에서, 그 생산과 수용을 근저에서 방향 조정하는 담론의 이데올로기적 자질에 의당 관심을 기울여야 한다. 담론은 언어적 체계를 기저에 둔 개별적인 발화임과 동시에, 그 개별성이 보편적인 언어사용 능력과 관련을 갖는다는 점에서 이데올로기적이다. 달리 말하면, 개별적인 언어사용에 내재되어 있는 보편적 성격, 곧 언어의 사회적 성격의 탐구가 담론의 합리적 핵심인 것이다.[50]

담론은 자체의 물질성 법칙에 따르는 물질적 존재라는 점과, 그 구조에 의해 야기되는 사회적 관계의 조건이라는 이중성을 갖고 있다. 그러므로 사회 형성체의 한 요소[51]인 시는 언어 자체로서의 물질성 법칙을 따르면서 동시에 사회적 관계의 한 조건에 좌우되는 것이다. 즉 시는 담론으로서의 자율성을 갖고 있지만 그 자율성은 또한 사회와의 상대적 관계에 의해 결정되어진다. 따라서 시란 알튀세의 지적대로 상대적인 자율성에 의거해 규정되는 이데올로기적 실천의 특수한 사례인 것이며, 물질로서의 언어가 사회적 관념인 이데올로기에 의해 의미화하는 것이

---

49) L. Althusser, 김동수 역, 『아미엥에서의 주장』(솔출판사, 1992), p.103.

50) 김상욱, 「담화의 이데올로기적 성격과 국어교육적 함의」, 『국어국문학』 112호(국어국문학회, 1994), p.380.

51) 이스톱에 의하면, 시는 자체의 법칙이나 질서에 순응하는 나름의 독립성을 갖고 있는 별개의 구체적인 실천태이며, 이와 동시에 언제나 하나의 시적 담론 양식이자 역사적으로 규정되는 사회적 형성체의 일부를 이루고 있다고 한다(Antony Easthope, 박인기 역, 앞의 글, p.44).

다. 그리고 담론의 이데올로기적 실천, 곧 '의미작용의 실천signifying practices'52)은 의미를 기호화하는 일정한 체계 속에서 이루어진다. 기호가 나타나는 곳 어디에서나 역시 이데올로기도 나타나며 모든 이데올로기적인 것은 기호적인 가치를 갖는다고 한 바흐찐의 전제에 따른다면, 시에서의 이데올로기는 곧 의미작용의 기호라고 볼 수 있다.

담론의 이데올로기적 성격을 논한 김상욱은 담론 주체의 이데올로기적 의미화 과정을 지속, 확장, 전이, 대체라는 네 가지 양상으로 구분한다.53) 그에 의하면, '지속'은 텍스트 속에 구성된 의미가 사회적 가치에 의해 준용된 의미와 동일한 경우이다. 이 때의 이데올로기적 의미화 양상은 지배적 이데올로기를 유지하는 형태로 이데올로기적 개입을 실현한다. '확장'이란 어휘소를 둘러싸고 있는 사회적 가치를 그대로 승인하면서, 그 가치가 담지하는 외연의 틀을 벗어나지 않은 채 더욱 풍부한 의미화를 실현하는 과정이다. 이 때는 지배적 이데올로기를 강화하는 이데올로기적 효과를 발휘한다.

'전이'와 '대체'는 지배적 이데올로기와 대척적인 입장에서 그 의미화를 실현하는데, '전이'는 준용된 사회적 가치와 질적으로 상이한 의미화를 기획하는 가운데 새로운 함축적 의미를 덧붙여 나간다. 한편 '대체'는 인식론적 단절로 지칭될 수 있을 만큼 기존의 개념적 표상을 완벽하게 거부하고, 전적으로 상이한 인식론적 지평 위에 전반적인 가치화를 이루어낸다. '지속'이 일상적 담론에, '대체'가 학술적 담론에 주로 나타나는 특성이라고 한다면, 문학 텍스트는 이상의 네 가지 양상 중에서 '확장'과 '전이'에 의해 이데올로기를 의미화한다. 문학 텍스트의 담론이 특정한 개별적 청자를 상정한다기보다는 아주 일반적인 수

---

52) S. Hall, 「The rediscovery of 'Ideology'」, Culture, Society and the Media(Methuen & Co. Ltd, 1982), p.64.

53) 김상욱, 앞의 글, pp.386~388.

준의 불특정한 다수를 수용자로 전제하고 있으며, 그 불특정한 수용자의 기대지평 내에서 작동해야 하기 때문이다. 그러므로 의미의 '확장'과 '전이'를 가능하게 하는 시적 장치들을 시의 지배소 추출을 위한 의미론적 차원의 조건이라 할 수 있다.

이를 바탕으로 할 때, 지용과 영랑의 시적 담론을 구성하는 의미론적 조건을 밝히는 일은 문학 텍스트의 의미화 양상인 '확장'과 '전이'가 어떻게 변별적으로 작용하고 있는가에 대한 탐구라고 할 수 있다.

넓은 벌 동쪽 끝으로
옛이야기 지줄대는 실개천이 회돌아 나가고,
얼룩백이 황소가
해설피 금빛 게으른 울음을 우는 곳,

─그 곳이 참하 꿈엔들 잊힐리야.

질화로에 재가 식어지면
뷔인 밭에 밤바람 소리 말을 달리고,
엷은 조름에 겨운 늙으신 아버지가
짚벼개를 돋아 고이시는 곳,

─그 곳이 참하 꿈엔들 잊힐리야.

흙에서 자란 내 마음
파아란 하늘 빛이 그립어
함부로 쏜 활살을 찾으려
풀섭 이슬에 함추름 휘적시든 곳,

─그 곳이 참하 꿈엔들 잊힐리야.

傳說바다에 춤추는 밤물결 같은
검은 귀밑머리 날리는 어린 누의와
아무러치도 않고 여쁠 것도 없는
사철 발벗은 안해가
따가운 해ㅅ살을 등에 지고 이삭 줏던 곳,

―그 곳이 참하 꿈엔들 잊힐리야.

하늘에는 석근 별
알 수도 없는 모래성으로 발을 옮기고
서리 까마귀 우지짖고 지나가는 초라한 집웅,
흐릿한 불빛에 돌아 앉어 도란 도란거리는 곳,

―그 곳이 참하 꿈엔들 잊힐리야.

―「향수」 전문

정지용의 이 시가 즉물적 언어 기표를 화자의 내면성으로 인격화함
으로써 새로운 기의를 생성하고 있음을 앞의 통사론적 조건에서 이미
살펴보았었다. 객관적 사물에 주체를 투사하는 의인화의 기법은 넓은
의미에서 은유의 한 양상이라고 할 수 있지만, 그러나 의인화에 의한
광의의 은유체계는 협의의 은유체계와는 의미 구현의 양상에서 많은
차이를 드러낸다. 즉 이러한 은유체계는 문법상의 수사법만을 의미하
는 것이 아니라, 실재를 파악함에 있어 의미의 전이가 이루어지는 사고
체계를 의미한다.[54] 따라서 이 경우에는 숨어 있는 주체와 대상간의 관
계가 명시적이고 비유적이라기보다는 암시적이고 상징적으로 이루어
진다. 그리고 상징적 관계에서는 주체의 이데올로기가 대상에 '전이'됨
으로써 기표의 의미화가 이루어진다.

---

54) P. Wheelwright, *Metaphor & Reality*(Indiana Univ. Press, 1962), p.71.

<표 1>

의미소적 범주	어휘의 장
외 부	넓은 벌, 얼룩백이 황소, 질화로, 재, 흙, 하늘, 전설바다, 누의, 안해, 까마귀.
내 면	실개천, 게으른 울음, 뷔인밭, 밤바람, 활살, 내마음, 밤물결, 이삭, 모래성, 초라한 집웅.
수 동	우는, 식어지면, 그립어, 날리는, 발벗은, 지나가는.
능 동	나가고, 달리고, 찾으려, 춤추는, 이삭줏던, 옮기고.

이는 「향수」의 담론체계를 그 의미소적 범주로 도표화(<표 1>)할 때 더욱 분명하게 살펴볼 수 있다.

각 의미소적 범주에 들어있는 어휘소들은 서로가 등가의 관계에 있는 계열체paradigm이며, 계열체들은 리파테르 M. Riffaterre가 말하는 수렴과 확산의 관계를 이루고 있다.[55] 이 경우, 외부의 어휘장에서는 '흙'이, 내면의 어휘장에서는 '내마음'이, 수동의 어휘장에서는 '그립어'가, 능동의 어휘장에서는 '찾으려'가 수렴의 구심적 역할을 하고, 다른 것들은 이로부터 확산된 것들, 즉 전이된 의미를 갖는 상징적 기표들이라 할 수 있다.

이와 같이 어휘의 장과 의미소적 범주를 설정해 본 결과, 시적 담론의 의미론적 조건을 주도하는 의인화는 주체가 투사되어 있는 내면과 능동의 범주에서 활발하며, 총체적 의미 구현의 실마리 역시 이들 범주에서 발견하게 된다. 수렴적 어휘소들을 연결해 보면 '내 마음은ー흙이ー그리워ー찾아가려 한다'가 되는데, 이는 이 시가 의도하는 담론적 의미라 할 수 있다. 즉 외부 / 내면, 수동 / 능동의 대립구조가 내면과 능동의 의미소적 범주를 지향함으로써 이 시의 주제(향수)를 표출하고 있는 것이다. 정지용 시에 있어서의 이러한 특성, 즉 공간적 질서와 의인화에 의해 의미를 전이시키는 기법이 그의 시편 곳곳에서 발견되고 있다

---

55) M. Riffaterre, 앞의 글 참조.

는 점은 의미론적 충위에서의 시적 구조화의 원리가 어디에 있는가를 짐작하게 한다.

반면, 김영랑 시의 어휘들은 준용된 사회적 가치의 의미망에서 벗어나 있지 않다. 지용시의 어휘들이 기표에 전제되어 있는 사회적 기의를 거부하고 주체에 의한 상징적 기의 곧 함축적 의미로 쓰이고 있다면, 영랑시의 어휘들은 오히려 기표의 사회적 기의를 강화하고 있다. 사회적 기의의 강화란 언어의 의미에 작용하는 지배적 이데올로기에 더욱더 충실하기 위해 의미를 확장시키는 것이라 할 수 있다. 그리고 이러한 의미화의 방식이 시적 효과를 얻기 위해서는 주체와 대상, 대상과 대상이 비유적으로 결합되어야 한다. 비유의 기능이 원관념의 의미론적 확장을 위해 보조관념을 동원하는 데 있기 때문이다. 그러므로 이 때의 시적 주체는 대상에 투사된 채로 객관적 위치에 존재한다기보다는, 대상을 적극적으로 통제하고 내면화시키는 주관적 위치에 자리한다.

> 쓸쓸한 뫼아페 후젓이 안즈면
> 마음은 갈안즌 양금줄 가치
> 무덤의 잔듸에 얼골을 부비면
> 넉시는 향맑은 구슬손 가치
> 산골로 가노라 산골로 가노라
> 무덤이 그리워 산골로 가노라
>
> ─「쓸쓸한 뫼아페」 전문

> 황홀한 달빛
> 바다는 銀장
> 천지는 꿈인양
> 이리 고요하다

불르면 내려올듯
정뜬 달은
맑고 은은한 노래
울려날듯

―「황홀한 달빛」 일부

　위의 시들은 주체와 대상간에, 또 대상과 대상간에 비유적 결합이 이
루어져 있다.「쓸쓸한 뫼아페」에서는 주체의 의미소적 범주에 속하는
'마음'과 '넋'의 시적 의미를 강화하기 위하여 '양금줄'과 '구슬손'이라
는 외부 세계의 대상을 보조관념으로 동원하고 있고, 여기에서 비유적
이미지가 표출되어진다. 양금줄과 구슬손은 '갈안즌', '향맑은'이라는
지배적 이데올로기로 표상되는 기표이다. 시적 주체가 기표의 이러한
준용된 사회적 의미를 보조관념으로 차용하는 비유적 기법으로 인해
외부 세계는 내면화의 양상을 띠게 된다.
　시의 담론이 대상의 내면화 과정으로 이루어 질 때, 그 담론적 의미
는 주체의 전이에 의한 상징적 의미를 갖는 것이 아니라 주체의 확장을
위한 비유적 의미를 갖게 된다. 영랑시의 이와 같은 의미화 양상은「황
홀한 달빛」에서도 마찬가지로 드러난다. "바다는 銀장"이라는 대상과
대상의 비유적 결합이 비록 외부 세계에 대한 객관적 상황 묘사처럼 보
인다 하더라도, 곧바로 대상과 주체의 비유적 결합인 "천지는 꿈인양"
으로 통사론적 연쇄를 가져온다는 점에서 주체의 내면성에 의해 그 의
미가 통제되고 있다고 할 수 있다. 이는 둘째 연의 "불르면 내려올듯"이
대상(달)에 대한 주체의 행위적 욕구를 표상하고 있다는 점에서 더욱
분명해진다.
　위의 두 시에서 보여지듯이 비유를 영랑시의 지배소가 형성되는 의
미론적 조건이라 할 수 있는데, 은유체계로서의 담론이 이처럼 기표를

지배적 이데올로기에 입각하여 의미화함에도 불구하고 독자에게 시적 의미를 부여하는 이유는 무엇인가? 그것은 은유체계가 '주어+서술어' 형태로 통사 문법을 만족시키면서도 의미론적으로는 비문이라는데 있다. '마음', '넋', '바다', '천지' 등의 무인격 주어가 능동의 서술형과는 부합되지 않는 의미론적 비문을 이루면서도 '共起關係'에 의해서 시적 의미로의 확장을 가져오고 있는 것이다. 공기관계는 한 기호의 표현면이 어떤 형태로든지 간에 내용면을 모사할 때 생겨나며, 시적 구조화를 통해서 무엇인가는 감성·지각적으로 경험되고 동시에 지적으로 실현되어 의미의 일치를 가져오게 한다.56)

3) 주체성의 층위

시의 담론에 있어서 주체성의 조건이 문제시되는 이유는 시 역시 일종의 통화체계이기 때문인데, 지금까지 논한 바와 같이 시는 언어적으로, 그리고 이데올로기적으로 결정되고 의미화하지만, 그 과정의 수행이란 결국 주체에 의해서 이루어지는 것이다. 그러므로 시 텍스트 속에서 주체가 어떻게 언어에 이입되는가, 즉 기표가 주체를 '내면화'하는 방식이 무엇인가에 따라서도 시의 담론은 결정된다. 즉 담론에서의 주체는 인칭대명사로든 또는 객관적 사물에 투사되어서든 기표화되어 있으며, 기표의 연쇄체 속에서 의미가 '주장'되고 있기 때문에, 의미를 유지시키는 단일한 목소리로 전개되어진다. 다시 말해, 주장되고 있는 의미의 유지를 주체의 일관성이라 한다면, 주체의 일관성은 "결합관계적 연쇄를 따라"57) 이루어진다.

---

56) 차봉희 『현대사조 12장』(문학사상사, 1981), pp.250~251 참조.

57) J. Lacan, *Ecrits*(tr. Alan Sheridan, London : Tavistock, 1977), p.153.

야콥슨에 의하면 언어는 계열관계축associative synchronic과 결합관계축syntagmatic diachronic을 갖고 있으며, 하나의 담론은 한 계열체에서 하나의 기호를 선택하여 다른 계열체에서 선택된 다른 기호와 결합시킬 때 성립된다. 기표로 대체된 주체는 통합관계축의 연쇄에 의해서 의미를 유지해 가는데, 이러한 연쇄가 가능한 것은 다른 문맥에서 선택된 계열관계적 기표에 의해 의미의 연상이 전달되기 때문이다. 그러므로 담론 주체의 자아 즉 시적 자아란 "객체들에 자신의 모습으로 반영된 그것"[58]이라 할 수 있는데, 이는 주체와 객체 사이의 전개 과정이거나 이동이며, 소외구조에서 이루어지는 동일성인 것이다.

시적 담론에서 주체의 위치는 언술행위의 주체subject of the enunciation와 언술내용의 주체subject of the enunced라는 두 가지 측면에서 고찰될 수 있다. 벵브니스트 E. Benvenist는 언술행위의 대표적 '표지'인 인칭기호의 유무에 따라 담론discourse과 이야기story를 언술행위의 하위양식으로 규정한다.[59] 인칭을 나타내는 표지는 주체가 현상적인가 함축적인가의 차이일 뿐이지, 주체의 유무를 말하는 것은 아니다. 왜냐하면 담론의 주체가 다른 기표로 '재현'되어 있듯이 이야기의 주체는 '가정'되어 있기 때문이다. 따라서 언술행위의 주체와 언술내용의 주체

---

58) 위의 글, p.194.

59) 벵브니스트는 '인칭 기호'를 언술행위의 형식상 장치라고 하면서, 발화자인 1인칭이 수화자인 2인칭과는 결합되고 부재자인 3인칭과는 대립되는 것으로 간주한다. 그리하여 3인칭이란 비인칭적 형식의 언어곡용이기 때문에 이 비인칭적 언술행위는 이야기histoire 양식이고, 1인칭과 2인칭에 의한 인칭적 언술행위가 담론discourse이라고 규정한다(E. Benvenist, Problems in General Linguistics, Miami Univ. Press, 1971, pp.206~209).
그러나 토도로프에 의하면, 언술행위의 표지는 인칭 기호뿐만 아니라 '이것 / 저것'과 같은 지시사, '여기 / 저기'와 같은 관계부사와 형용사, 현재시제, '맹세하건데…'와 같은 수행동사, '아마, 어쩌면'과 같은 양태화 술어 등으로 확대된다(T. Todorov, 「Enunciation」, C. Porter trans. Encyclopedic Dictionary of Sciences of Language, Oxford Univ., 1981, p.324).

란 담론에서 이 두 주체 사이에서 분열되어 있는 말하는 주체에 대한 두 가지 다른 위치인 것이며, 이에 의해 담론의 통화체계에는 언술행위의 주체로서의 내포작가와 내포독자, 언술내용의 주체인 화자와 청자의 관계가 설정된다. 이는 채트먼이 제시한 담론의 통화체계를 통해서도 살펴진다.

텍스트

실제작가 → {내포작가 → 화자 → 수화자 → 내포독자} → 실제독자[60]

여기에서 실제작가와 실제독자는 작품을 창작하고 그것을 해독하는 데 직접 참여한 인물이 아니라, 그 이전의 평상인에 불과하다. 따라서 이 두 인물은 사실상 텍스트의 문맥밖에 놓여 있는 존재이다. 반면 작품을 생산하고 해독하는데 직접 참여하여 텍스트의 문맥에 관여하는 인물들이 내포작가와 내포독자이며, 오직 텍스트 안에서만 살아 움직이는 진정한 의미에서의 텍스트 내적 존재들이 화자와 피화자이다.

채트만에 의하면, 내포작가는 독자에 의해 재구축된 인물이자 텍스트의 문맥을 이끌어 가는 일종의 원리인 까닭에, 화자와는 달리 목소리가 없으며 직접적인 소통 수단을 가지고 있지 않다. 그러므로 텍스트에 의한 의사소통이란 언술내용의 주체인 화자와 현재적 언술행위의 주체인 독자 사이에서 이루어진다고 볼 수 있다. 이는 결국 화자와 청자(수화자 또는 내포독자)의 통화모형에 의해 수행되는 담론의 결과라는 점에서, 담론이 항상 의사소통을 전제로 하는 것만은 아니라는 점을 분명히 보여준다. 이에 비추어 본다면 시적 담론의 주체는 화자의 위치에 자리하는 것이며, 또한 화자는 인칭대명사에 의해 명시적으로 드러나 있거나 다른 중개자나 해석적 장치 속에 숨어있게 된다.

---

60) S. Chatman, 한용환 역, 『이야기와 담론』(고려원, 1990), p.179.

정지용은 감각적 경험을 선명하게 고착시키는데 능숙한 시인이다. 또 비이성적인 감정의 과격한 반응과 관념에 반기를 들고 감정의 지적 절제로서 "안으로 熱하고 겉으로 서늘"한 '시의 威儀'를 실천한 시인이다.[61] 이러한 평가는 곧 그의 시에서 구현된 세미오시스의 특성을 짐작하게 한다. 그의 시에서는 병치와 대구 등에 의한 기표의 반복이 보여지는데, 미메시스에 반복 자체가 구현하는 의미가 덧붙여짐으로써 세미오시스에 이를 수 있다. 시의 세계는 미메시스의 세계인 것이고 또한 세미오시스의 세계를 지향한다. 그러므로 시의 세계에서는 현실 세계와 달리 대상과 인간이 맞서 있지 않다. 시의 세계에서는 주체가 허구화되어 있는 까닭에 보이지 않는 곳에서 그 세계를 지배하고 있다.[62]

이런 점에 대해서 정지용의 시는 매우 충실하다. 대부분의 지용시에서는 서정적 주체, 즉 언술내용의 주체인 화자가 텍스트의 문면 안에 숨어 있음으로 인해서 화자와 내포독자 사이에 일정한 거리를 유지하고 있다. 화자가 '나'로 드러나 있는 경우라 하더라도 그 주체성보다는 한 개체로서의 대상성을 강조하고 있다는 점에서 또한 그러하다. 숨은 화자와 내포독자의 통화 모형에 의해 수행되는 지용시의 담론체계에서는 그러므로 비정할 만큼 차가운 객관주의에 의한 사고와 감각의 균형을 유지하고 있음[63]을 볼 수 있다.

그의 시에서 시적 자아와 세계의 대립을 조정하는 것은 바로 언술 그 자체의 힘이기 때문에, 자연에 대한 대상성이 존중되고 대상과 주체의 정서적 조응이 드러나게 된다. 대상과 주체(언술내용의 주체인 화자)의 병존을 인식하는 또 하나의 주체(언술행위의 주체인 내포작가)

---

61) 박철희, 『한국시사연구』(일조각, 1980), p.207.
62) 송효섭, 「<백록담>의 구조와 서정」, 김학동 외, 『정지용연구』(새문사, 1988), p.64.
63) 박철희, 앞의 글, p.211.

의 자리에 내포독자를 끌어들임으로써, 그의 서정시는 대상에 대한 감정의 일방적인 투사에 머무르지 않고 있는 것이다.

이에 반해, 김영랑 시의 담론은 주로 현상적 화자에 의해 수행되고 있다. 드러나 있는 화자와 내포독자로 이루어지는 통화 모형에서의 언술 행위는 일인칭적인 시점을 취하게 되고, 따라서 언술행위의 주체와 언술내용의 주체가 일치하거나 긴밀한 관계를 유지한다. 이 경우 언술행위의 주체인 시인이 명시된 화자인 '나'의 목소리[64]로 대상을 질서화하고 있기 때문에 시적 담론은 독백적 양상으로 드러나게 되고, 그로 인해 내밀화 · 주관화된 분위기가 형성된다. 이는 영랑시의 종결어미가 주로 자기 표출의 강도가 가장 강한 감탄형 어미로 이루어져 있다는 점과도 무관하지 않은 것이다. 이러한 일인칭 담론에서는 현상적 화자와 독자가 쉽게 동일화를 이루게 되고 따라서 시는 독자에게 언술행위의 주체로 자리하게 하는 정서적 매개물이라 할 수 있다.

---

64) Jakobson에 의하면 언술행위의 목소리는 일인칭 '나'가 중심인 화자 지향과 이인칭 '너'가 중심인 청자 지향, 비인칭 '그', '그것' 중심인 화제 지향의 셋으로 구분되는데, 영랑의 시 57편과 4행소곡 29편중에서는 '나' 61건, '나'의 범주인 '마음'과 '가슴'이 56건으로 압도적인 데 반해, '너'는 「두견」에서 단 한 차례 나올 뿐이며, '그'는 「그대는 호령도 하실만하다」 외 9편에서, '자네'는 「북」에서만 드러난다.

제3장 담론체계 분석의 실제

　본 장에서는 앞서 논하였던 정지용과 김영랑 시에서의 담론 조건들,
즉 통사론적 층위와 의미론적 층위에서 추출하였던 지배소의 조건과
주체에 의해 수행되는 통화 모형이 어떻게 상호 결합되어 하나의 체계
를 이루는가를 텍스트 분석의 실제를 통해 보이게 될 것이다.

　지배소는 시적 담론의 구성 원리이고 통화 모형은 그 구성 방식이지
만, 원리와 방식은 하나의 체계 속에서 상호 의존적으로 존재하며, 각
각의 층위를 형성한다. 따라서 담론체계의 분석 작업은 각 층위에서의
분석 과정을 수반하는 것이며, 그 결과를 통해 담론적 특성을 밝혀 내
는 작업이라 할 수 있다.

　체계 분석의 텍스트로는 지용시의 경우 「琉璃窓1」, 「九城洞」, 「長壽
山1」을, 영랑시의 경우 「除夜」, 「내마음을 아실이」, 「모란이 피기까지
는」을 선택하였다. 그것은 이 시들이 두 시인의 대표작으로 평가받고
있다는 소박한 이유 외에도, 동일 시인의 작품이지만 한편으로는 서로
변별적인 담론체계를 형성하고 있어서 담론 특성의 종합성을 기할 수
있기 때문이다. 좀더 구체적으로 말하면, 이 시들이 두 시인의 시기별

변화의 특성을 드러낸다는 점과 연 구분의 형태, 단련시 형태, 산문적 형태 등 통사론적 변별성을 갖고 있다는 점, 통화 모형에 있어서 서로 다른 양상을 보인다는 점 등에 그 이유가 있다. 따라서 여기서 얻어진 결과들은 상호텍스트적 관계에 있는 여타의 작품들, 즉 변이형에의 해석적 지평을 열기 위한 '모체matrix'[1]로 작용하게 될 것이다.

1. 지용시의 담론체계 분석

1)「琉璃窓 1」

琉璃에 차고 슬픈것이 어린거린다.
열없이 붙어서서 입김을 흐리우니
길들은양 언날개를 파다거린다.
지우고 보고 지우고 보아도
새까만 밤이 밀려나가고 밀려와 부디치고,
물먹은 별이, 반짝, 寶石처럼 백힌다.
밤에 홀로 琉璃를 닥는 것은
외로운 황홀한 심사이어니
고흔 肺血管이 찢어진 채로
아아, 늬는 山ㅅ 새처럼 날러 갔구나!

담론을 의도적인 언술행위라고 한다면, 담론주체의 의도성은 텍스트의 의미구조에서뿐만 아니라 통사구조나 어휘의 층위에서도 드러나게

---

1) 리파테르에 의하면, 텍스트는 주제적이건 상징적이건 무엇이건 간에 한 구조의 변이, 혹은 분절이며 이러한 한 구조와의 관계가 기호학적 의미를 형성한다. 이때 구조는 하나의 구조적 모체Structural matrix가 된다(M. Riffaterre, Semiotics of Poetry, Bloomington and London : Indiana Univ. Press, 1978, p.6).

된다. 이 시에서 보이고 있는 가장 특징적인 현상 중의 하나는, 울림소리인 ㄴ, ㄹ, ㅁ, ㅇ 의 음성자질을 갖는 어휘들이 압도적으로 많이 사용되고 있다는 점이다. 이러한 음성자질의 반복은 의미에 대한 인식이 일어나기 전에 먼저 음악적 효과를 발휘한다. "유리에 …… 어린거린다", "열없이 …… 입김을 흐리우니", "밀려나가고 밀려와 부디치고", "물먹은 별이", "외로운 황홀한" 등에서와 같이 울림소리로 이루어진 두운의 반복과 동일음의 반복은 이 시에 음악성을 강화하고 있다.

언어의 기표는 기의에 우선하여 자체의 물질성으로 존재하는데, 이 물질성의 반복이 곧 시에 담론적 운율과 이미지를 생성시킨다. 이 시의 음악적 효과는 어휘의 음성자질에서뿐만 아니라, 또한 문자 기표의 음운론적 기저자질에서도 얻어진다. 언어의식의 음성적 표출이 시작품에서 구체화되기 위해서는 문자를 도구로 해야 한다는 점에서 음성자질과 음운자질은 상동 관계를 이루고 있다고 할 수 있는데, 이 음운론적 층위에서의 운율 방식이 음수율과 음보율이다. 이 시의 2행 "열없이 붙어서서 입김을 흐리우니"와 4행 "지우고 보고 지우고 보아도"는 4음보 형식이 각각 2음보 대응으로 이루어져 운율의 음운론적 기저자질로 작용하고 있다.

그러나 이러한 운율적 장치에도 불구하고, 이 시의 전체적 구조는 시각적 효과의 구현에 더 많은 중점이 두어져 있다. 그것은 이 시의 통사론적 층위에서의 언술 방식이 결합관계축의 연쇄에 의존한다기보다는 계열관계의 중첩으로 이루어져 있기 때문이다. 이는 운율적 장치들이 시간적 진행 과정에서 실현되고 있는 것이 아니라, 공간적 배치를 통해 실현되고 있음을 의미하기도 한다. 즉 이 시의 통사론적 구조화의 방법은 시각적 이미지를 산출하는 몇 개의 계열체들을 대구 형태로 중첩시키는 데서 발견된다. 서술어 '어린거린다 / 파다거린다'의 대구와 수식어 '새까만 / 물먹은', '고흔 / 찢어진'의 대구, '밤 / 별, 보석'의 대구 등이 계열관계를 형성하여 시각적 이미지의 중첩화를 보여준다.

대구가 통사론적 층위에서의 구조화의 조건으로 작용할 때, 시적 담론은 여러 계열체로 선택된 언어들을 시간적 순서에 의해 결합하는 것이 아니라, 공간적 질서에 의해 결합해 나간다. 그리고 공간적 질서화라는 통사구조의 이러한 특성은 시의 담론에 시각적 효과를 실현시킴으로써 의미구조와 상호 작용하게 된다. 즉 기표에 대한 기존의 기의를 배제하고 '부가 의미'2)의 생성이라는 시적 기능을 실현하는 것이다. 앞서 시적 담론은 주체가 기표를 인식하는 이데올로기 양상에 의해 의미화한다는 점을 논한 바 있다. 이 때의 '전이'되거나 '확장'된 의미가 곧 부가 의미라 할 수 있으며, 그러므로 이 시의 담론적 의미 역시 이와 같은 통사·의미 구조의 체계화 과정을 통해서 추출될 수 있는 것이다.

이 시의 의미는 외부공간과 내부공간의 분절3), 동위소의 이항대립, 통사론적인 도치와 대구 등에 의해 산출된다. 이 시의 공간 체계를 밝히기 위해서는 먼저 화자의 위치에 주목하여야 한다. 텍스트 속에 화자가 명시되어 있지는 않지만, 화자는 방안에 있으며 그 방안이라는 공간에서 유리창을 통해 밖을 바라보고 있다는 것을 쉽게 알 수 있다. 그러므로 이 시의 공간 체계는 '방안'이라는 내부공간과 '방밖'이라는 외부공간으로 분절이 가능하다. 다음으로, 이러한 공간 체계에서 의미를 생

---

2) 옐름슬레브에 의하면, 하나의 기의가 그에 대한 일차적 기표와 완전히 다른 기호학적 체계에 속하는 경우에만 부가 의미화가 일어난다고 한다. 즉 부가의미적 기호학은 그의 표현 차원이 하나의 기호학을 이루는 기호학이라는 것이다. 그러나 그레마스는 하나의 기호학적 체계가 다른 체계로 이동해 갈 때뿐만 아니라, 하나의 체계 안에서 어떤 의미 동위소가 다른 의미 동위소로 이동해 갈 때에도 부가 의미화가 일어난다고 주장한다(K. M. Bogdal, 문학이론연구회 역, 『새로운 문학이론의 흐름』, 문학과지성사, 1994, pp.149~151 참조).

3) 이 시를 공간 구조의 층위에서 비교적 자세히 분석한 글로, 지상강좌 형식을 취한 이어령의 「이어령문학강의Ⅶ-窓의 공간기호론」(『문학사상』, 1988. 4)이 있다.

<표 2>

내부공간의 동위소	매개항	외부공간의 동위소
· 방안 · 입김 · 지우고 봄 · 유리를 닦음 · 외로운 황홀한 심사	유 리 창	· 방밖 · 차고 슬픈 것 · 언 날개 · 새까만 밤 · 찢어진 肺血管

성하는 의미소들을 추출하여 이를 동위소별로 분류하면 <표 2>와 같다.

위의 도식에서 볼 수 있듯이 「유리창1」의 의미구조는 공간 체계를 분절하는 동위소와 동위소간의 이항대립 관계에 의해서 명료하게 설정되어 있다. 내부공간의 동위소와 외부공간의 동위소는 통사구조의 틀 속에서 의미론적 대립을 일으키고 있으며, 이러한 대립이 일어나는 곳, 즉 매개항이 유리창이다.

동위소의 개념은 그레마스 Greimas에 의하면 "시니피에의 주어진 차원에서의 동질성"[4]으로 정의된다. 또한 동위소는 '상징적 약호'로도 설명되는데, 이 상징적 약호를 형성하는 단위들은 한 서술체의 "다각적인 가치와 그 가치들의 전환성을 상정하고 있는 고유한 장소"[5]로써, 텍스트가 기대고 있는 가치들의 세계에 접근할 수 있는 여러 통로들을 제시해 준다. 그러므로 유리창을 사이에 둔 내 / 외 공간의 대립은 이 시의 의미구조를 파악하는 가장 중요한 통로라고 할 수 있다.

내부와 외부는 긍정과 부정의 모든 이데올로기를 지배하는 이미지들의 기호 속에서 만들어진다. 이것은 내부와 외부의 이항대립에서 기인

---

4) Greimas의 Du Sens(Seuil, 1970) p.188에서 동위소의 개념은 "단일한 독해의 추구에서 얻어지는 애매함의 해소 후에 언표의 부분적인 독해에서 유래하는 것 같은, 이야기의 동질적인 독해를 가능케 하는 의미론적 범주의 잉여적인 총체"라고 구체화된다.

5) R. Barthes, S / Z(Eds du Seuil, 1970), p.26.

하는 것인데, 일반적으로 '창'의 매개적 속성은 언제나 안과 밖을 차단
시키며 동시에 연결해주는 매개적 기능을 한다는 점에 있다.[6]

이 시에서는 '창'이 사물로서의 매개 공간이란 의미를 지닐 뿐만 아
니라, 바로 이 시의 담론적 지배소가 집약되어 있는 기호체계로서의 매
개항 역할을 하고 있다. 즉 공간 분절의 지배소가 전체적인 체계화를
주도하고 있으며, 그 과정에서 언어 차원의 통사론적인 대구와 이데올
로기 차원의 전이된 의미가 드러나고 있다. 그러므로 '창'은 이 시에서
가장 두드러지게 전경화되어 있으며, 또한 부가 의미로서의 상징성을
갖고 있다. 이러한 점은 다음과 같은 분석 과정을 통해 좀더 명확하게
살펴볼 수 있다.

1 · 2행의 경우, 유리창 밖에서 어른거리는 것은 '차고 슬픈 것', 즉
차가운 공기이며, 안에서 유리창에 접촉하는 것은 따뜻한 공기인 '입
김'이다. 여기에서 '내부 / 외부'의 공간 대립은 '따뜻함 / 차가움'의 의미
론적 대립으로 전이된다. 입김이 창을 흐리우는 것은 그만큼 밖이 차갑
기 때문이며 상대적으로 방안은 따뜻함을 더하게 된다. 따라서 방안은
긍정적 의미를, 방밖은 부정적 의미를 표상하게 되고, 시적 자아의 주
체성은 화자의 입김에 투사되어 부정적 현실을 인지하는 것이다.

한편, 행위적 동위소에 의한 의미론적 대립 역시 공간 대립과 밀접하
게 연관되어 있다. "어린거린다", "파다거린다"는 외부공간에서의 대상
의 행위를 의미하는 동위소이며, "흐리우니", "지우고 보고" 역시 내부
공간에 있는 화자의 행위를 의미하는 동위소이다. 벽에 의해 단절되었
던 화자와 대상은 창에 의해 대립하고 창을 통해 인식한다.

---

6) R. 바르뜨는 창의 매개적 기능에 대해 외부(정원 · 어둠 · 침묵)와 내부(party
   장소인 salon · 밝음 · 소란), 추위와 더위, 죽음과 삶이라는 대조의 수사학적
   조화, 혹은 통합적paradigmatic 조화를 전도시키는 것으로 설명하고 있다(R.
   Barthes, 위의 글, p.28).

따라서 1·2행과 3·4행은 각각 긍정항과 부정항을 가진 연합체로서, 하나의 의미단락이라 할 수 있다. 그리고 여기에는 1행과 2행, 3행과 4행이 도치를 이루고 있다. 이와 같은 통사구조상의 도치된 형태는 의미론적 대립성을 더욱 심화시키는 데에 기여한다. 또한 1·2행, 3·4행의 대구 형태는 각각 '내부 / 외부', '따뜻함 / 차가움'의 대립 의미를 등가적으로 표출한다.

5·6행에서의 외부공간은 '어둠'의 의미로 전환된다. 새까만 밤의 공간은 어둠의 공간이며, 어둠에 대한 인식은 '밝음'과 대립될 때에만 가능하다. "새까만 밤이 밀려나가고"는 어둠이 내부공간에서 외부공간으로 밀려나가는 것, 즉 방안이 밝아진 것을 의미하며, "밀려와 부디치고"는 어둠이 창을 사이에 두고 밝음과 만나는 것을 뜻한다. 창은 어둠과 밝음의 공유 공간, 즉 화자와 대상이 조화를 이루는 매개항으로서의 장소이다. '밝음 / 어둠'의 대립이 여기서는 대립의 차원을 넘어 자아와 세계가 동일화된 조화의 이미지를 보여주며, 이 조화의 이미지는 창을 사이에 둔 조화이기 때문에 시적 자아의 정서를 더욱 쓸쓸하게 하는 것이다.

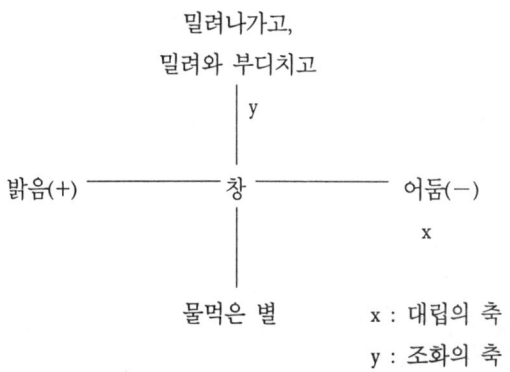

7·8행은 내부공간이다. 5·6행에서 긍정항과 부정항의 조화를 시도했던 시적 자아는 그것이 "반짝, 寶石처럼" 박혔다가 사라지는 일시적인 것임을 인지하게 되고, 다시 자아와 외부 세계와의 갈등 양상을 드러낸다. 이는 시적 자아의 삶의 원리이다. 그리고 삶은 9·10행의 죽음과 대비됨으로써 의미론적 대립을 가져온다. "홀로 琉璃를 닦는"은 4행의 "지우고 보고"를 구체화시키는 표현의 장이다. 내부공간은 삶의 공간이지만 또한 외로움의 공간이기에 "외로운 황홀한 심사"의 모순어법이 가능하다. 이와 같은 언어의 비문법적 사용은 시에 기호론적 의미를 부여하는 '우회indirection'[7]의 일종이다. '외로운', '황홀한'의 두 감정표시 형용사가 등가적으로 연결되어 삶의 공간에서의 외로움은 더욱 역설적인 의미를 내포하게 된다. 즉 외로울 수록 삶의 공간(+)은 확장되고 죽음의 공간(-)과 명료하게 대비되는 것이다.

마지막 9·10행에 이르면 폐혈관이 찢어져 산새처럼 날아가 버린(전기적 비평에서는 딸의 죽음) '죽음'이 등장함으로써 이른바 이승과 저승의 두 대립항으로 연결되고 있다. 유리창은 결국 생사의 관계에 위치해 있는 것으로, 죽음을 통해서 삶이, 삶을 통해서 죽음이 나타나게 되는 매개공간이 되는 것이다. 소련의 기호학자 쉬치그로프 Shcheglov는 창을 안전 확보에 관한 요소와 모험에 관한 요소를 연결하는 대립으로 보고 있다.[8]

이런 점에서 이 시의 담론 체계에 중심 축으로 작용하고 있는 창은 긍정항과 부정항의 매개기호, 즉 삶과 죽음을 연결하는 통로라고 볼 수

---

7) M. Riffaterre, 앞의 글, p.2.

8) 쉬치그로프는 내부공간의 기본적 특징을 안전성, 안락성, 가정성, 정적성, 만족성, 친밀성, 따뜻함, 마음맞는 사람끼리의 짝congenial company으로, 외부공간, 즉 모험공간은 기회, 위험, 행운의 역전, 대사건, 변천, 불안, 투쟁 등의 변별 특징으로 규정한다(A. K. Zholkovsky, The Window in the poetic world of Boris Pasternak, 이어령, 앞의 글, p.187. 재인용).

<표 3> '(나)-너' 통화 모영의 통합관계syntagmatic 축

행	'(나)'의 행위계열소	지배소	'늬'의 대상성계열소	부가의미
1			차고 슬픈것	
2	입김			불화
3		공간 분절	언 날개	
4	지우고 봄	('유리창'에		
5	밀려나가고	의한 의미의	밀려와 부디치고	화해
6		전이)	물먹은 별	
7	유리를 닦음			삶
8	외로운황홀한심사			
9			찢어진 폐혈관	죽음
10			산ㅅ새	

있다. 또 마지막 행에서 '늬'라는 청자가 명시됨으로 인해서 이 시의 담론은 숨은 화자와 드러난 청자간의 통화 모형으로 수행되고 있다. 이 '(나)-너' 통화 모형은 주체가 화자의 위치에서 대상을 통제한다기보다는 대상의 자리에 투사되어 담론의 객관화를 지향하면서도 한편으로는 청자인 '늬'에게 화자의 목소리를 들려주고자 한다는 점에서, 시적 자아의 갈등 양상을 드러내는데 가장 적합한 모형이라 할 수 있다.

지금까지 분석한 「유리창1」의 담론체계를 도표화하면 <표 3>과 같다.

2) 「九城洞」

골작에는 흔히
유성이 묻힌다.

황혼에
누뤼가 소란히 싸히기도 하고,

꽃도

귀향 사는곳,

절터ㅅ 드랬는데
바람도 모히지 않고

산그림자 설핏하면
사슴이 일어나 등을 넘어간다.

　이 시의 표면적 시제는 현재로 되어 있다. 그러나 이의 심층 구조를
살펴보면 이 시는 현재라는 시간의 한 접점이나 과거 현재 미래로 이어
지는 시간의 방향성과는 아무 관계가 없는 무시간성으로 이루어져 있
음을 알 수 있다. 이 시의 담론체계는 언술행위의 주체가 과거·현재·
미래를 초월하여 항존하고 있는 사물들의 공간을 그려내고자 하는 의
도에 의해 생산되어진 것이다. '～묻힌다', '～넘어간다'라는 현재형 서
술은 현재의 한 시점을 서술한다기보다는 일반적 사실을 드러내고 있
기 때문에, 언술내용이 표상하고 있는 시적 공간은 시간에 의해 변질되
지 않는다. '흔히'라는 부사와 '설핏하면'이라는 한정어가 그러한 판단
을 뒷받침해 준다.
　시간의 방향성과 통제에서 벗어난 무시간의 공간적 질서에 따라서
언술내용이 전개되고 있는 까닭에, 이 시는 한 폭의 그림처럼 존재한다.
더구나 언술내용의 주체인 화자가 명시되어 있지 않고, 또한 청자 역시
상정되어 있지 않아서, 언술 대상뿐만 아니라 담론으로서의 텍스트 자
체도 객관적 거리를 유지하고 있다.
　이처럼 숨은 화자와 상정되지 않은 청자로 이루어진 담론체계는 독
백 형태를 띠고 있다는 점에서 '(나)-(나)' 통화 모형에 의해 수행된다
고 볼 수 있다. 이 경우, 시는 독자에게 언제나 현재적인 것으로 읽혀지
고 재생산되어 진다. 하나의 텍스트 내지 담론이 메시지 자체에 관심을

되돌리게 하는 기능을 우세하게 갖고 있을 때, 그 텍스트는 문학적인 것으로 간주된다. '자동기능'[9]으로 불려지는 이 기능은 기표와 기의 그리고 이들의 관계를 구조화하여 평균적 회귀 반복을 증가시키는 것으로, 시적 기능이란 바로 이러한 구조적 반복을 통해 독자를 텍스트 자체에 집중하게 하는 통사론적 자동기능에 의해 생겨난다. 특히, 철저하게 주관성을 배제한 채 '(나)—(나)' 통화 모형으로 수행되고 있는 「구성동」의 담론체계 분석을 위해서는 이 자동기능이라는 측면에서 통사론적 구조화의 방법을 검토해야 할 필요가 있다.

이 시는 2행 1연의 5연으로 구성되어 있다. 이러한 2행 1연의 구성법은 정지용 시 형식의 가장 대표적인 경우이다. 그의 시 122편 가운데 연 구분이 없는 것이 30편인 데 비해 연 구분이 있는 시는 92편으로 압도적으로 많다. 그 중에서도 2행 1연의 시가 46편으로 50%를 차지한다. 물론 이와 같은 행·연에 대한 관심이 체계 분석의 목적이 될 수는 없다. 그러나 정지용 시에 있어서 통사론적 구조화 방법의 하나인 행과 연의 구분이 의미구조와 긴밀한 관계를 유지하고 있다는 점에서 주목된다. 즉 하나의 연이 독립된 의미망을 가지며, 그것이 다시 종합적으로 작용하고 있다고 보여지는 것이다. 또한 각각의 연이 각각의 공간 체계를 가지고 작품의 공간적 질서를 결정한다는 점에서 더욱 그러하다.

언술의 발화 단위로 살펴볼 때, 이 시의 담론체계는 두 개의 발화로

---

9) 여기서의 자동기능이란 일상적 담화에서처럼 사회적 규약으로 자동화된 기능을 뜻하는 것이 아니라, 오히려 그와는 정반대의 시적 기능을 의미하는 용어이다. 즉, 야콥슨은 언어의 시적 기능을 "전언message 자체에 대한 자세를 갖추고, 전언 자체를 위해 그 전언에 방향을 맞추는 것"이라고 말하는데, 이처럼 문학적 기호의 자기 지시적 기능을 자동기능이라 한다. 그리고 자동 기능을 일으키는 회귀 반복이란, 언어적 표현 행위나 텍스트에서 언어학적 단위가 반복적으로 나타나는 것을 지칭한다(K. M. Bogdal, 문학이론연구회 역, 앞의 글, pp.145~146 참조).

이루어져 있다. 즉 1연과 5연은 종결어미로, 2 · 3 · 4연은 연결어미로 마무리되고 있어서 표층구조의 문장으로 본다면 '1연 / 2 · 3 · 4 · 5연'으로의 통합이 가능하다. 그러나 이 시는 자연어의 발화 단위를 의도적으로 배격하고 하나의 발화를 다시 네 개의 언술행위로 단위화하여 발화의 '전경화' 혹은 '낯설게 하기' 효과를 얻고 있다.

하나의 발화 단위 속에서 2~5연이 각각 주어와 서술어를 갖는 중문 형태로 구성됨으로써 결합관계적 연쇄의 긴밀성은 축소되고 계열관계적 선택의 등가성이 강조되고 있는데, 이러한 통사구조는 시가 의도하는 두 가지 효과인 음악성과 이미지 중에서 후자의 구현에 더 기여하게 된다.

즉 2~5연의 주어인 '누뤼', '꽃', '바람', '사슴'은 1연의 '유성'과 더불어 각 연의 공간적 배경을 지시하는 기호인 것이며, 이들에 의한 공간성의 중첩과 질서화가 이 시에 시각적 이미지를 부여하는 자동기능의 역할을 담당하고 있는 것이다. 여기에 상태를 나타내는 연결형 어미 '~고'의 회귀 반복은 그것이 각운으로서의 음악성을 갖고 있음에도 불구하고 오히려 그 상태성으로 인해 시각적 효과에 기여하는 측면이 더 강하게 드러난다.

한편, 2행 1연의 병렬 구성은 3연을 축으로 하여 각운에 의한 '1 · 2연 : 4 · 5연'의 대칭적인 양상을 보인다. 이는 앞에서 언급한 바 있는 패래레리즘의 변형된 한 형태라고 할 수 있다. 이러한 통사적 대칭은 1연과 5연, 2연과 4연 사이의 의미론적 대립으로 이어진다. 즉 "流星이 묻힌다(하강) / 사슴이 일어나 등을 넘어 간다(상승)"의 대립과 "누뤼가 소란히 싸히기도 하고(動) / 바람도 모히지 않고(靜)"의 대립이 그것이다. 그러나 이러한 의미론적 대립은 결국 시적 자아의 정서를 등가적으로 표출하고 있다. 그것은 화자가 철저히 배제된 텍스트 속에서 의미론적 대립을 이루는 언어기호 사이의 은유적 결합에 의해 가능하다. 1 · 2연과 4·5연의 통사론적 대칭축인 3연은 바로 이 의미론적 대립을 은유적으로 결합하는 담론의 중심축이라 할 수 있다. 기표의 회귀 반복으로 형성된 자동기능이 이 3연으로 수렴되고 있으며, 체계를 움직이는 지배소 역시 여기에서 찾아진다. 즉 주체를 '꽃'에 투사하는 의인화에 의해 의미의 전이가 이루어짐으로써 구성동은 꽃도 귀향 사는 정적과 부동의 공간이자, 주체가 인식하는 역사적 공간이 되는 것이다.

이 시의 공간기호체계는 수직적으로 분절된다. 수직적 공간은 문학 작품에서 天·人·地의 원형적 체계로 끊임없이 되풀이되며 생산되고 있다. 수직성 없이는 어떤 세계도 가능해지지 않으며, 이 수직적 차원만으로도 초월성을 환기시키기에 충분하다고 말해진다.[10]

1연 "골작에는 흔히 / 流星이 묻힌다."는 하늘과 땅의 공간 분절에 의해서 의미를 생성한다. 별들의 영역은 초월적인 것, 절대적인 실재, 영원의 무게를 획득하는데 있다. 그러므로 '별'이 하늘, 희망, 순결한 이상, 미래 등을 그 의미 내용으로 하는데 반해, '유성'은 어둠, 절망, 현실, 죽음 등을 의미 내용으로 갖고 있는 것이다. 이런 점에서 유성이 수행하는 공간의 하강 이동에 의해 구현된 의미는 정적인 세계로서 소멸의 이미지를 보여준다고 할 수 있다. 2연 "黃昏에 / 누뤼가 소란히 싸히기도 하고"에서 역시 누뤼(메뚜기의 일종)에 의한 공간의 하강 이동을 볼 수 있다. 상방 공간은 원래의 밝은 하늘이며, 하방 공간은 황혼이 지면서 누뤼가 내려앉는 골짜기다. 대조적으로 상정할 수 있는 공간, 즉 밝은 하늘을 S1, 1연의 별이 떠있던 하늘을 S1', 또 누뤼가 쌓인 골짜기를 S2, 유성이 묻힌 골짜기를 S2' 라 할 때, 이들의 관계를 다음과 같이 그레마스의 사각형으로 설정할 수 있다.

---

10) M. Eliade, *The Sacred and The Profane*(New York : Harcourt, 1959), p.129.

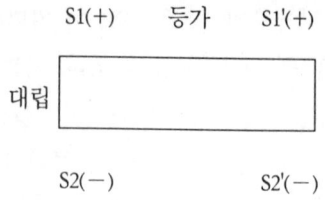

S1(+)　　　등가　　　S1'(+)

대립

S2(−)　　　　　　　　S2'(−)

　여기에서 S1과 S1'는 긍정적 가치체계로서의 동위소를 이루며, 의미론적으로 등가이다. S2와 S2' 역시 부정적 가치체계로서의 동위소를 이루며, 역시 등가의 관계에 있다. 그러므로 1연과 2연은 등가적 의미구조[11]를 이룬다고 할 수 있다. 또한, 1연이 정적인 공간인 반면에 2연은 동적인 공간이다. 그러나 동적 공간임에도 불구하고 누뤼가 소란스럽게 내려앉는 골짜기는 동시에 '쓸쓸함'의 정서를 표출하며 1연에서의 소멸과 상실의 이미지를 더욱 강화시키는 것으로 볼 수 있다. 3연은 통사론적으로 대칭축에 해당한다. 시적 자아는 꽃이라는 자연물과 동일시되어 있으며 '꽃도 / 귀향사는' 황폐한 땅, 즉 죽음의 세계를 인식한다. 4연은 2연과 통사론적으로 등가의 관계에 있다. 의미론적 대립으로 보였던 "누뤼가 소란히 싸히기도 하고" / "바람도 모히지 않고"의 관계는 동시적으로 쓸쓸함의 정서를 표출한다는 점에서 등가적인 것이다. 특히 여기에서 주목되는 것은 '바람'의 역할이다. 바람은 하늘과 땅의 중간항인 공중에 존재하며 또한 하늘과 땅을 연결하는 매개체이다.

　천상과 지상을 접촉시키고 떠받치는 것이 우주의 축axis mundi이라면, 이 우주의 축은 우주의 중심에 있으며, '세계의 체계'라고 부를 수 있는

---

11) 구조적으로 의미 관계는 다음의 네 가지로 나뉜다.
- 함의관계 S1 ⊃ S2
- 대립관계 S1 ~ S2 (S1/S2)
- 등가관계 S1 ∈ S2 (S1:S2)
- 하위관계 S1 ⊂ S2

하나의 체계를 형성하고 있는 일련의 종교적 개념들과 우주론적 이미지들을 지니게 된다.[12] 그러므로 '바람'은 5연의 '산'과 함께 이 시에서 수직적 공간에 속하는 체계로서의 매개적 기호로 묘사되고 있으며, 천상과의 교섭을 이루어야 할 우주의 축이라고 할 수 있다. 즉 바람은 지상의 황폐한 공간인 '절터'와 우주로 통한 '하늘' 사이의 매개적 기능을 담당해야 할 기호이다. 그러나 이 시에서는 "바람도 모이지" 않고 있다. 시적 자아를 절망과 현실의 세계로부터 희망과 영원의 세계로 구원해 줄 매개체인 '바람'도 불어주지 않으므로 화자는 공간 상실감을 느끼게 되고, '절터'는 더욱 더 황폐한 이미지로 남는 것이다.

5연은 1연과 통사론적 등가를 이루며 의미론적 대립을 보여준다. "유성이 묻힌다"와 "사슴이 일어나 등을 넘어간다"가 모두 사라짐의 기호 체계로서 쓸쓸함의 정서를 표출하고 있지만, 전자가 하방 공간으로의 사라짐에 의한 상실의 이미지라면, 후자는 상방 공간으로의 사라짐에 의한 회복의 이미지이다. '산'은 천상과 지상을 연결하는 매개체이며, 산 그림자가 드리운 것은 산너머 저 쪽에 밝은 해가 있음을 암시한다. 그림자 진 산 자체는 매개체로서의 기능을 상실한 부정적 의미라 할 지라도, 사슴이 일어나 산등성이를 넘어가는 것은 극복의 의지이며 승화에의 희망이다. 그러므로 시적 자아가 투사된 언어기호 '유성'과 '사슴'에 의해서 이 시는 부가 의미로의 전이를 이루게 되며, 통사론적인 대

<표 4> '(나)-(나)' 통화 모형의 통합관계축

연	'주체'의 계열 동위소	지배소	'행위'의 계열 동위소	부가 의미
1	유 성		묻힌다	하강(상실)
2	누 뤼	의인화에 의한	싸히기도 하고	하강(상실)
3	꽃	공간 이동	귀향사는	부동
4	바 람		모히지 않고	부동
5	사 슴		등을 넘어간다	상승(회복)

---

12) M. Eliade, 앞의 글, p.129.

칭과 대구, 의미론적인 대립과 등가의 관계에 의해 중층구조를 이루고
있는 것이다.

「九城洞」의 담론체계를 도표화하면 <표 4>와 같다.

3) 「長壽山 1」

> 伐木丁丁 이랬거니 아람도리 큰솔이 베혀짐즉도 하이 골이 울
> 어 멩아리 소리 쩌르렁 돌아옴즉도 하이 다람쥐도 좃지 않고 뫼
> ㅅ 새도 울지 않어 깊은산 고요가 차라리 뼈를 저리우는데 눈과 밤
> 이 조히 보담 희고녀! 달도 보름을 기달려 흰 뜻은 한밤 이골을 걸
> 음이랸다? 웃절 중이 여섯판에 여섯번 지고 웃고 올라간뒤 조찰히
> 늙은 사나히의 남긴 내음새를 줏는다? 시름은 바람도 일지않는 고
> 요에 심히 흔들리우노니 오오 견디랸다 차고 兀然히 슬픔도 꿈도
> 없이 長壽山속 겨울 한밤내―

이 시는 30편의 단연시 가운데 하나로, 지금까지는 대부분 산문시로
평가되어 왔다. 여기에서 이 시를 비연시라 하지 않고 단연시라 함은
이 시가 산문시가 아닌 자유시로 인정되기 때문이다. 이 시가 실린 시
집 <白鹿潭>의 원전을 자세히 살펴보면 정상적인 띄어쓰기보다 훨씬
큰 휴지 공간이 발견된다. 이는 시각적인 효과를 노리는 시인의 다분히
의도적인 장치로 여겨지는데, 이 휴지 공간을 경계로 해서 행 단위로의
통사론적 분절이 가능함을 볼 수 있다.

이 같은 형식을 취하고 있는 작품은 이 외에도 6편[13]이 더 있다. 정
지용 시에 있어서의 이러한 휴지 공간은 그 자체가 하나의 기호로써 의
미 분절의 변별적 요소로 작용하고 있기 때문에, 「長壽山1」의 분석은

---

13) 「장수산2」, 「온정」, 「나븨」, 「진달래」, 「호랑나븨」, 「예장」.

총 17행의 재배열된 구조 속에서 수행되어야 한다. 따라서 이 시를 휴지 공간에 의해 다시 배열해 보기로 한다.

伐木丁丁 이랬거니
아람도리 큰솔이 베혀짐즉도 하이
골이 울어 멩아리 소리
쩌르렁
돌아옴즉도 하이
다람쥐도 좃지 않고
뫼ㅅ 새도 울지 않어
깊은산 고요가 차라리 뼈를 저리우는데
눈과 밤이 조히보담 희고녀!
달도 보름을 기달려 흰 뜻은 한밤 이골을 걸음이란다?
웃절 중이 여섯판에 여섯번 지고 웃고 올라 간뒤
조찰히 늙은 사나히의 남긴 내음새를 줏는다?
시름은 바람도 일지않는 고요에 심히 흔들리우노니
오오 견디란다
차고 几然히
슬픔도 꿈도 없이
長壽山속 겨울 한밤내—

이상과 같이 17행으로 배열된 이 시의 전문은 공간적 질서에 의해 다시 네 개의 의미단락으로 분절할 수 있다. 참고로, 이 시의 의미단락이 시간적 순서에 의해서 분절되는 것이 아님을 말해 둔다. 왜냐하면, 시간적 순서의 계기성은 산문에서 우세하게 나타나는데[14], 재배열된 형태에서 보이듯이 이 시는 시간의 계기적 순서를 보이고 있는 것이 아니며, 각 의미단락의 주 서술어인 '하이', '희고녀!', '걸음이란다?', '줏는

---

14) T. Todorov, 곽광수 역, 『구조시학』(문학과지성사, 1978), pp.83~92.

다?', '견디란다' 등의 시제가 무시간 또는 직접적 현재의 시제로서 여러 층위의 구성 요소와 함께 서술적 경과가 아닌 서정적 경과[15]를 보이기 때문이다. 그리고 이 시의 담론으로서의 통화 모형은 다분히 대화 형식에 가깝다. 물론 화자가 직접적으로 드러나 있지 않다는 점과 2인칭의 청자가 존재하지 않는다는 점에서 분명 독백시이긴 하지만, 그럼에도 불구하고 앞의 서술어들이 묘사적 어법으로 쓰이고 있다기보다는 진술적 어법으로 쓰이고 있는 까닭에, 부분적으로 대화적 상황이 조성되어 있다. 또 '웃절 중'이라는 비인칭의 청자를 등장시키고 있는 점에서 더욱 그러하다.

물론 '웃절 중'은 청자의 기능보다 대상의 기능으로 읽혀질 수 있지만, 이 시의 대화적 상황에 암시적으로 작용하고 있기 때문에 허구적 청자로 상정하고자 한다. 이 시의 이러한 변별적인 특성은 다른 시작품들에서 화자가 현상적으로 드러날 수 있는 가능성을 보여준다고 하겠다. 즉 이 시를 통해 담론체계의 변이형에 대한 가능성과 더불어, 지용의 시가 순수히 서구 모더니즘의 영향 아래서 지성적이고 객관적인 사물시 형태로만 창작되어진 것이 아니라, 동양적 세계관을 바탕으로 한 주관적 정감시 역시 창작되었으리라는 가능성을 엿볼 수 있는 것이다.

총 17행의 텍스트를 공간적 질서에 의해 다시 네 개의 단락으로 나누어 보면, 첫째 단락은 1행에서 5행까지이며 1·2행과 3·4·5행이 대구를 이루고 있다. 이러한 대구성은 먼저 통사론적 층위에서 살펴진다. 즉 '2음보, 3음보'의 5음보로 이루어진 1·2행과 '2음보, 1음보, 2음보'의 5음보로 이루어진 3·4·5행과의 짝이 그것이다. 여기에는 '솔'과 '골'의 대조, 그리고 '~하이'의 반복 등이 포함된다.[16]

---

15) W. Kayser, Das Sprachliche Kunstwerk (Francke Verlag, 1973), p.63.
　　카이저에 의하면 서정적 경과lyrische vorgang란 시가 여러 층위의 구성 요소들의 공동작용을 토대로 점진적으로 나아가는 것을 말한다.

또한 '~거니, ~하이' / '~소리, ~하이'와 같이 각운을 통일하여 병치시킨 데서도 통사론적 대구가 보여진다. 4행의 '쩌르렁'이라는 의성어에 의한 효과와 함께 이 시를 산문시라고 할 수 없는 명백한 이유가 여기에 있는 것이다. 이러한 운율적 장치는 담론을 이루는 기표들을 낯설게 만들게 되고, '낯설게 하기'의 반복에 의해 산문과는 다른 소위 자동기능의 효과가 생성되어진다.

한편, 의미론적 층위에서의 1행~5행은 1·2행과 3·4·5행 사이에 등가적 의미관계를 가지고 있다. 1~5행은 모두 시적 자아에 의한 상상의 공간이면서도 1·2행은 '아람도리 큰솔'이 있는 하방 공간이며, 3·4·5행은 '멩아리 소리' 울리는 상방공간으로 대립적이다. 그러나 여기에서 상하 공간의 대립은 시적 자아에 의해 내면화된 공간으로 동일시되고, 시적 자아를 동경의 자연 속에 있게 하는 등가적 의미를 내포한다. 또한 '伐木丁丁'의 한자 표기와 '쩌르렁'의 의성 표기는 내면화된 상하 공간을 더욱 역동적으로 만드는 기호 체계로서, 시적 자아의 자연에 대한 상실감을 강화시키고 있다.

두 번째 의미단락은 6~9행으로 여기에도 대구와 반복이 있다. 6행과 7행은 "다람쥐도 좃지 않고 / 뫼ㅅ 새도 울지 않어"라는 대구 형태로 의미론적 등가를 보여주며, 이 등가적 의미를 '않고~않어'의 반복에 의해 중첩시키고 있다. 반복은 그 자체가 하나의 기호[17]인 까닭에, 이 '않고~않어'의 반복은 8행의 '고요함'의 정서에 기여한다. 따라서 '다람쥐', '뫼ㅅ 새'는 8행의 '깊은 산'과 의미론적 동위소를 이루며, 아울러 '깊은 산'의 하위 관계에 있게 된다. 특히 9행의 '눈(雪)'은 주목해야 할 매개 기호이다.

눈은 지상의 기호인 깊은 산과 천상의 기호인 밤(밤하늘)사이의 매개

---

16) 김명인, 「1930년대시의 구조연구」(고려대 박사학위논문, 1985), p.46.
17) M. Riffaterre, 앞의 글, p.49.

체로 등장하고 있다. 하얀 눈에 의해서 부정적 의미소인 '밤'이 긍정적 의미소로 바뀌어 종이보다 하얀 밤이 된 것이다. 즉 '깊은산 / 밤하늘'의 대립은 '부정가 / 긍정가'의 의미론적 가치체계를 형성한다. 그러므로 6행~9행은 밤의 설경을 구체적으로 제시하는 것이지만, 그 기호 체계의 내부에는 공간적 적막감과, 그에 따라 상대적으로 커져 가는 시적 자아의 미세한 굴절과 변화가 내포되어 있는 것이다.

주체의 대상성과 자연의 대상성이 하나의 공간 속에서 융화되지 못하고 맞서 있는 까닭에, 시적 공간은 곧 "뼈를 저리우는" 고요의 자연적 공간임과 동시에 서정적 주체의 갈등과 고독의 공간이라 할 수 있다. 따라서 6행~9행의 외부 공간은 정적이지만, 시적 자아의 내면 공간은 동적이어서 1행~5행의 공간 체계와는 의미론적 이행과 역전의 관계에 있게 된다.

10행~12행은 두 문장의 병치로 이루어진 의문형의 대구 형태이다. '달(상방)'과 '골(하방)'의 공간적 대립은 대구에 의해 '웃절중 / 내음새'의 대립과 의미론적인 등가구조를 이룬다. 이는 동위소의 이항대립 관계에 의해서 다음과 같이 도식화된다.

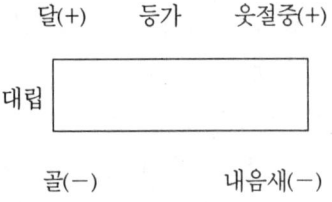

외면세계의 상하 공간은 의인화와 삽화에 의해서 시적 자아의 내면 공간으로 화하여 자아와의 일치를 보여준다. 그리하여 자아와 자연은 화해의 국면을 맞이하는 듯 하지만, "걸음이란다?", "줒는다?"의 의문형

기호체계에 의해 극적인 반전을 보이게 된다. 이러한 반전은 자아와 자연의 화해가 초월의 공간(달)에 의한 구원의 세계가 아니라, 번뇌와 고독(내음새)이 번져 있는 인간 세계에 대한 각성과 극기의 의미임을 보여주는 것이다. 이는 마지막 13~17행에서 구체화되어 나타난다.

13~17행은 도치된 형태이며, 표현의장으로서의 도치는 의미를 강조한다. 13행의 '바람'은 천상과 지상을 연결하는 매개체이다. "바람도 일지 않는 고요"한 공간이란 초월할 수 없는 적막한 현실 상황일 수밖에 없기에, 시적 자아는 "심히 흔들리우는" 시름으로 표상되어 부정적 가치체계를 형성하고 있다. 그러나 곧이어 "차고 궤연히 / 슬픔도 꿈도 없이"라 하여 모든 인간적인 번뇌를 담담하게 수긍하고 견디고자 하는 태도를 화자의 어조로 드러내고 있다. 시적 자아의 이러한 의지는 '장수산'에 의해 상징적으로 승화된다.

이와 같이 '장수산'은 시적 자아에 의해 동일시된 긍정적 가치체계의 기호로서 "바람도 일지 않는 고요"와 의미론적 대립관계에 있는 것이다. 화자가 장수산이라는 자연물에 주체를 투사하여 동일시를 추구하는 것은 절제와 한계를 강조하는 지성과 관련된다 하겠으나, 한편으로는 虛靜無爲와 無慾淸淨을 강조하는 노장철학과도 그 맥이 닿아있는 것이다. 이 시에서 보여지는 정지용의 '산'에 대한 접근 방법이 지적이라기보다는 직관적이라 할 수 있기에, 시적 담론 역시 대상과 그 생명적 실체에 대한 관조적 언술로 이루어져 있음을 볼 수 있다.

시의 담론이 언어와 주체성뿐만 아니라 이데올로기 차원에서도 결정된다함은 곧 담론의 역사성을 의미하는 것인데, 여기에서 담론의 '위치'가 문제시된다. 담론 위치란 언술행위의 주체가 언술행위를 수행하는 역사적 상황이나 계층을 말한다. 그리고 하나의 담론태는 그 언술이 행해진 위치적 특성을 기호화하여 부가 의미로 드러내게 된다. 그렇다면, 「장수산1」의 담론 위치는 무엇인가? 시인의 삶을 둘러싸고 있는 역

<표 5> '(나)-그' 통화 모형의 통합관계축

단락	'(나)'의 대상성 계열소	지배소	'그'의 대상성 계열소	부가의미
1	큰솔, 골	공간대립	멩아리 소리	상 실
2	다람쥐, 뫼ㅅ새, 밤	(부정항/	눈	갈 등
3	골, 늙은 사나히	긍정항)	달, 웃절 중	관 조
4	시름, 슬픔		바람, 꿈	승 화

사적 현실이 악의 세계에 지배받을 때, 그에 대응하는 담론 위치는 몇 가지로 가정될 수 있다.

우선, 그 세계에 순응하거나 적극적으로 저항하는 위치, 둘째, 악이 지배하는 세계 속에서도 아직 선한 가치로 존재하고 있는 세계와 동일성을 추구하고자 하는 소극적이고 정신적인 저항의 위치, 셋째, 현실이 아닌 초월적인 세계로 몰입하는 위치, 넷째, 철저히 순수미의 세계만을 추구하는 위치 등으로 나눌 수 있다. 따라서 이 시는 그 의미구조상 두 번째의 위치적 특성으로 설명될 수 있다. "지용이 산수시로 나아갔던 것은 동양의 은일의 정신과 깊은 관계가 있다"[18]는 평가는 이 시가 자연과의 동화를 통해 세계 상실의 괴로움을 극복하고자하는 담론 위치를 갖고 있는 점과 무관하지 않은 것이다. 「長壽山1」의 체계는 <표 5>와 같다.

2. 영랑시의 담론체계 분석

1) 「除夜」

제운밤 촛불이 찌르르 녹어버린다

---

18) 최동호, 「정지용의 산수시와 은일의 정신」, 『민족문화연구』 19집(고려대 민족문화연구소, 1986), p.97.

못견듸게 묵어운 어느별이 떠러지는가

어둑한 골목골목에 수심은 떳다 가란젓다
제운맘 이한밤이 모질기도 하온가

히부얀 조히등불 수집은 거름거리
샘물 정히 떠붓는 안쓰러운 마음결

한해라 기리운정을 묻고싸어 힌그릇에
그대는 이밤이라 맑으라 비사이다

김영랑 시의 담론체계에서는 이데올로기 차원의 조건보다 언어 차원
의 조건이 더 강하게 작용하고 있다. 영랑은 시적 효과를 의도하기 위
해 언어의 기의에 우선하여 기표가 갖는 물질적 조건으로서의 음성자
질을 최대한 활용하고 있다. 실제로 그의 시에는 섬세한 고유어와 조어,
의태어, 의성어들이 교묘하게 조합되어 있다. 또 이를 바탕으로 한 시
상의 효과와 율격적 상승이 그의 시에 음악적 효과를 일으키는 주요 원
리라 할 수 있다. 이러한 음악성이 영랑의 내밀한 정서와 어울려 그 특
유의 순수 서정의 세계를 이룩하고 있는 것이다.

한편, 그의 시는 주체성의 차원에서 화자 기표인 '나'를 현상적으로
등장시켜 주체의 위치를 분명하게 보여줌으로 인해 독자와의 거리를
좁히려 한다. 그 결과 텍스트와의 의미론적 거리를 인식하는 독자에게
공간 질서의 계열적 조합을 요구한다기보다는, 음성자질에 의한 전달
의 직접성과 통사구조상 결합관계의 계기적 연쇄에 관심을 갖게 한다.
이는 화자와 청자 사이에 개재하는 맥락의 유리, 즉 데리다가 말한 '차
연'의 폭을 줄여 의미 전달의 직접성을 강화하려는 의도이다. 의미 연
상의 시간이 짧을수록 독자는 시적 화자와의 정서적 동질감을 더욱 강

렬하게 받아들이게 된다. 이는 우리의 전통서정시에서뿐만 아니라, 서구의 낭만주의 시에서도 흔히 보여지는 현상이다. 자아와 세계의 합일을 노래하는 대부분의 주관적이고 정감적인 서정시 양식들은 화자의 목소리를 통해 서정 자아의 주체성을 뚜렷하게 보여줄 필요가 있기 때문이다.

이러한 특성은 그의 시적 담론의 위치가 철저히 순수미의 세계를 추구하는데 있었음을 의미하는데, 그를 전통 서정의 맥을 잇는 1930년대 순수 서정시인의 하나로 규정하는 이유도 바로 여기에 있는 것이다. 물론 '정서의 풍윤성', '촉기' 등으로 지적되어 온 그의 화려하고 감각적인 언어가 체험의 구체성을 살리기보다는 주로 내적인 지향으로 흐르고 있다는 점에서, 그리고 정감적인 정조나 아름다움 자체만을 강조하는 형식적 조탁이 지나치게 많다는 점에서 시대인식의 결핍이라는 부정적 평가를 초래하기도 하였다.

그러나 이와 같은 상반된 평가는 시를 "일회적이며 반복 불가능한 하나의 담론체계"[19]로 이해할 때 조율되어질 수 있다. 왜냐하면, 시적 담론은 앞서 살핀 바와 같이 언어 · 이데올로기 · 주체성의 차원에서 결정되어지고, 따라서 역사성과 현재성을 동시에 갖고 있기 때문이다. 이런 점을 전제하고 「除夜」의 담론체계 분석을 통해 영랑의 초기시가 갖고 있는 통사 · 의미론적 특성과 통화 모형을 추출하기로 한다. 그리고 그 분석 결과는 정지용의 경우와 마찬가지로 상호 텍스트적 관계에 있는 그의 여타 작품들, 즉 변이체계에 대한 해석의 근거로 활용될 것

---

19) 바흐찐은 문학 텍스트의 체계에 관한 연구는 반복 가능한 불변의 랑그에 관한 연구가 아니라 일회적이며 반복 불가능한 담론에 관한 연구를 지칭하며, 이것을 초월언어학이라고 칭한다. 초월언어학에서는 랑그만이 중요한 것이 아니라 랑그와 함께 작용하는 빠롤 또한 의미론적 가치를 가진 것으로 그 중요성을 크게 인정받는다(T. Todorov, 최현무 역, 『바흐찐 : 문학사회학과 대화이론』, 까치, 1987, pp.45~51).

이다.

「除夜」는 주로 어휘의 적절한 병치와 은유적 결합을 통해 의미의 확장과 형태적인 안정감을 기하고 있다. 어휘의 음성자질은 단독으로 존재할 때는 하나의 물질적 기표에 불과하지만, 그것이 텍스트에서 반복되거나 병치될 때는 시적 자동기능에 의해 음악성을 갖게 될 뿐만 아니라, 통사구조와 의미구조에도 영향을 미치게 된다. 시적 효과를 위해 어휘의 음성적 자질을 의도적으로 부각시킨 예로, 우선 1연에서의 '제운'과 '묵어운', '찌르르'와 '떠러지는가'의 병치를 들 수 있다. '제운~촛불 / 묵어운~어느별'은 울림소리 ㄴ, ㄹ로 구성된 동일한 각운을 병치시킴으로써 반복 효과를 얻고 있으며, '찌르르 / 떠러지는가'는 각각 된소리에 울림소리 'ㄹ'이 뒤따르는 어휘로서, 이러한 병치는 청각 심상의 연쇄를 일으킨다. 2연의 '떳다 가란젓다'와 '제운맘 이한밤'은 동일 조어법의 경우이다. '~ㅅ다 ~ㅅ다'와 '~ㄴ맘 ~ㄴ밤'이라는 동일 음상으로 조어된 구절들을 다시 연쇄시킴으로 인해, 두 개의 의미행이 하나의 운율행으로 긴밀하게 결합되어짐을 볼 수 있다. 3연에서는 '히부얀', '조히', '정히'의 '히'음 반복과 '~ㅁ －ㄱ －ㄹ'의 음성자질이 순차적으로 결합된 '거름거리 / 마음결'의 행 단위 병치가 있으며, 4연은 '한해라 / 이밤이라 / 맑으라'의 정연한 반복이 이루어진다. 기표의 이러한 반복이나 병치는 담론의 체계 속에서 자동기능을 발생시키게 되고, 그 자동기능에 의해 하나의 담론을 음악적인 것으로 읽혀지게 한다. 그러므로 기표의 음성자질은 통사론적 구조화의 주요 요건일 뿐만 아니라, 의미론적 층위와도 밀접하게 관련을 맺으면서 하나의 체계를 형성한다.

통사론적 층위에서 보면, 이 시는 각 행이 4음보 단위로 분절되는데, 기표가 갖는 이와 같은 음성자질은 일차적으로 4음보의 기저 율격과 어울려 구조화되어 있다. 그리고 4음보의 중첩인 두 개의 행이 하나의 연을 이루는데, 1~3연에서는 행과 행 사이에 '촛불 / 별', '맘 / 밤', '등불 / 샘물', '거름거리 / 마음결'이 병치되어 있고, 또 1연의 '~버린다 / ~지는가'와 2연의 '~가란젓다 / ~하온가'는 각운 형태에 의해 연 단위로 병치되어 있다. 이러한 통사론적 구조화의 방식이 의미론적 층위에서는 의미의 대립이나 확장으로 나타나게 된다. 즉 기표들간에 은유체계를 형성하고 있는 하나의 시행이 또 다른 은유체계의 시행과 병치됨으로써 통사론적으로는 반복 기능을, 의미론적으로는 기의 사이의 대립 기능을 담당하고 있으며, 그 결과 음악성 획득과 의미의 확장이라는 시적 효과를 의도하고 있는 것이다.

이 시는 등가 관계를 형성하고 있는 1연과 2연의 통사론적 병치와 의미론적 대립, 그리고 3연의 전환, 4연의 종결로 체계화되어 있다. 이 같은 구성은 漢詩의 기승전결의 정연함을 상기시킨다. 특별히 1연과 2연의 의미론적 대립과 중첩은 현실의 어려움을 내재화하여 강조하려는 의도를 숨겨놓고 있다 하겠다. 1연의 언술행위는 '밤'과 '촛불'을 통한 대상의 상태적 대립성을 전제하면서 시작된다. 이 대립은 공간질서의 대립이 아니라 시간성의 대립이다. '어둠'과 '밝음'으로 대체될 수 있는 이 상태성의 대립은 시간적 접점에서의 부정가와 긍정가를 형성하고 있다. 시간적 순서에 의한 언술 방식이 주로 산문 양식에서 이루어짐에도 불구하고, 영랑의 시는 의도적이고 정제된 율격 장치에 의해 그 시간성을 리듬의 지속을 위한 요소로 바꾸어 놓고 있는 것이다.

'촛불'과 '별'은 긍정적 가치의 계열관계를 형성하고 있는 상태성의 동위소이고, '녹어버린다'와 '떠러지는가'는 부정적 계열체에 속한 행위의 동위소이다. 이처럼 1연은 부정가―긍정가―부정가로 이어지는 은유적 결합이 중첩되어 부정적 의미망을 강화하고 있다. 밝음의 상실을 의표화한 이러한 은유체계는 현실의 어두움과 운명의 무거움이라는 부가의미로의 확장을 가져오게 되는데, 그것은 서술형 종결과 감탄 의

문의 반어적인 묘사 속에서 구체화된다.

'제운밤'의 '제운'은 '除夜'에서 전성된 의미[20]와 '견디기 어렵고 고단한'이라는 문맥적 의미[21]로서의 중의성을 갖는다는 점에서도 영랑의 시적 담론에서 보여지는 이데올로기의 의미화 양상이 '확장'에 있음을 짐작하게 한다. '제운'의 중의적 의미가 다시 '묵어운'으로 병치됨으로써 삶 또는 목숨의 소멸과 인간적인 운명의 엄숙함이라는 확장된 부가의미를 함께 상기시킨다. 그리하여 이 부분은 '촛불'과 '별'의 밝음에도 불구하고, 전체적으로는 매우 어두운 상태성으로 나타나게 되는 것이다.

2연에 오면, 시적 담론의 의미화 양상이 확장에 있음을 더욱 분명하게 알 수 있다. '확장'된 의미는 '전이'에서처럼 주체를 대상에 일치시킨 상징적 의미가 아니라, 주체가 대상을 주관적으로 통제하는 과정에서 일어나는 비유적 의미라 할 수 있다. 즉 기표와 기의를 관계시키는 이데올로기가 기존의 준용된 가치를 배제하고 주체에 의해 새롭게 의미화되는 것이 '전이'라고 한다면, '확장'은 기표에 대한 기존의 이데올로기를 인정하고 기의를 강화하기 위해서 다른 기표를 비유적으로 연결시키는 의미화의 방식이다.

2연은 서술형 종결어미나 감탄적 반어의 반복이 나타난다는 점에서 1연과 통사구조상의 대칭적인 짝을 보여주지만, 언술 내용은 대상 기표에 의해서 유지되는 것이 아니라, 주체 기표에 의해서 유지되고 있다. '수심'과 '제운밤'이라는 '나'의 범주에 드는 주체 기표들은 비록 화자가 문면에 직접 등장하지는 않았다 하더라도 2연의 발화 단위와 그 의미를 적극적으로 통제하는 양상을 띠고 있다. 이는 주체가 사회적 이데올로기에 지배받는 담론 위치(수심에 가득차고 고단한 위치)에 서 있음

---

20) 정한모, 『김영랑론』, 『현대시론』(민중서관, 1973), p.179.
21) 김명인, 앞의 글, p.57.

을 암시하는 것이고, 그 상태성을 강화하기 위해 "떳다 가란젓다"와 "모질기도 하온가"라는 서술어를 비유적으로 결합시키고 있는 것이다. 그러므로 화자에게 있어서 제야의 시간은 '수심'차고 '모질기도'한 시간이며, 그것이 골목골목에 편재함으로써 개인적 차원을 넘어 제야를 맞는 모든 사람의 상태임을 암암리에 중첩시키고 있다고 볼 수 있다.

그리고 이 같은 언술 방식이 담론의 의미를 시대성을 띤 부가의미로 확대 해석할 수 있는 통로를 열어놓고 있음에도 불구하고, 독자에게 정서적으로 또는 음악적으로 읽혀지는 것은 둘 째 행의 'ㄴ-ㅁ'음으로 이루어진 협음 효과에서 기인한다. 즉 영랑시의 운율적 장치들은 언술 내용의 차원에서보다는 언술행위의 차원에서 독자와의 거리를 좁히는 데 더 효과적으로 작용하고 있는 것이다.

셋째 연은 이 시에서 전환적인 기능을 담당하고 있다. 1연이 대상의 상태성을, 2연이 주체의 상태성을 강조하고 있다면, 3연은 대상의 상태성과 주체의 상태성이 결합되어 있다. 긍정적 가치의 대상인 '조히등불', '샘물'에 '수집은', '안쓰러운'이라는 주체의 상태성을 연결하므로 인해, 除夜의 어둠은 더 이상 부정적 가치로만 남아 있지 않는다. 제야란 가는 시간과 오는 시간이 교차하는 접점이듯이, 어둠의 시간은 등불과 샘물의 심상과 등가적으로 병치되어 정화되고, 따라서 화자가 존재하는 시간은 상반되는 두 개의 가치체계가 조화되는 시간이라 할 수 있다. 그것은 또한 음상의 효과와 어울려 표현의 상승적인 묘미를 얻는다. 1·2·4연이 모두 'ㅏ'음으로 마무리되고 있는데 반해, 3연에서는 '거름거리', '마음결'이라는 명사형을 중첩함으로써 여운의 효과를 극대화하려는 것도 이 부분의 전환적인 기능과 무관하지 않다.

첫 행에서는 울림소리의 유동성으로 인해 화자의 움직임이 구체화되어 있으며, 둘째 행에는 정서의 간절한 상태성이 드러나 있다. '마음'에 '결'을 부가시킨 것이나 형용사 '히부얀', '수집은' 등에서 보이는 음상의 선택은 그 음성적 자질이 갖는 시적 효과 외에도 주체의 정서적 상태성을 강조하기 위한 의도적 배려로 보아야 한다. 시간의 흐름에 의해 나타나는 만물의 변화는 사람들 마음속에 근심과 안타까움을 자아낸다. 그 근심과 안타까움의 미묘한 음영이 이 3연에서 효과적으로 드러나고 있는 것이다. 넷째 연에서는 구체적 청자인 '그대'가 제시되어 있다. 그러나 '그대'는 의사소통 상대로서의 직접적인 청자는 아니다.

담론에서의 의사소통 주체는 '나'와 '너'인 것이고 '그'는 직접적인 대화의 상대가 아니라는 점에서 객체라 할 수 있다. 벵브니스트에 의하면, 담론은 '나 : 너' 관계 속에 수행되는 인칭 서법이며, 삼인칭인 '그' 만 등장할 때는 비인칭 서법의 이야기histoire이다.22) 이 시의 경우 함축적 화자인 '(나)'와 '그' 사이의 통화 모형을 보인다는 점에서 인칭 서법과 비인칭 서법의 혼합형인 것인데, 이는 시의 담론이 갖는 하나의 특성이라 할 수 있다. 즉 '그대'는 시적 담론에 청자로 등장할 때는 대상성으로서의 객체의 기능을 함께 갖는다. 따라서 3연에서 긍정적 가치로 표상되었던 대상인 '조히등불'과 '샘물'이 4연에서는 '그대'로 대체되어 나타난다. 이는 역으로 3연에서 주체의 상태성이 조화를 획득할 수 있었던 것은 바로 '그대'가 전제되었기에 가능한 것임을 의미하기도 한다. 다시 말해 '그대'가 갖는 대상성이나 청자의 기능이란 결국 주체의 정서적 상태성에 의해 내면화되어 있을 때만 의미로울 수 있다.

이와 같은 복합적 관계로 인해 '그대'는 시적 담론의 질서 속에서 단순한 청자나 대상이 아니라 화자를 대신한 행동 주체로서의 상태성을 갖게 되는 것이며, '한해라', '이밤이라', '맑으라'의 반복을 통해 의도된 음악성과 간절한 기원의 의미를 결합하는 중심축의 기능을 수행하게 된다. 마지막 연의 이러한 구조화 방식은 이 시가 주관적이고 정서적으

---

22) E. Benveniste, Problems in General Linguistics(Miami Univ. Press, 1971), pp.206~ 207.

<表 6> '(나)-그' 통화 모형의 통합관계축

연	'(나)'의 상태성 계열소	지배소	'그'의 상태성 계열소	부가의미
1	제운밤, 못견듸게		촛불, 별	소 멸
2	수심, 제운맘	시간표상		상 심
3	수집은, 안쓰러운		조히등불, 샘물	조 화
4	기리운정, 이밤		힌그릇, 그대	극 복

로 전달되어지게 하는 주된 이유인 것이다. 「除夜」의 담론체계는 <표
6>과 같이 도표화된다.

  2) 「내마음을 아실이」

    내마음을 아실이
    내혼자서 마음 날가치 아실이
    그래도 어데나 게실것이면

    내마음에 때때로 어리우는 티끌과
    소김업는 눈물의 간곡한 방울방울
    푸른밤 고히맺는 이슬가튼 보람을
    보밴듯 감추엇다 내여드리지

    아! 그립다
    내혼자서 마음 날가치 아실이
    꿈에나 아득히 보이는가

    향말근 옥돌에 불이달어
    사랑은 타기도 하오런만
    불빛에 연긴듯 희미론 마음은
    사랑도 모르리 내혼자서 마음은

이 시에서는 서정적 주체인 화자가 '나'로 명시되어 나타난다. 화자가 함축적인 경우에는 독자가 화자와 내포작가를 동일시하는 경향이 강하지만, 화자가 명시되어 있을 때는 독자는 청자의 위치에서 화자와의 정서적 일체감을 쉽게 획득하게 된다. 서정시의 담론은 '자아중심적 발화'[23]로 이루어지는 것이지만, 특히 현상적 화자에 의해서 언술내용이 전개될 때 이 자아중심성은 더욱 강화되어진다. 이런 까닭에 주정적 서정시는 주로 화자를 문면에 직접적으로 보여주고자 한다. 이 경우 시적 대상은 주체에 의해 윤색되고 통제되기 때문에, 객관적 대상성으로서가 아니라 정조 속에서 상태로 인지되는 '상태성'[24]으로 존재하게 된다. 언술내용이 이처럼 상태성에 의해 전개됨으로써 시적 담론의 의미는 그 상태의 변화에 의해 구조화되는데, 이 때의 가장 대표적인 의미구조 양식이 기·승·전·결의 4단 구성법이다.

4단 구성법은 漢詩나 우리 고전시가의 전통적인 의미 전개 방식으로, 행 또는 연 사이에 의미의 계기적 관계가 설정되어진다. 이 계기적 관계란 담론 속에서의 시적 정서를 시간성과 순차성에 의해 표상하는 것이며, 따라서 계열관계 축보다는 결합관계 축이 강조되어진다. 이러한 의미구조는 정서의 흐름을 일관되게 보여준다는 점에서 시의 음악성과도 무관하지 않다. 이 시가 1연에서는 상상적 청자인 '그'의 부재를 통한 서정의 유발을, 2연에서는 '그'의 존재를 기대하는 서정의 낭만적 분위기를, 3연에서는 꿈속에서도 부재하는 '그'에 대한 그리움과 서정의

23) 김태옥, 「문학 매재로서의 언어 : 문학 텍스트의 기호」, 『영어영문학』(1986. 겨울.), pp.913~914.
   "자아와의 내적 대화 모델인 나ㅡ나 통화는 문학, 심리학, 문화사적 측면에서 중요하다. …… 이러한 자아중심적 발화구조는 구조적 기능적 관점에서 고립화 자립화하는 기미를 띠게 된다. 즉 언어는 자기 암시적 메모적 성격을 띠며 간략화되고 指標性을 발휘하기에 이른다."
24) E. Steiger, 오현일·이유영 역, 『시학의 근본개념』(삼중당, 1978), p.94.

비극적 정서로의 전환을, 4연에서는 좌절과 미완의 현실인식에서 오는 비극적 세계관을 드러내고 있는 것은 바로 이 4단 구성법에 바탕하고 있음을 분명하게 보여준다.

그러나 통사론적 층위에서 살펴보면, 이 시는 1·2연과 3·4연이 대칭구조를 이루고 있음을 알 수 있다. 이는 전통적인 4단 구성 형식을 유기적 형식으로 변형시키고자 하는 영랑 나름대로의 시도라고 보여진다. 우선 1·2연과 3·4연은 시행 구성 방식에 있어서 대칭적이다. 각각을 3행과 4행으로 대칭 배열함으로써 4단 구성의 계기성을 2단의 중첩성으로 유도하고 있는데, 이처럼 변형된 구성은 리듬의 반복 효과를 기대하게 할뿐만 아니라 의미구조에도 영향을 미쳐 의미의 반복적 확장을 가져온다. 그리고 이러한 대칭축 안에서는 1연에서 2연으로, 3연에서 4연으로 통사·의미구조상 선형적인 지향이 이루어진다.

3행연이 4행연을 지향하게끔 구조화되어 있는 이유는 영랑시에서 4행연이 가장 보편적이고 완결된 형태이기 때문이다.[25] 이는 이 시에서 3행연인 1·3연이 부정적인 의미망을, 4행연인 2·4연이 긍정적인 의미망을 갖는다는 점과도 상통할 수 있다. 따라서 미완의 형식인 3행연은 완결된 형식인 4행연과 긴밀하게 결합하고자 하는 선형적 통사구조를 이루게 되고, 의미구조 역시 1연과 3연에서의 화자의 부정적 현실인식이 2연과 4연의 긍정적 미래를 지향하는 상태성으로 나타나게 된다.

물론 4연의 경우, 긍정적 미래인 첫째 행과 둘째 행이 다음의 두 행과 도치됨으로써 비극적 세계관을 드러내고 있지만, 화자의 내면적 정서는 여전히 긍정적 가치의 세계를 추구하고 있다는 점에서, 이 시는

---

25) 『영랑시집』에 실린 초기시 54편 가운데는 4행 단연으로 된 「사행소곡」이 29편이나 되며, 4행 2연시가 6편, 4행 3연 이상의 시가 10편에 달한다. 따라서 4행 혹은 4연을 주조적 형태로 하는 시는 모두 45편을 상회하고 있으며, 예외적인 작품은 54편 중 9편 정도가 발견될 뿐이다.

<표 7>

연	1연	2연	3연	4연
시 간	부정적 현재	긍정적 미래	부정적 현재	모순적 미래
부가의미	부 재	조 화	상 실	비극, 모순

모순적 담론체계로 구조화되어 있는 것이다. 이 시의 시간적 순서와 그에 따르는 담론의 부가의미는 <표 7>과 같이 연결시킬 수 있다.

1연은 '아실이'의 부재를 인식하는 시간이고, 따라서 부정적 현재의 시간이다. 현재 시간에서의 주체의 상태성은 '내혼자ㅅ 마음'으로 제시되고 있으며, 3행의 "그래도 어데나 게실것이면"이라는 가정 어법으로 인해 오히려 화자의 주체성은 더욱 고독한 상태성으로 정서화한다. 시적 담론으로서의 언술이 이처럼 명시된 화자와 부재한 청자 사이에서 이루어질 때, 발화의 의미자질은 부정성을 띠게 된다. '너'는 현재의 시간에 화자와 함께 존재하지만, '아실이(그)'라는 청자는 돌이킬 수 없는 과거 시간의 존재이고, 현재에는 주체의 정서가 투사될 수 없는 하나의 대상일 뿐이다.

그러나 화자의 발화를 통해 실현되는 주체의 정서는 대상으로서의 '그'를 객관적으로 인지하는 것이 아니라, 정서 속에 내면화하여 인지하고자 한다. 따라서 가정된 청자인 '그'는 이제 대상성마저도 상실하게 되고, 부재하고 있는 상태성으로 인해 시적 담론의 의미는 상실과 불화라는 부가적 의미로 '확장'된다. 부정적 현실인식은 통사론적 구조화의 방식에도 영향을 미치고 있는데, 이 1연이 불안정하고 직정적인 톤인 2음보와 3음보를 교차 사용하여 독백적 분위기를 고조시키는 것도 바로 여기에 그 원인이 있다.

2연의 시간은 화자가 지향하고자 하는 긍정적 미래의 시간이며 가정된 상상의 시간이다. 상상의 시간에서는 화자의 언술이 직접적으로 발화하게 되고, 또한 가정된 청자인 '아실이(그)' 역시 대상성을 회복하게 된다. 따라서 화자는 "보밴듯 감추엇다 내여드리지"라는 대화체를 사용하고 있다. '그'를 현재의 시간에 존재하는 대상성으로 인식하고자 하는 염원이 깃든 이 마지막 한 마디를 위해서 화자는 주체의 상태 동위소인 '티끌', '눈물', '보람' 등을 1~3행에 걸쳐 나열하고 있는 것이다.

'티끌', '눈물', '보람'은 서정적 주체의 통제하에 선택된 계열소로서 비유적 의미로 확장되어 있는데, 이는 이들이 주체의 이데올로기가 전이된 객관적 대상으로서의 상징성을 갖고 있기보다는, 준용된 이데올로기에 의해 주체의 상태성을 강화하고 있는 언어기표이기 때문이다. 그리고 이러한 계열소들은 통합관계축에 계기적으로 작용하여 마지막 행에서 '조화'로서의 부가의미를 집중적으로 구현하고 있다. 음보 배열의 특징적 현상에서도 이러한 점이 갈파되는데, 1~3행은 각 4음보의 정제된 배열을 보이고 있지만 마지막 4행은 직접적인 3음보를 사용하여 화자의 의지를 압축적으로 드러낸다는 점에서 그러하다.

3연은 음보 배열의 측면에서 통사구조상 1연과 동일하다 할 수 있다. 이러한 형태적 동일성과 더불어 그 의미구조 또한 1연과 등가의 관계에 있다. 단지 차이가 있다면 "내마음을 / 아실이"가 "아! / 그립다"로, "그래도 / 어데나 / 게실것이면"이 "꿈에나 / 아득히 / 보이는가"로 대체되어 있다는 점이다. 동일한 음보 배열 속에서 기표만 대체한 것은 어떤 의도인가? 이는 시적 서정의 측면에서는 '전환'의 의미를, 담론적 언술 행위의 측면에서는 '회귀 반복'의 의미를 갖는다. 즉 서정성의 전환이 통합관계 축으로 실행되지 않고 연 단위의 계열관계 축으로 실행됨으로써 서정의 회귀 반복을 보이게 되고, 이 회귀 반복으로 인해 자동기능으로서의 시적 효과인 리듬성과 의미의 부가화를 획득하고 있다. 따라서 "아! 그립다"와 "꿈에나 아득히 보이는가"로의 기표 대체는 3연의 시간이 1연에서처럼 막연한 부재의 시간이 아니라 재확인된 부재의 시간임을 의표화하기 위함이며, 여기에서 화자의 갈등 양상은 상실감으

<表 8> '나-(그)' 통화 모형의 통합관계축

연	'나'의 상태성 계열소	지배소	'(그)'의 상태성 계열소	부가의미
1	내혼자ㅅ마음		어데나	부 재
2	티끌, 눈물, 이슬	시간전환	보배	조 화
3	내혼자ㅅ마음		꿈에나	상 실
4	불빛에 연기		향맑은 옥돌	모 순

로 심화되어 나타나는 것이다.

마지막 4연의 시간은 미래의 시간이지만, 그러나 3연에서 '그'의 부재를 재확인하고 난 화자에게 있어서 미래는 더 이상 긍정적이지 못하다. 4연 2행의 "사랑은 타기도 하오련만"은 가정 어법으로, 미래의 시간을 표상함과 동시에 긍정적 가치가 전제되어 있지만, 그러나 그러한 전제가 "불빛에 연긴듯" 가능성이 희박한 모순임을 화자는 이미 체득하고 있기에 "희미론 마음"이라는 좌절 상태를 맞게 된다. 그리하여 화자의 정서인 '사랑'까지도 화자의 주체인 '내혼자ㅅ 마음'을 모르게 되는 정서와 주체의 분리 현상이 일어나고, 여기에서 자기 부정이라는 모순적 갈등상태를 맞게 된다.

다시 말해 '향맑은 옥돌', '불', '사랑' 등 화자의 정서적 동위소들은 '연기'처럼 소진되어버리고 화자는 고독한 주체의 상태성으로만 남아 있는 비극적 현실인식 또는 부재에 의한 불안의식을 언표화하고 있는 것이다. 마지막 연의 이러한 언술 방식은 그 형식적인 측면에서도 모순성을 보여주고 있다.

모순적이고 비극적인 현실인식을 언술내용으로 하고 있는 까닭에, 언술형식 역시 안정성을 갖는 4행 형식에 불안정성을 갖는 3음보를 결합하여 갈등적 양상을 극대화하는 효과를 보여주는 것이다. 「내마음을 아실이」의 담론체계는 <표 8>과 같이 도표화된다.

3) 「모란이 피기까지는」

모란이 피기까지는
나는 아즉 나의봄을 기둘리고 잇슬테요
모란이 뚝뚝 떠러져버린날
나는 비로소 봄을여흰 서름에 잠길테요
五月 어느날 그하로 무덥든날
떠러져누은 꼿닙마져 시드러버리고는
천지에 모란은 자최도 업서지고
뻐처오르든 내보람 서운케 문허졌느니
모란이 지고말면 그뿐 내 한해는 다 가고말아
三百예순날 하냥 섭섭해 우옵내다
모란이 피기까지는
나는 아즉 기둘리고잇슬테요, 찰란한슬픔의 봄을

이 시는 영랑의 몇 안 되는 단연시 중의 하나다. 익히 알다시피 영랑
시의 기본 형태는 앞서 분석한 두 편의 시처럼 4행시 또는 4연시라고
할 수 있다. 이 4행시나 4연시를 통해서 그의 율격적 장치들이 가장 선
명하게 드러나 보인다. 그럼에도 불구하고 단연시인 「모란이 피기까지
는」이 시적 형상화의 측면에서 가장 우수한 것으로 평가되고 있고, 대
표작으로까지 인정되는 이유는 무엇인가? 여기에 대한 해명은 곧 현대
시의 전개와 관련지어 그의 시사적인 위치를 가늠하게 하는 중요한 단
서가 될 것이다. 지금까지 영랑시에 대한 많은 평가와 분석이 이 작품
에 집중되어 온 까닭도 이와 같은 사정을 반영하는 것이라 하겠다. 이
시에서는 영랑시의 담론체계를 이루는 가장 중요한 요소인 통사론적
조건이 쉽게 드러나 있지 않은 반면에, 상대적으로 의미론적 조건은 강
화되어 있다고 보여진다.

이 시는 총 12행의 단연시로, 특별히 중심이 될 만한 기저 율격은 발견되어지지 않는다. 그러면서도 이 시의 담론은 리듬의식에 바탕을 두고 체계화되어 있음을 느끼게 한다. 그 이유로 우선 통사구조의 대구와 반복이 개재하고 있다는 점을 들 수 있다. 1·2행과 3·4행은 동일한 조어법과 종지법에 의한 대구 형태를 이루고 있으며, 11·12행에서는 다시 1·2행이 반복되어져 있다. 이러한 이유로 인해, 이 시가 비록 단연시 형태라 하더라도 내면적으로는 2행 단위의 여섯 연 체계를 이루고 있다거나26) 또는 4행 단위의 세 연으로 체계화되어 있다27)고 분석되어지기도 한다. 그러나 일반적으로 연의 구분은 그 형식성에만 의존하는 것이 아니라 의미구조의 단위로 작용한다는 점에서, 이 시를 이처럼 연 단위로 분절한다는 것은 자칫 해석상의 오류를 범할 수 있다. 연 구분의 시는 발화의 연쇄나 병치에 의해 의미를 계기적으로 조직화하거나 병렬적으로 구조화한다.

특히 영랑의 연 구분 시는 발화와 발화 사이의 관계를 통해 의미를 조직화하는 경향이 강하다고 볼 수 있다. 이에 반해 단연시는 발화의 연쇄에 의한 단일 발화적 성격을 갖고 있기 때문에 의미의 집중성이 두드러진다. 따라서 첫 두 행과 끝 두 행에서 이루어지는 동일 형태로의 회귀 반복은 바로 발화의 단일성과 리듬감을 강화시키고 있는 것이며, 5~8행을 단일 발화로서의 의미론적 중심축이라 할 수 있다. 이는 이 시의 담론체계가 통사론적으로나 의미론적으로나 5~8행을 축으로 한 의도적인 대칭구조로 형상화되어 있음을 의미한다.

다음으로, 이 시는 발화의 내적 휴지에 의한 분할 표기를 보이고 있다는 점이 주목된다. 담론의 언술행위가 맞춤법상의 띄어쓰기 질서에

---

26) 이인복, 「<모란이 피기까지는>의 구조적 분석」, 『한국대표시평설』(문학세계사, 1983)

27) 김재홍, 「생의 양면성 또는 존재론의 시」, 『문학사상』(문학사상사, 1986. 10)

따르지 않고 발화의 휴지에 의해 분할되어 있는 것은 곧 주체의 정서적 호흡에 의해 이 시가 율독되어야 함을 뜻한다. 이는 물론 영랑시에서 보여지는 보편적 특성 중의 하나이긴 하지만, 연의 구분이 없는 이 시에서는 이러한 분할 표기가 더 큰 의의를 갖게 된다. 그것은 언술행위의 주체가 시의 행간에서 이루어지는 의미론적 결합 관계를 더욱 긴밀하게 강화시키기 위하여 발화의 계기성보다는 발화의 응축성에 더 많은 관심을 갖고 있으며, 시의 리듬을 의미 강화에 기여하도록 배려하고 있기 때문이다. 즉 영랑의 의도적인 언술행위에 의해 이 시의 분할 표기는 시적 의미에 기여하는 정서적 음보 단위로 배열되어 있는 것이다. "뚝뚝 / 떠러져버린날"에서 '떠러져버린날'이 통합 음보로 처리됨으로써 낙화의 시기보다는 '뚝뚝' 떨어지는 낙화의 상태가 강조되고 있는 것은 그 좋은 예이다.

바꾸어 말하면, 이 시는 방임적 허용 율문으로 구성된 자유율의 한 전형을 보여주는 작품이라고 할 수 있다. 즉 율격이 행내의 질서에만 작용하고 행간의 통일성 조성에는 오직 주변적으로 관여하는 자유율의 음절 체계를 취하고 있는 것이다.[28] 통합 음보에 의한 시행의 조화와 압축은 이 시에 개성적 리듬과 함께 비유적 부가 의미를 구현하는 방식이며, 또한 시간의 추이에 따라 일어나는 주체의 정서적 상태 변화를 표상하는 언술행위의 구조적 원리라고 할 수 있다.

'나-(나)'통화 모형의 이 시는 무시간적 현재의 시점에서 화자인 '나'의 독백으로 발화되고 있다. 이 역시 자아 중심적 발화인 까닭에 화자의 상태성을 강조하는 담론을 이루고 있는 것이지만, '~까지는 / ~테요' 또

---

28) 김명인, 앞의 글, p.120.
   여기에서 김명인은 「모란이 피기까지는」을 분할 표기에 따라 총 47음보로 나누어 2음보 행이 2, 3음보 행이 3, 4음보 행이 3, 5음보 행이 3, 7음보 행이 1개로 나타난다고 하고, 다시 음보를 이루는 음절수에 따라 음격의 분포를 분석하고 있다.

는 '~ㄴ 날 / ~하고는' 등과 같이 '조건절 / 주절'의 접속법을 통해 조건절에서는 서정적 주체가 지향하는 대상성을, 주절에서는 화자의 상태성을 대조시킴으로써 주체와 대상간의 동일성을 추구하고자 하는 의지를 드러내고 있다. 「모란이 피기까지는」의 이러한 특성은 이전에 씌어진 시들과는 사뭇 다른 양상을 보이게 된다. 즉 율격적 장치나 통사론적 반복을 통한 음악성 구현에 초점을 두고 체계화되었던 그의 담론 조건들이 여기에서는 의미내용의 축조를 위해 기능하고 있는 것이다.

1 · 2행과 3 · 4행은 동일 조어법에 의해 통사론적으로 병치되어 있어 일차적으로 반복적 리듬을 형성한다. 그러나 의미론적 층위에서 보면 대구에 의한 상반된 상태성이 의표화되어 있다. 1 · 2행에서 언술행위의 주체는 '모란'이라는 대상성으로 상정되어 있다. 자아 중심적 발화로 이루어진 영랑의 여타 시에서와는 달리 이처럼 주체가 대상에 투사됨으로 인해서 모란의 의미는 비유적이라기보다는 상징적으로 형상화되어진다. 즉, 모란은 회상과 동경의 이미지로서의 내부에 존재하는 모란이다.[29] 이는 이 시의 의미화 양상을 '전이'로 설명할 수 있게 하는 부분인데, 그러나 이 전이적 의미가 조건절 내부에서만 이루어진 채 주절인 다음 행에 예속되어 있음으로 인해 통사상으로는 확장적 의미에 머물러 있게 된다.

모란의 상징성이 곧바로 모란과 의미 동위소의 관계에 있는 '봄'으로 대체되고, 다시 '나의 봄'으로 한정된다는 것은 결국 '기다림'의 정서적 상태성을 의미론적으로 확장하기 위한 언술 방식이라 할 수 있다. 즉 '모란'이 상징적 의미의 대상성을 지니고 있지만, 실제로 서정적 주체가 강조하고자 하는 바는 '기둘리고' 있는 화자의 정서인 것이다. 이러한 점은 1 · 2 행의 시간체계를 통해서도 드러난다. 1행의 발화가 표상

---

29) 오하근, 「역설의 미학-'모란이 피기까지는'의 운율과 구조」, 『한국언어문학』 12집(한국언어문학회, 1974), p.93.

하고 있는 사건시는 미래이고, 미래의 가상적 사건을 전제한 상태에서 현재의 발화를 수행하고 있다. 그러므로 2행에서의 '기다림'은 모란이 피어날 미래에 대한 지향이며, 주체와 화자, 미래와 현재 사이의 동일성 회복을 위한 염원으로 나타난다.

3·4행은 '모란이'로 시작하여 '~테요'로 끝나는 조어법이나 '조건절/주절'로 이루어진 접속법의 측면에서 1·2행과 통사상의 대칭적 반복 관계에 있지만, 그 시간체계나 정서의 상태성은 각기 다르다. 조건절인 3행은 무시간적 현재의 시간이다. 여기서 '무시간적 현재'란 모란의 낙화와 상실에 따르는 슬픔을 지속화하는, 말하자면 모란이 지는 데 따르는 슬픔을 어느 한 지점으로 못박을 수 없다는 점을 시간적 언표로 바꾸어 놓은 것이다. "모란이 뚝뚝 떠러져버린" 날은 미래의 시간이 이젠 현재로 도래해 있는 시간임과 동시에, 화자에 의해 발화가 이루어지고 있는 발화시로서의 현재이기도 하다. 따라서 여기에서는 사건시와 발화시가 일치하고 있는 것이다.

모란의 낙화와 나의 '서름'은 동시적 사건이며, 등가적 의미로 결합된다. 이는 다시 말해 서정적 주체와 화자가 동일성을 확인하는 시간이라 할 수 있지만, 동일성의 확인이 모란의 낙화로 인해 얻어진 것이기 때문에 설움의 정서로 상태화되어 있다. 대상의 상실은 주체의 상실로 이어지고, 주체 상실을 인식한 화자에게 남아있는 것은 '뚝뚝' 떨어지는 '서름'뿐이다. 또 '떠러져버린날'과 '봄을여흰'을 통합 음보의 빠른 템포로 처리하여 이미 돌이킬 수 없는 상태임을 강조하고 있다는 점에서, 그리고 개화와 낙화, 기다림과 여윔이라는 모순되는 측면을 대조하고 있다는 점에서, 3·4행은 존재의 숙명성을 예감케 하는 비극성을 내포하고 있다.

5~8행은 통사구조상의 대칭축임과 동시에 의미구조의 중심축이라 할 수 있다. 여기에는 가상적인 체험으로서의 현실의 비극성이 '무덥

든', '뻐쳐오르든' 등 과거의 사건시를 통해 두드러지게 제시된다. 이러한 회상적 문체는 서정시의 기본 특성 중의 하나라 할 수 있는데[30], 그 이유는 서정성의 본질이 주체와 객체, 시인과 독자, 내용과 형식 사이의 '간격 부재'에 있는 것이고, 이 간격을 메워주는 것이 회상이기 때문이다. 5~8행에서의 회상은 고대하고 기다리던 모란의 피어남이 아니라, 그것의 떨어짐이 불러일으키는 참담한 현실상의 발견이자 그에 대한 확인에 해당한다.

 "五月 어느날 그하로 무덥든날"이라는 과거의 사건시는 주체와 화자의 분리가 경험되었던 부조리한 시간이다. 따라서 이에 대한 회상은 '떠러져누은 / 시드러버리고는 / 자최도 업서지고 / 서운케 묻혀졌느니'라고 하는 거듭되는 하강적·부정적 발화를 통해 주체의 대상성 상실이 화자의 정서적 상태성으로 이어지고 있음을 언표화함으로써, 현실의 비극성과 근원적 모순성이라는 부가 의미를 도출하고 있는 것이다. 즉 '모란'의 상실이 '기다림'의 상실로 확장된다는 점에서 이 시는 모란의 아름다움을 노래하거나 자연에의 동화를 강조하고 있는 것이 아니라, 주체의 상태성을 비극적 현실인식을 통해 의미화하고 있는 것이다.

 이러한 비극적 세계관 또는 절망적 현실인식은 영랑시 전편에 걸쳐 뿌리깊게 노정되어 있는 것이긴 하지만, 그의 초기시들이 현란한 울림소리의 밝은 음조나 율격적 장치에 의해 비극적 의미를 반감시키거나 숨겨놓고 있다면, 이 시는 전·후에 대칭 배열된 율격행들의 회귀 반복을 통해 의미의 중심축을 강화시켜 비극적 의미를 고조하고 있다는 점에서 주목된다.

 9·10행은 3·4행에서와 마찬가지로 다시 사건시와 발화시가 무시간적 현재로 일치되고 있다. 모란의 낙화와 '내 한해'의 소멸을 동일시

---

30) E. Staiger, 오현일·이유영 역, 앞의 글, p.72 참조.

함으로써 주체 상실을 인식하는 화자의 정서적 상태는 "하냥 섭섭해" 울게 된다. 9·10행은 3·4행과 통사·의미론적으로 대칭과 등가의 관계에 있지만, 5~8행의 강화된 부가 의미를 사이하고 있는 까닭에, 화자의 정서는 "서름에 잠길테요"에서 "우옵내다"로 점층적 발화를 통해 표상되어진다. 체계의 중심축을 지향하는 발화의 이러한 구심적 전개는 자연스럽게 마지막 11·12행을 1·2행으로 회귀 반복시킨다.

마지막 두 행은 첫 두 행과 시간체계와 상태성의 차원에서 등가적이지만, '나의봄'이 '찰란한슬픔의 봄'으로 대체되고, 다시 '찰란한슬픔의 봄'과 '기둘리고잇슬테요'가 도치되어 있다. 이러한 대체와 도치의 기호는 3·4행과 9·10행의 관계처럼 리듬과 의미를 점층시키기 위한 의도에서 배려된 것이다. 특히 '찰란한슬픔의 봄'을 '찬란함(개화)'과 '슬픔(낙화)'이라는 서로 상대되고 모순되는 양면성을 함께 지니고 있는 기호로 제시함으로써 기쁨과 슬픔, 절망과 희망, 이별과 만남 등이 무시로 교차하며 전개되는 인생의 모순성·비극성·양면성[31] 등의 부가 의미를 구현하고 있다. 체계화된 담론에서 시간 개념을 결정해 주는 것은 동사의 변화이기 때문에[32], 첫 행으로부터 끝 행에 이르기까지의 시간과 의미의 추이는 동사의 시제 변화에 의해 <표 9>과 같이 정리될 수 있다.

〈표 9〉

행	1~2행	3~4행	5~8행	9~10행	11~12행
시간	미 래	무시간적 현재	과 거	무시간적 현재	미 래
의미	기다림 (개화)	설움 (낙화)	상실 (소멸)	설움 (낙화)	기다림 (개화)
기호	상 승	하 강	하강국면	하 강	상 승

---

31) 김재홍, 앞의 글, p.175.
32) F. Berry, Poet's Grammer(London, 1958), p.16.

<표 10> '나-(나)' 통화모형의 결합관계축

행	'나'의 계열소	지배소	'(나)'의 계열소	부가의미
1,2	기둘림		모란, 나의 봄	기 다 림
3,4	여흰 서름		모란, 봄	설 움
5,6	떠러져 누은 꽃닙	시간		상 실
7,8	내보람	추이	모란의 자최	상 실
9,10	내 한해			설 움
11,12	기둘림		찰란한슬픔의 봄	기 다 림

이 시는 희미하거나 사라져 가는 순간의 덧없음을 약동하는 리듬으로 포착하는 데 성공한 작품이다. 그리고 이와 같은 날카롭고 감각적인 리듬이야말로 김영랑의 정서가 자리하는 절정의 한 순간에 얻어지는 것이기도 하다. 따라서 부단한 시간체험이나 결코 고정될 수 없는 절정에의 체험, 그것이 바로 "찰란한슬픔"의 이중 형용이다. 이런 점에서 이 시는 또한 생의 양면성·모순성·비극성에 대한 투시를 통해 존재의 근원적 모순성을 발견하고, 그에 대한 극복의 과정에서 생의 상승과 초월을 갈망하고자 하는 형이상학적 의미로 읽혀진다. 그러므로 담론체계를 이루고 있는 통사론적 회귀 구조 또한 이 형이상학적 의미와 맞물려 역동적으로 완결되어 있는 것이다.

시간의 추이에 의해 발화되어진 「모란이 피기까지는」의 담론체계는 다시 <표 10>과 같이 도표화될 수 있다.

3. 분석의 결과

1) 지배소의 변별성

지배소란 시적 담론을 체계화하고 있는 각각의 층위들을 매개하여 시적 효과를 만들어내는 주도적 요소이다. 그러므로 지배소는 담론의 통사론적 층위와 의미론적 층위, 또 통합관계 축과 계열관계 축에 동시적으로 작용하는 하나의 법칙성이라 할 수 있다. 정지용의 시와 김영랑의 시를 텍스트로 한 지금까지의 분석을 통해서 담론체계의 구조화 원리인 지배소가 공간성과 시간성으로 서로 변별적 특징을 갖고 있음을 밝힐 수 있었다. 지배소의 이러한 변별성은 두 시인의 텍스트에서 서로 다른 시적 특성이 드러나게 되는 주된 요인이라 할 수 있다.

정지용의 시는 공간성을 지배소로 하고 있는 까닭에, 우선 시각적 효과가 두드러져 보인다. 이러한 시각적 효과는 공간 표상의 즉물적 언어들이 갖는 선명한 이미지에 기인한다. 따라서 통사론적 층위의 언술 방식이 계열적 동위소를 형성하는 즉물적 언어 기표의 중첩에 치중하고 있음을 볼 수 있었다. 즉 「琉璃窓 1」에서처럼 정지용의 시는 시간의 방향성과 통제에서 벗어난 무시간의 공간적 질서에 따라서 언술내용이 전개되고 있기 때문에 마치 한 폭의 그림처럼 존재하고 있다. 또 지용 시의 시각적 효과는 공간 표상의 기표 자체에서뿐만 아니라, 「九城洞」에서처럼 각각의 연에 독립된 공간을 설정하여 텍스트의 공간적 질서를 결정하거나, 「長壽山 1」과 같이 표기상의 휴지 공간을 두어 텍스트 자체를 공간화하고 있는 점에서도 살필 수 있었다.

반면, 김영랑의 시는 시간성을 지배소로 하고 있으며, 지배소의 이러한 변별성이 영랑시에 음악적 효과를 강화하도록 작용하고 있음을 볼 수 있었다. 영랑시에서의 시간성은 자연적 시간으로서의 계기성을 갖고 있는 것이 아니라, 심리적 시간으로서의 지속성을 갖고 있다. 김영랑은 이 시간의 정서적 지속을 리듬의 지속으로 변화시켜 그 나름의 시적 효과를 의도하고 있다. 따라서 영랑의 시적 언술 방식은 시간의 지속성을 유지하기 위해 통합관계축의 연쇄에 더 많은 강조점을 두고 있으며, 기표의 선택에 있어서도 음악적 효과를 발휘할 수 있는 울림소리의 음성적 자질들을 의도적으로 연쇄시키고 있다.

다음으로, 지용시와 영랑시의 지배소의 차이는 또한 그들의 시를 '주지적 / 주정적', '객관적 / 주관적'이라는 변별적 특성으로 평가되게 한다. 공간성을 지배소로 하는 지용시의 경우, 그 공간체계가 수평공간의 분리와 결합 또는 수직공간의 이행이나 역전으로 이미지화되어 있기 때문에, 담론적 의미를 해석하기 위해서는 먼저 공간성의 의미론적 가치를 전제해야만 한다. 이는 시간의 공간화를 이념으로 하는 영미 주지주의의 한 면모를 보여주는 것으로, 객관적 대상성의 존중과 감정의 절제를 그 요건으로 한다. 이러한 점이 동양적 시정신의 후기시에 해당하는 「長壽山 1」에서는 초기시에 비해 약화되어 있음을 볼 수 있었지만, 그러나 이 시 역시 공간 이동을 지배소로 하여 시적 자아와 대상간에 일정한 거리를 유지하고 있는 까닭에 주지적 서정으로부터 크게 벗어나 있다고 할 수 없다.

김영랑의 시는 시간성을 지배소로 하고 있고, 그 시간이 심리적 체험의 시간이라는 점에서 주관적이며 주정적인 담론 양상을 보이고 있다. 이러한 심리적 시간 체험은 주체와 화자의 자아가 일치하는 사적 시점으로 담론을 체계화하게 되며, 따라서 시적 대상은 자아의 적극적인 통제에 의해 주관화의 경향을 보이게 된다. 앞서 분석하였던 「除夜」, 「내 마음을 아실이」, 「모란이 피기까지는」 등에서 보여지듯이 영랑시의 시적 대상은 한결같이 화자의 주관적 정서에 의해 객관적 대상성 보다는 상태성으로 표상되어 나타난다. 이러한 점은 영랑시의 담론적 의미인 상실의식이 공간적 상실에 근거한 것이 아니라, 심리적 체험의 결과인 시간적 상실감에서 비롯한 까닭이라 볼 수 있다.

2) 통화 모형의 변별성

지용시와 영랑시에 있어서 통화 모형의 변별성은 일차적으로 화자의 유형에서 발견된다. 즉, 지용시의 경우 담론의 통화 모형이 함축적 화자나 허구적 화자에 의해 수행되고 있는데 반해, 영랑시는 주로 현상적 화자에 의해 수행됨을 볼 수 있었다. 화자 유형의 이러한 변별적 차이는 지배소의 차이와 밀접한 상관을 이루고 있다고 볼 수 있다. 왜냐 하면 공간성을 지배소로 하는 지용시는 그 객관적 주지적 성격으로 인해 화자의 적극적 개입을 지양하고자 하며, 반면에 시간성을 지배소로 하는 영랑시는 주관적이고 주정적인 언술내용을 밀도있게 연쇄시키기 위해 화자에 의한 대상의 적극적 통제가 필요하기 때문이다.

분석 대상이었던 정지용의 시 세 편에는 한결같이 화자 기표가 문면에 드러나 있지 않다. 함축적 화자에 의해 시적 담론이 수행될 때, 시는 주로 독백적이거나 묘사적이게 된다. 그 이유는 담론 주체가 화자와 대상을 등거리에서 조정하거나 대상성을 강화하고자 하기 때문이다. 「琉璃窓 1」은 함축적 화자와 현상적 청자의 통화 모형으로, 독백 형식을 띠고 있다. 이 경우 주체가 대상의 자리에 투사되어 담론의 객관화를 지향하면서도 청자에게 화자의 목소리를 들려주고자 한다는 점에서 시적 자아의 갈등 양상을 드러내는 데 가장 적합한 통화 모형이라 할 수 있다. 「九城洞」은 화자가 함축적이며 또한 청자 역시 상정되어 있지 않아서, 시적 대상뿐만 아니라 담론으로서의 텍스트 자체도 객관적 거리를 유지하고 있는 가장 회화적인 사물시라 하겠다. 「長壽山 1」은 함축적 화자와 비인칭의 청자로 이루어진 인칭 서법과 비인칭 서법의 중간 형태이다. 이 시는 독백시이면서도 서술어를 진술적 어법으로 사용하여 다분히 대화 형식에 가깝다는 점에서 지용시의 변모 과정을 유추하게 하는 작품이다.

김영랑 시의 경우, 「除夜」를 제외한 두 편의 시에는 화자가 현상적으로 제시되어 있다. 현상적 화자에 의해 시적 담론이 수행될 때, 주체는 화자 기표에 적극적으로 위치하여 발화의 자아중심성을 강화하며, 이에 의해 주관적 정조를 드러내게 된다. 「除夜」는 함축적 화자와 비인칭의 청자 '그대' 사이의 통화 모형으로 담론을 수행하고 있다. 그러나 여기에서도 화자가 함축되어 있는 대신 화자를 상징하는 정서적 기호를 문면에 내세움으로써 정서적 주관성을 드러내고 있으며, '그대'는 시적 담론의 청자이자 객체로서의 동시적 기능으로 주체의 상태성을 강화하고 있다. 「내마음을 아실이」와 「모란이 피기까지는」은 현상적 화자에 의해 발화하고 있는데, 이처럼 화자가 적극적으로 문맥의 통합관계를 주도하는 통화 모형의 담론에서는 독자가 청자의 위치에서 화자와의 정서적 일체감을 쉽게 획득하게 된다.

이와 같이 지용시와 영랑시의 통화 모형이 함축적 화자와 현상적 화자에 의해 변별적으로 수행되고 있음으로 인해, 그 담론적 의미화 역시 각기 다른 양상을 보이게 된다. 즉 지용시처럼 화자가 함축되어 있을 때는 주체를 객관적 대상에 투사하는 의인화의 기법에 의해 의미의 전이를 이룬다. 따라서 이 때의 담론적 부가 의미는 전이된 은유로서의 상징적 성격으로 해석된다. 반면, 영랑시처럼 화자가 현상적으로 드러날 때는 화자 기표와 대상 기표의 결합 방식, 즉 비유적 결합에 의해 의미의 확장이 있게 된다. 확장 의미란 준용된 사회적 가치로부터 벗어나 있지 않기 때문에 독자와의 소통이 선형적이며 직접적으로 이루어진다고 할 수 있다.

제4장 담론체계의 변이와 그 해석

1. 상호텍스트성과 체계의 변이

앞 장에서는 두 시인의 시작품 중 통사·의미론적 조건과 주체성의 조건 차원에서 대표성과 변별성을 갖고 있다고 판단된 각 세 편의 작품을 텍스트로 선정하여 담론체계의 몇 가지 모형pattern들을 제시하였다. 이제 이 담론체계의 모형들이 무엇에 의해서 어떻게 변이되는가, 즉 두 시인의 작품들에 대한 총체적 해석을 가능하게 하는 보편 법칙이 무엇인가를 살피고자 한다. 이는 여러 층위의 기호들의 체계이며 "최종적인 의미단위를 만들어 내는 구조물"[1]인 텍스트의 분석을 통해서 발견되었던 지배소와 통화 모형이 상호텍스트적 관계에 있는 다른 작품에서는 어떻게 변이되어 있으며, 그 담론적 관계correlation 또는 차이difference는 무엇인가에 대한 해명이라 할 수 있다.

상호텍스트성inter-textuality은 텍스트를 생산하고 수용함에 있어서 텍스트 사용자들이 지니고 있는 다른 텍스트의 지식에 의존하는 모든 방

---

1) J. V. Der Eng & M. Grygar, Structure of Texts and Semiotics of Culture(Mouton, 1973), p.16.

식들을 포괄하는 개념이다.[2] 문학 텍스트는 현실 세계를 일정한 원리에 의해 교호적alternative 관계의 세계로 구조화하고 있기 때문에 허구적 텍스트라 할 수 있다. 역으로, 비허구적 텍스트인 현실 세계는 문학 텍스트에서 객관적으로 구성된 것이 아니라, 사회적 인지, 상호작용, 절충negotiation작용 등 콘텍스트에 의해 전개되어진다고 말할 수 있다.

텍스트와 그 콘텍스트 간의 구조적 관계들은 실로 상이한 텍스트들 간의 관계가 되는 것이고, 따라서 허구적 텍스트와 비허구적 텍스트는 상호텍스트성의 관계에 있게 된다. 이 때 텍스트 내의 제요소들은 상호 대화의 관계를 구축하고 있는 셈이다. 이렇게 본다면 텍스트 내에서는 화자와 청자만이 대화적 상황을 마련하고 있는 것이 아니라, 모든 언어적 요소가 동시에 대화를 나누고 있는 것이 된다.

상호텍스트성은 크리스테바의 용어이지만, 허구적 텍스트로서의 문학을 사회어와 담론의 상호작용으로 파악한 최초의 이론가는 러시아의 문예학자 바흐찐이다. 바흐찐은 어떤 언어와 낯선 언어, 텍스트와 낯선 텍스트의 대화 관계를 "예술적 의미 형성물이 지닌 결정적인 특성들 중의 하나"[3]로 간주한다. 바흐찐의 이러한 개념을 크리스테바는 다음과 같이 부가 설명함으로써, 문학 텍스트의 의미를 상호텍스트성에 의해 해석할 것을 주장하게 된다.

> 바흐친은 텍스트를 역사, 사회와 연관지을 경우에, 역사 사회 그 자체가 이미 텍스트라고 생각한다. 그리하여 작가는 그 텍스트들을 읽고서 다시 씀으로써 그 속에 얽혀 들어가게 된다는 것이다.[4]

---

2) 이현호, 『한국 현대시의 담화·화용론적 연구』(한국문화사, 1993), p.72.

3) M. Bachtin, Literatur und Karneval Zur Romantheorie und Lachkultur (München, 1969) 참조.

4) J. Kristeva, Semeiotiké Recherches pour une Sémanalyse (Paris : Seuil, 1969), p.144.

허구와 비허구 텍스트들에 대해 주체(작가)가 사회적 관심을 수용하거나 또는 가공하기 위해서는 오직 언어적 기호체계를 통해서만 가능한 것이고, 이 경우 다양한 상호텍스트적 관계들이 발생한다. 비허구적 텍스트(사회적 텍스트)로서의 사회어와 담론은 허구를 구성하는 재료이며, 주체는 이 재료들을 가공함으로써 문학 텍스트를 생산해 낸다. 이런 점에서 문학 텍스트가 가공하는 것은 하나의 이데올로기가 아니라, 다양한 이데올로기적 언어들이라 할 수 있다.[5] 문학 텍스트 속에 사회적 텍스트나 이데올로기적 언어들이 가공되어 있다는 것은 다시 말해 이들이 텍스트의 체계 속에 '변이'되어 있다는 말과 같다. 그리고 이러한 변이는 텍스트 체계 내의 상호텍스트성의 결과로만 설명되어지는 것이 아니라, 체계와 체계 즉 텍스트와 텍스트의 상호 관련 양상이라고도 할 수 있다.

이런 점에서 체계와 체계의 관련 양상, 특히 상호텍스트적 관계를 이루고 있는 동일 시인의 작품들인 '자가적 텍스트l'auto-texte'[6]를 대상으로 그 변이 양상을 본 장에서 살펴보고자 한다. 좀더 구체적으로 말한다면, 시적 담론을 체계화하는 요소로 앞서 도출한 바 있는 지배소와 통화 모형이 두 시인의 작품들 사이에서 상호텍스트적으로 변이되어 있는 양상과, 나아가 자가적 텍스트로서의 통일성을 획득하고 있는 방식에 대한 고찰이 본 장에서 이루어질 첫 번째 작업이라 할 수 있다.

1) 지용시의 경우

지금까지의 분석을 통해 정지용 시의 담론을 체계화하는 지배소는

---

5) Peter V. Zima, 허창운 역, 『텍스트사회학』(민음사, 1991), pp.108~109 참조.
6) 최현무 역, 『바흐친 : 문학사회학과 대화이론』(까치, 1987), p.73.
　여기에서의 '자가적 텍스트'란 뤼시엥 달렌 바크가 사용한 용어이다.

'공간 질서'이며, 그 언술행위는 주로 감추어진 화자와 청자 사이의 통화 모형에 의해 수행되어짐을 밝힌 바 있다. 그리고 지용시에 있어서의 이 공간 질서는 다시 공간의 분절(「유리창 1」의 경우)과 이동(「구성동」의 경우), 대립(「장수산 1」의 경우)으로 세분되어짐을 살펴보았다. 이처럼 공간 질서가 통사론적 층위에서, 그리고 의미론적 층위에서 시적 담론을 체계화하는 지배소로 작용하고 있는 까닭에, 그의 시는 음악적 효과보다는 시각적 효과를, 언어사용에 있어서 결합관계적 연쇄보다는 계열관계적 중첩을, 주체의 정서적 상태성보다는 객관적 대상성을, 정서의 환기보다는 지성의 표출을 강화하고 있는 것이다.

지배소에 의해 변별되어지는 이러한 특정적 차이는 결국 담론의 통화 모형에도 영향을 미쳐 화자를 가능한한 시의 문면에 감추어 두거나, 허구적 화자를 내세워 주체와 화자를 분리함으로써 담론 자체가 하나의 대상이자 기호이게끔 의도되어 있다고 볼 수 있다. 그러나 이러한 분석 결과가 지용시 전반에 걸친 보편적 담론 특성으로 그 유효성을 갖기 위해서는, 그리고 개개의 텍스트에 대한 기호학적 작업이 단순한 분석적 주석 작업이 아니기 위해서는 시학이 정립한 문법을 한 텍스트 혹은 한 시인의 활동이 어떻게 변형시키는가를 설명해야 하고, 그것을 통해 해석으로 나아가야 할 것이다. 여기에 상호텍스트적 관계에 의한 체계의 변이를 구명해야 하는 소이가 있는 것이다.

의미란 하나의 차이이다.[7] 그리고 그러한 차이는 여러 층위의 분절에서 생겨난다. 시의 담론체계에서 공간이 언어처럼 어떤 의미를 나타내는 기호로서 작용하게 되는 것은 그것이 안과 밖, 上과 下 등으로 분절되고, 그러한 차이화가 음운처럼 이항 대립의 체계를 만들어내고 있기 때문이다. 공간이 둘로 분절되는 것은 전 우주에 대해 일반화되며,

---

7) Umberto Eco, A theory of Semiotics (Bloomington : Indiana Univ. Press, 1976), p.74.

이 대립의 쌍들은 동시에 보충적인 것이다. 극성polarity의 원칙은 자연과 생의 근본적인 법칙처럼 보인다.[8] 이러한 두 극성은 하나의 텍스트에서 긍정항과 부정항의 기호체계로 나타나고, 이들에 대한 의미론적 층위는 이들에 기능하는 비정상적 혹은 이례적인 세 번째 범주인 매개항에 의해 파악된다.[9]

매개항이란 추상적 체계 속의 중간항인 것이며, 또한 이항의 대립적 체계를 전제로 하지 않고서는 성립될 수 없다. 정지용 시에 있어서의 이항대립은 내 / 외 공간의 기호체계와 상 / 하 공간의 기호체계에 의해 극명해진다. 그러므로 양항에 관계하는 매개항의 기능은 화자와 대상 사이에 기호론적 의미를 성립시키는 담론 주체의 기능과 밀접한 상관선상에 있게 된다. 양항과의 관계에 의한 매개항의 기능은 다음과 같이 분류된다.[10]

① 移行 : 매개항이 긍정항 쪽으로 기능하거나 부정항 쪽으로 기능하는 경우.

② 逆轉 : 매개항이 부정항에 기능하여 부정항을 긍정항으로 역전시키거나 매개항이 긍정항의 요소를 잠재하고 있다가 부정항에 기능하여 부정항을 긍정항으로 전성시키는 경우.

③ 分離 : 매개항이 양항의 의미 대립을 확고히 하는 경우.

④ 結合 : 매개항이 양항의 의미 대립을 소멸시키는 경우.

---

8) M. Eliade, The Quest : History and Religion (Chicago and london ; Chicago Univ. Press, 1969), p.140.

9) E. R. Leach, 「Genesis as Myth」, Myth and Cosmos : Reading in Mythology and Symbolism, ed., by J. Middleton (Texas Univ. Press, 1967), pp.33~35.
매개항이 존재하는 중간영역, 즉 경계공간은 비정상적이고 비자연적이며 성스러운 것으로 파악되며, 전형적으로 모든 금기taboo의 정합focus이 되고 제의의 정합이 되는 곳이다.

10) 이는 이사라의 분류를 참조하였음.(이사라, 앞의 책, pp.110~111.)

시의 담론이 이처럼 공간 분절에 의해 체계화된다는 것은 결국 담론 주체가 공간성의 대립적 가치를 인식하고 있음을 뜻한다. 공간성에 대한 주체의 인식이란 공간 표상의 기표들을 의미화하는 이데올로기인 것이고, 따라서 주체는 서로 다른 가치로 표상되는 화자의 공간과 대상의 공간을 매개 공간에 의해 관계짓고자 한다.

지용시에 있어서 담론 주체(내포작가)와 화자는 서로 분리되어 있다. 즉 화자가 감추어진 작품에서는 화자를 대상이나 상황을 객관적으로 묘사하는 관찰자의 자리에 둠으로써, 또 화자가 명시된 작품에서는 허구적 화자를 내세워 주체를 대상화시킴으로써 화자와 주체의 관계를 화자와 대상의 관계로 전이시키고 있다. 주체의 전이를 통해 담론적 의미화를 의도하고 있는 이러한 언술 방식은 지배소가 수평공간인 경우에는 대상성을 지향하는 주체와 실제 대상간의 분리 또는 결합으로, 수직공간인 경우에는 이행 또는 역전으로 그 의미론적 변이를 이루고 있게 된다.

(1) 수평공간에 의한 분리와 결합

앞서 정지용 시의 내 / 외 공간의 대표적인 매개 공간으로 '창'을 추출한 바 있다. 이 외에 '문'과 '유리' 등도 내 / 외 공간의 매개기호로 발견되며, 이들 매개기호는 주로 양항에 분리와 결합의 기능으로 작용함이 보여진다. 이는 매개공간이 주체와 대상 사이에 분리 − 결합 − 분리의 기능을 반복하여 전이된 의미를 생성하도록 배려된 것으로 볼 수 있다.

>   내어다 보니
>   아조 캄캄한 밤,
>   어험스런 뜰앞 잣나무가 자꼬 커 올라간다.
>   돌아서서 자리로 갔다.

나는 목이 마르다.

또, 가까히 가

유리를 입으로 쫏다.

아아, 항안에 든 金붕어처럼 갑갑하다.

별도 없다, 물도 없다. 쉬파람 부는 밤.

小蒸汽船처럼 흔들리는 窓

透明한 보라ㅅ 빛 누뤼알 아,

이 알몸을 끄집어내라, 때려라, 부릇내라.

나는 熱이 오른다.

뺨은 차라리 戀情스레히

유리에 부빈다, 차디찬 입마춤을 마신다.

쓰라리, 알연히, 그싯는 音響—

머언 꽃!

都會에는 고흔 火災가 오른다.

—「유리창 2」 전문

　이 시의 특징은 보기 드물게 서사적 전개를 보여준다는 점에 있다. 그리고 서사적 전개의 순서에 따라 공간체계와 매개항의 변이태가 형성된다. "내어다 보니"는 공간 대립을 암시하는 기호체계이고 그 경계 영역에 창이라는 매개 공간이 존재함을 의미한다. 그러나 이 시의 매개 항은 「琉璃窓1」과는 달리 외부공간을 긍정가로 내부공간을 부정가로 만들고 있으며, "입으로 쫏다"에서는 새장의 창살로, "항안에 든 金붕어"에서는 어항의 유리벽으로 변이되어 있다. 이는 이 시의 공간적 대립이 화자의 행위와 일련의 연쇄성을 가지고 있기 때문으로, <표 11>과 같은 도표로 설명될 수 있다.

　도표에서와 같이 이 시의 의미 작용은 공간체계에 의해서 결정되고 있다. 그리고 공간체계는 다시 "목이 마르다", "갑갑하다", "열이 오르다" 등의 감정 모티브와 "내어다 보다", "입으로 쫏다", "유리에 부빈다"

<표 11>

↓ 계열 관계	→ 결합 관계			
	주 체	부정 공간	매개 공간	긍정 공간
	나	방	창	도회
	금붕어	어항	유리	물

등의 행위 모티브에 의해 그 대립성이 강화되어 있다. 즉 감정 모티브
는 부정적 가치의 공간인 '방', '어항' 등 내부공간과의 상관선상에 있
으며, 행위 모티브는 긍정적 가치의 공간인 '도회', '별', '물' 등 외부공
간의 대상을 지향한다. 한편 이러한 일련의 감정과 행위가 화자에 의해
수행되는 것이긴 하지만, 그것이 매개항 '창', '유리'에 부딪치게 되고
결국 매개항의 공간 분리 기능에 의해서 의미의 대립이 더욱 확고해지
는 것이다. 이런 점에서 이 시는 동일성을 상실한 주체의 의식구조를
선명하게 보여주고 있다고 할 수 있다.

이 시에서의 담론 주체는 화자와 분리되어 있다. '나'라는 화자가 담
론의 문면에 제시되어 있다는 점이 얼핏 '주체 지향적 화자'로 인식되
어질 수도 있지만, 그러나 '나'의 기표가 곧바로 '금붕어'로 대체되어짐
으로써 다분히 대상성을 띠고 있다는 점에 주목할 필요가 있다. 이 경
우 화자는 주체를 하나의 대상으로 인식하고 자신의 행위를 객관적으
로 묘사하는 관찰자의 자리에 위치한다는 점에서, 감추어진 화자의 경
우와 동일한 역할을 수행하고 있다.[11]

---

11) 화자의 유형 분류에서, 감추어진 화자 즉 함축적 화자는 화자가 대상이나
   상황을 객관적으로 드러내는 관찰자적 화자와 어떤 사물이나 행위의 이미
   지, 형태, 메시지를 제시만 하는 제시자적 화자로 나누어진다. 반면, 문면에
   명시적으로 드러나는 현상적 화자는 시인이 의도적으로 창조해낸 허구적
   화자와 시인의 주체를 적극적으로 반영하는 주체 지향적 화자로 구분되어
   질 수 있다.
   (노창수, 「한국 현대시의 화자 연구」, 조선대 박사논문, 1993, p.31 참조.)

따라서 이 시의 담론을 수행하는 '나—(나)' 통화 모형은 '(나)—(나)' 통화 모형의 한 변형이라 할 수 있다. 이와 같이 변이된 통화 모형 속에서 주체는 긍정가인 외부공간의 대상에 투사되어 있으며, 부정적 공간에 존재하는 화자와 분리되어 있음으로 인해 주체의 갈등 양상이 담론적 의미로 실현되어지는 것이다. "목이 마르다", "갑갑하다", "열이 오르다" 등 화자의 감정 모티브에 의해 안에서 밖으로 나가려는 행동의 연쇄가 진행될 수록 그 탈출 의지는 '나'에서 '금붕어'로 옮아가고 행위 모티브 역시 "내어다 보다"에서 "쫓다"로, "쫓다"에서 "부빈다"로 달라져가며, 내부공간은 'dry'하게 외부공간은 'wet'하게 확산되는 이미지의 구조적 체계를 보여준다.[12] 그러므로 「유리창1」의 공간이 계열관계 paradigmatic축 위에 있다면, 「유리창 2」는 통합관계syntagmatic축으로 전개되어 가고 있다고 할 것이다.

　砲彈으로 뚫은듯 동그란 船窓으로
　눈섭까지 부풀어 오른 水平이 엿보고,

　하늘이 함폭 나려 앉어
　큰악한 암탉처럼 품고 있다.

　透明한 魚族이 行列하는 位置에

---

12) M. Casalis, 「The Dry and The Wet : Semiological analysis of Creation and flood Myths」, Semiotica 17 : 1 (The Hague : Mouton Publish, 1976)
　　창세기 신화를 분석하면서 신화적 무의식을 구축하고 있는 대립들을 밝히고, 과도한 결합conjunction과 과도한 분리disjunction 사이의 갈등에 있어서 매개항mediation을 설정하고 있는데, 이를 dry와 wet의 체계로 설명한다.

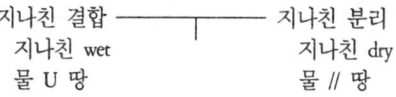

　　　　지나친 결합 ─────┬───── 지나친 분리
　　　　　　지나친 wet　　　　　　　지나친 dry
　　　　　　물 U 땅　　　　　　　　물 // 땅

훗하게 차지한 나의 자리여 !

망토 깃에 솟은 귀는 소라ㅅ 속 같이
소란한 無人島의 角笛을 불고ー

海峽午前二時의 孤獨은 오롯한 圓光을 쓰다.
설어울리는 없는 눈물을 少女처럼 짓쟈.

나의 靑春은 나의 祖國 !
다음날 港口의 개인 날세여 !

航海는 정히 戀愛처럼 沸騰하고
이제 어드메쯤 한밤의 太陽이 피여오른다.

ー「海峽」전문

이 시의 담론체계도 첫 연부터 두 개의 공간 즉 내부와 외부의 이항
대립적 코드에 의해서 시작한다. 船窓에 의해 시적 공간은 '선실 / 바다'
로 분절되며, "눈섭까지 부풀어 오른 水平"의 바다가 팽창과 확산의 이
미지라면, "砲彈으로 뚫은 듯 동그란" 선창을 가진 선실은 포탄처럼 응
축된 내밀한 자아 공간으로서의 이미지를 갖는다. 이러한 공간 대립에
의해서 닫혀진 내부공간의 계열체를 S1, 이에 대립되는 외부공간의 계
열체를 S2라 하여 의미소들을 분류하면 <표 12>와 같다.

船窓에 의한 공간 분절은 S1, S2의 공간적 대립소들을 생성하며, 이들
은 일차적으로 S1은 부정가(ー), S2는 긍정가(+)로 상정될 수 있다. 그러

<표 12>

S1	S2
눈섭, 나의 자리, 망토 깃, 고독, 청춘, 연애	수평, 하늘, 소라ㅅ속, 원광, 조국, 태양

나 S1, S2의 공간적 변별성은 상반된 것끼리 서로 연결되어 하나의 모순어법oxymoron을 보여준다. 이는 S1, S2가 매개항 '선창'에 의해 서로 열려 있기 때문이다. 즉 내부공간의 화자와 외부공간의 세계에 기능하는 선창은 공간의 결합을 매개하고 있으며, 이에 의해 양항 S1과 S2의 의미 대립의 소멸을 가져온다. 요컨대 '선실 / 바다'의 공간체계는 '출발지 / 기항지'이자 '조국 / 타향'의 부가 의미로 형상화되어 결국 청춘과 미래의 시간적인 대응[13]으로 나타나 있지만, 그것들이 선창이란 중간 영역의 매개항에 의해 인식되는 과정에서 서로 결합됨으로써 "한밤의 太陽"이라는 시간적 모순어법이 출현한다.

화자의 이러한 모순어법을 통해 담론 주체는 외부공간의 대상과 등가적 관계를 형성하게 되고, 따라서 내부공간 역시 주체와 대상의 결합이 이뤄지는 긍정적 가치체계로 표상되어 있다. 매개항인 '선창'을 통해 바라다 보이는 "어족이 행렬하는" 수평의 바다는 이제 더 이상 외부공간이 아니며, 화자의 발화를 통해 주체의 자기 인식을 경험하는 담론적 공간으로서, "홋하게 차지한" 자리이자 "고독이 오롯한 원광을 쓰는" 자아의 공간으로 의미화되어 있는 것이다.

　　　문 열자 선뜻!
　　　먼 산이 이마에 차라.

　　　雨水節 들어
　　　바로 초하루 아침

　　　새삼스레 눈이 덮인 뫼뿌리와
　　　서늘옵고 빛난 이마받이 하다.

---

13) 이어령, 「窓의 공간기호론」, 『문학사상』(문학사상사, 1988. 4), p.184.

얼음 금가고 바람 새로 따르거니
흰고름 절로 향긔롭어라

웅숭거리고 살어난 양이
아아 꿈 같기에 설어라

미나리 파릇한 새순돋고
옴짓 아니 긔던 고기입이 오믈거리는,

꽃 피기전 철아닌 눈에
핫옷 벗고 도루 칩고 싶어라.

—「春雪」 전문

위의 시에서의 매개 공간은 '문'이다. 문은 창과 마찬가지로 외부공
간과 내부공간을 분절하는 경계 영역의 공간 기호이며, 동시에 내부에
서 외부로 나가고 외부에서 내부로 들어오는 연결의 통로이다. "문 열
자 선뜻! / 먼 산이 이마에 차라."로 시작되는 이 시의 의미는 마치 연역
법처럼 이 첫 연에 집약되어 있다고 볼 수 있다. 왜냐하면 이 시가 바로
내부와 외부의 경계 영역에서 출발하고 있으며, 화자의 의지에 의해 열
려진 문은 이미 단절의 기호가 아니라 결합의 통로로서의 기호이기 때
문이다. '열다'의 화자 행위와 '차다'의 촉각적 인식은 거의 동시적인
것이며, 그 말속에는 '닫다'와 '따뜻하다'의 대립항이 잠재되어 있다.
"선뜻!"이라는 부사와 감탄부가 바로 그러한 의미의 대립과 전환을 나
타내 주고 있다.

중간 영역 '문'은 공간 대립뿐만 아니라 시간 대립에까지 매개적 기
능을 수행한다. 즉 화자는 문에 의해서 내부와 외부를 동시에 체험하며,
또한 봄과 겨울이라는 현재와 과거를 동시에 감지한다. 따라서 부정적

가치체계여야 할 '눈덮인 먼 산', '얼음'과 긍정적 가치체계 '방', '봄'의 의미 대립은 매개항 '문'의 결합 기능에 의해 소멸되어 "핫옷 벗고 도루 칩고" 싶어지는 시적 자아의 정서를 보여준다. 이는 현실적 공간의 이항대립에 매개항인 문이 기능함으로써, 또한 현실시간인 봄 속에 과거의 시간 겨울이 역류함으로써, 시적 공간과 시간을 구축하고 있는 것이다.

따라서 이 시의 담론체계는 공간의 대립을 통해 시간의 전환을 표상하는 시간의 공간화가 이루어진 작품이라 할 수 있다. 지배소의 복합성에 의한 이러한 체계 변이는 이 시의 화자가 함축적 화자임에도 불구하고 현상적 화자의 발화처럼 주관적이고 정서적인 발화 형태를 띠게 되는데, "향기롭어라", "설어라", "싶어라" 등의 상태성 서술어에 의해 시간의 추이를 반영하고 있다는 점에서 그러하다.

(2) 수직공간에 의한 이행과 역전

정지용의 시적 담론은 수평공간에서뿐만 아니라 공간의 수직적 질서에 의해서도 의미화를 이루고 있다. 지용시에서 수직적 상/하 공간체계에 속하는 매개적 기호로 묘사되고 있는 것은 '바람', '구름', '비', '눈', '나무', '언덕' 등이다. 이러한 상/하 공간의 매개항들은 긍정항과 부정항의 관계 속에서 의미의 이행, 역전의 기능을 담당하여 우주론적 부가의미를 표출한다. 그리고 이 우주론적 의미들이 동양의 자연관과 일치하고 있다는 점에서 주목된다. 이 경우 담론의 이데올로기 조건이 동양적 세계관으로부터 형성되어진 것이기에 지용시를 순전히 모더니즘의 범주로만 제한할 수 없게 된다.

돌아다 보아야 언덕 하나 없다, 솔나무 하나 떠는 풀잎 하나 없다.

해는 하늘 한 복판에 白金도가니처럼 끓고, 똥그란 바다는 이제 팽이처럼 돌아간다.

갈메기야, 갈메기야, 늬는 고양이 소리를 하는구나.

고양이가 이런데 살리야 있나, 늬는 어데서 났니? 목이야 히기도 히다, 나래도 히다, 발톱이 깨끗하다, 뛰는 고기를 문다.

한물결이 치여들때 푸른 물구비가 나려 앉을때,

갈메기야, 갈메기야, 아는듯 모르는듯 늬는 생겨났지,

내사 검은 밤사 비가 섬돌우에 울때 호롱ㅅ 불앞에 났다더라.

내사 어머니도 있다, 아버지도 있다, 그이들은 머리가 히시다.

나는 허리가 가는 청년이라, 내홀로 사모한이도 있다, 대추나무 꽃 피는 동네다 두고 왔단다.

갈메기야, 갈메기야, 늬는 목으로 물결을 감는다, 발톱으로 민다.

물속을 든다, 솟는다, 떠돈다, 모로 날은다.

늬는 쌀을 아니 먹어도 사나? 내손이사 짓부퍼러졌다.

水平線우에 구름이 이상하다, 돛폭에 바람이 이상하다.

팔뚝을 끼고 눈을 감었다, 바다의 외로움이 검은 넥타이 처럼 많어진다.

ㅡ「갈메기」 전문

「갈메기」의 소재는 자연이다. 자연은 우주론적 축 위에 존재하며 상·중·하의 공간 체계를 포괄한다. 시 속에서 자연은 단지 미메시스 mimesis에 그치는 것이 아니라 전체의 체계 속에서 기호화된 자연으로, 시적 의미의 세미오시스semiosis를 이룬다. '하늘 / 땅', '하늘 / 바다'의 공간 대립이 화자인 '나'와 '갈메기'에 의해 복합적으로 이루어져 있으며, 구름과 바람이 매개기호로 추출되어진다.

이 시의 의미는 경계 영역인 공중에서의 매개기호 '바람'의 존재유무에 따라 (−) → (+) → (−)와 같이 그 가치체계가 이행되고 있음을 보여준다. '바다'는 열려진 공간이지만 반면에 외로움, 죽음의 원형 심상을 가지며, 여기서의 바다는 부정적 가치체계를 표상한다. 하늘은 상승과 승화의 기호로서 긍정적 가치이다. 매개기호 바람은 텍스트의 언술에 의해 '바람 없음(−)', '바람 있음(+)'으로 나타난다. 그리하여 부정적 성향의 '바람(−)'이 긍정적 가치인 하늘에 기능하여 부정적 가치의 '하늘(−)'로 전성시키게 되고, 여기에서 의미의 역전이 이루어진다.

따라서 이 시의 의미구조는 바람의 매개 기능에 의해 1~4행의 '외로움(−)'에서 5~9행의 '외롭지 않음(+)'으로 역전되며, 다시 10~14행의 외로움으로 이행한다. 즉 시적 자아의 정서가 바람도 없이 고요한 바다에서 느끼는 외로움은 "아는듯 모르는듯 늬는 생겨났지", "호롱ㅅ 불앞에 났다더라"와 같은 과거 시간의 기호체계를 빌어 생명 인식의 긍정가로 전환하며, 다시 "바다의 외로움이 검은 넥타이 처럼 많어진다"에서 더욱 깊은 외로움의 세계로 침잠하는 것이다.

여기에서 우선적으로 발견되는 것은 지배소인 공간체계가 복합적으로 변이되어 있다는 점이다. 즉 수직공간으로서의 상/하 대립과 이동이 화자의 공간적 질서에만 의존하고 있는 것이 아니라, 대상인 '갈메기'의 공간 질서에서도 일어나고 있는 것이다. 화자가 '하늘/땅'의 대립 속에 위치하고 있다면, 갈메기는 '하늘/바다'의 대립 속에 위치한다. 공간체계의 이러한 이중적 대립은 주체의 위치 전환을 상정하게 되고, 이에 따라 담론의 의미는 역전과 이행을 이루게 된다.

공간의 이중성이 또한 통화 모형에도 영향을 미치고 있음을 볼 수 있다. '나−너' 통화 모형에 의해 시적 담론이 대화 형식을 취하고 있기는 하지만, 청자로 제시되어 있는 '늬'는 직접적인 대화 상대는 아니다. 무인격적 청자인 갈메기는 화자의 대화 대상이 아니라 주체의 전이 대상이라 할 수 있다. 따라서 주체가 의도하고 있는 것은 갈메기를 통한 하방 공간으로부터 상방 공간으로의 승화이고, 중간 공간의 매개 기호인 '구름'과 '바람'의 이상성을 인식함으로써 주체는 오히려 '검은 넥타이'같은 외로움을 느끼게 되는 것이다.

고향에 고향에 돌아와도
그리던 고향은 아니러뇨.

산꽁이 알을 품고
뻐꾹이 제철에 울건만,

마음은 제고향 진히지 않고
머언 港口로 떠도는 구름.

오늘도 메끝에 홀로 오르니
흰점 꽃이 인정스레 웃고,

어린 시절에 불던 풀피리 소리 아니나고
메마른 입술에 쓰디 쓰다.

고향에 고향에 돌아와도
그리던 하늘만이 높푸르구나.

-「故鄉」 전문

이 시의 담론 역시 상 / 하 공간체계에 의해 의미화를 이루고 있다.
주체의 상태성을 표상하는 '마음'은 "머언 港口로 떠도는 구름"으로 비
유되어 경계 영역의 매개적 기호로 작용하며, 상방 공간인 하늘과 하방
공간인 고향의 땅에 기능한다. 이와 같은 공간 분절에 의해서 발견되는
이 시의 의미구조는 그레마스의 기호론의 사각형[14]에 일치되고 있음을

14) 김희영, 「기호학적 비평의 이론과 실제」, 『문학과 비평』 창간호(탑출판사,
1987), p.141.

보여준다.

(변하지 않은 고향) S1   S2 (변한 고향)

(변한 고향의 하늘) S2′   S1′ (변함없는 고향의 하늘)

S1 / S2 , S2′ / S1′ : 대립관계
S1 / S2′ , S2 / S1′ : 등가적 모순관계
S1 / S1′ , S2 / S2′ : 연루관계

대립항과 모순항이라는 전통적인 논리개념에서 출발한 그레마스 사각형에 의해 이 시의 이항대립 관계는 주어진 의미소 S1과 이에 반대·대립되는 S2, S1과 S2에 각기 모순·부정되는 S1′ 와 S2′ 의 네 개의 항으로 나타나며, 이러한 의미 관계를 성립시키는 것이 매개기호인 '구름'의 기능이다. 이 시는 매개기호체계에 의해 두 가지 양상을 내포하고 있는데, 하나는 의미 작용의 최소 단위인 의미소들의 분류적이며 정태적인 양상, 즉 '변하지 않은 고향(S1)'과 '변한 고향(S2)'의 대립, '변함없는 고향의 하늘(S1′)'과 '변한 고향의 높푸른 하늘(S2′)'간의 대립이다. 또 다른 하나는 한 의미소에서 다른 의미소로 넘어가는 관계들의 통사론적이며 역동적인 양상, 즉 S1과 S1′ 의 모순, S2와 S2′ 의 모순이다.

이는 긍정적 가치체계와 부정적 가치체계의 양극의 전환으로 설명된다. 즉 매개기호 '구름'의 기능에 의해 긍정항이 부정항으로, 부정항이 긍정항으로 역전되는 의미구조를 보여주는 것이다. 그러므로 "그리던 하늘만이 높푸르구나"의 통합관계적 결합이 긍정적 가치체계들의 결합이지만 그 기능은 부정적 가치체계로 표상되며, 시적 자아의 정서는 그

리던 고향에서 오히려 사무치는 외로움을 느끼는 것이다.

> 巨大한 죽엄 같은 壯嚴한 이마,
> 氣候鳥가 첫번 돌아오는 곳,
> 上弦달이 살어지는 곳,
> 쌍무지개 다리 드디는 곳,
> 아래서 볼때 오리옹 星座와 키가 나란하오.
> 나는 이제 上上峯에 섰오.
> 별만한 흰꽃이 하늘대오.

> —「絶頂」 일부

하방 공간인 석벽은 화자에게 "巨大한 죽엄 같은 壯嚴한 이마"로 인식됨으로써 부정적 가치체계를 형성하여 긍정적 가치체계인 하늘과 경계 영역인 공중을 사이에 두고 맞닿아 있다. 그러나 경계 영역의 매개 기호로 표상된 "氣候鳥가 첫번 돌아오는 곳, / 상현달이 살어지는 곳, / 쌍무지개 다리 드디는 곳,"이 긍정적 가치를 내포하고 부정항인 석벽에 관계함으로써 가치체계의 역전을 보여준다. 따라서 화자는 석벽(−)을 오리온 성좌(+)와 키가 나란한 것으로 재인식하게되고, '절정'에서의 시적 자아의 정서는 조화의 국면으로 의미론적 전환을 갖게 된다. 즉 "별만한 흰꽃"은 천상과 지상의 결합이며, 주체와 대상 사이의 동일성 회복을 의표화하는 기호인 것이다.

> 내 무엇이라 이름하리 그를?
> 나의 령혼안의 고혼 불,
> 공손한 이마에 비추는 달,
> 나의 눈보다 갑진이,
> 바다에서 솟아 올라 나래 떠는 金星,
> 쪽빛 하늘에 흰꽃을 달은 高山植物,

나의 가지에 머물지 않고
나의 나라에서도 멀다.
홀로 어여삐 스사로 한가로워ㅡ항상 머언이,
나는 사랑을 모르노라 오로지 수그릴뿐.
때없이 가슴에 두손이 염으여지며
구비 구비 돌아나간 시름의 黃昏길우ㅡ
나ㅡ바다 이편에 남긴
그의 반 임을 고히 진히고 것노라

ㅡ「그의 반」 전문

　이 시는 정지용의 종교시 중의 하나이다. '나'는 지상 공간인 '나의
나라'에 존재하며, 인간 세상의 번뇌를 벗어나지 못한 부정적 의미의
기호체계이다. 반면에 '고흔 불', '달', '金星', '高山植物'은 하늘의 '달'
로 수렴되는 긍정적 의미의 기호체계이다. 그리고 상/하 공간의 매개
항으로 "가슴에 두손이 염으여지며"라는 감정의 매개적 기호체계가 설
정되어 있다. 화자의 공간과 '그'가 존재하는 천상 공간은 화자의 '가
슴'에서 매개되어진다. '그'는 상징적 존재이며, 화자와 '령혼'으로만 대
화가 가능하기 때문이다. 따라서 이 시의 담론적 의미는 공간과 주체의
이행에 의해서 체계화되어 있다고 할 수 있다.
　지상과 천상의 합일을 추구하는 매개 공간으로서의 '가슴'과 '령혼'
이 긍정적 공간인 천상을 지향함으로써 의미의 이행이 이루어지고 주
체가 '그의 반'으로 전이되어 계열적 부가 의미를 획득하고 있다. 즉 인
간 세상인 "시름의 黃昏길 우"에 존재하는 '나'는 천상의 세계, 영원의
세계의 상징인 '그'에의 회귀를 희구한다. 하늘과 인간을 이어주는 매
개기호인 화자의 기도를 통해 주체는 대상으로 전이되며, 이러한 매개
적 기능에 의해 인간 세계의 나(ㅡ)는 영원의 세계의 나(+)로 구원받아
진다. 따라서 '나'는 '그의 반'임을 자위한다.

한편, 이 시의 통화 모형은 '나 - 그'의 모형으로 설정되어진다. 지용 시의 담론이 보편적으로 함축적 화자에 의해 발화되어지는 데 반해서, 이 시가 이러한 화자 유형을 보이고 있는 것은 지배소의 변이와 밀접한 관계를 맺고 있다. 공간의 상/하 대립성을 표상하는 수직적 공간체계 가 함축적 화자에 의해 발화되어 담론의 의미를 구현할 때는 객관적 외 면세계를 '묘사'하는데 반해, 이 시의 수직적 공간체계는 현상적으로 제시된 화자의 내면세계에서 구축되어져 있다고 보여진다. 이 경우 화 자의 발화는 '진술'의 형식을 띠게 되고, 따라서 공간체계의 시각적 효 과에 의한 객관성과 발화 형식에 의한 주관성이 혼효되어 있다고 할 수 있다.

2) 영랑시의 경우

앞 장에서 영랑시의 구조적 지배소를 '시간성'으로 추출한 바 있다. 이러한 시간 인식이 현상적 화자 '나'의 직접적 발화로 표출되어짐으로 써 시적 담론을 하나의 텍스트로 체계화하고 있다는 점이 영랑시 담론 의 특질이라 할 수 있었다. 즉 정지용의 여러 시편들이 공간의 이항대 립과 함축적 화자의 통화 모형이란 차원에서 상호텍스트성을 보여주고 있다면, 김영랑의 시는 시간의 이항대립과 현상적 화자의 통화 모형에 의해 상호텍스트적 관계를 형성하며 체계의 변이를 이루고 있는 것이 다.

그러나 영랑시에 있어서 담론적 지배소로서의 시간성은 일상적 담론 에서처럼 자연적 시간time in nature의 순차적 전개에 있다고 할 수는 없 다. 일상적 담론이 발화 상황을 구성하는 요소인 상황소deixis를 기본 조 건으로 하여 추론적 시간 인식을 보여준다면, 문학적 담론 특히 시적 담론은 비상황소적으로 조직되어 있어서 비추론적 시간 인식을 보여준다.[15] 즉 문학적 담론은 일상적 담론처럼 현재를 중심으로 조직되기는 하지만 현재를 초월하면서 의미를 획득하는데, 그것은 문학적 담론에는 주체의 약호적 의도가 작용하고 있기 때문이다. 따라서 문학적 담론은 첫째로 발화 행위의 기본 시제가 현재로 나타나는 경우에도 그 현재는 발화 순간과는 무관한 의미를 띠며, 둘째 다른 시제로 나타나는 경우에도 다른 것들과의 상호 관련성, 곧 주체의 약호적 의도에 의해 의미를 띤다고 할 수 있다. 영랑시의 경우 담론적 지배소로서의 시간성이 특히 두드러지는데, 이 때의 시간은 이런 점에서 주체의 의식이나 정조에 의해 표상되는 경험적 시간time in experience이며, 심리적 시간[16]인 것이다.

영랑의 시가 '내마음'의 세계를 서정화하였다는 것은 이미 여러 연구에서 지적된 바 있다. 아울러 영랑의 시는 일인칭 자아의 내향성에 치중하였다고 흔히 말해진다. 이 말은 영랑의 시에서 '너'의 세계나 '그'의 세계를 발견하기 어렵다는 말과 통한다. 영랑시에 보이는 자연의 사물들은 단독적으로 존재하는 것이 아니라, 나와의 관련 속에서만 의미

---

15) 담론을 구성하는 상황소는 다시 화자와 청자를 가리키는 示人素, 시간을 가리키는 示時素, 장소를 가리키는 示處素, 말씨를 가리키는 話式素로 분류된다. 그리고 추론적 시간이란 현재, 미래, 대과거 등 발화와 관련되어 재현되는 시간으로, 이 추론적 시간은 화자가 말하고 있는 순간을 지시하는 순수한 언어적 개념인 '현재'를 중심으로 조직된다. 이에 대한 구체적 내용은 이승훈의 『문학과 시간』(이우출판사, 1983) pp.142~174를 참조할 것.

16) 문학과 시간의 관계를 논한 한스 마이어호프에 따르면, 문학에서의 시간은 자연적 시간과는 달리 비현실적 배분, 불규칙성, 비일관성 등을 특징으로 하는 경험적 요소들과 관계를 맺고 있다고 한다. 문학적 시간의미는 경험 세계라는 맥락 속에서 또는 이런 경험의 총화인 인간생애의 맥락 속에서만 터득되어지는 것이고, 따라서 문학적 시간은 사적이고 주관적이며 심리적인 시간이라는 것이다.

(Hans Meyerhoff, 김준오 역, 『문학과 시간현상학』, 삼영사, 1987, pp.15~16 참조)

를 지닌다. 모란꽃도 나와의 관련 속에서만 보람찬 꽃이 되며 고운 봄 하늘도 내 마음과 맺어질 때 에머랄드처럼 빛난다. 그만큼 그의 시는 일인칭 자아의 내적 세계에 강한 집착을 보이는 것이다.[17] 따라서 대상의 상실은 심리적 시간의 상실로 이어지고, 그 상실감이 현재 시제로 발화되어 주체의 상태성을 진술함으로써 영랑시 특유의 애상적 정조를 표출하게 된다.

실제적 자아로서의 주체와 시적 자아로서의 화자가 일치할 때, 담론은 사적 시점으로 형상화되고, 자연적 시간은 심리적 시간으로 내면화된다. 즉 자연적 시간으로서의 현실시간에는 어떠한 것도 대상성으로 '실재reality'하지 않는다. 자연적 시간이란 한 순간도 정지된 상태로 있지 않기 때문에, '실재'는 오히려 의식 속의 경험적 시간에서 상태성으로 인식되어지는 '비실재적 환상'이라는 모순성을 내포하고 있는 것이다. 이런 점에서 실재는 무시간적이며 초시간적이다.[18] 그리고 '실재'에 대한 이러한 모순성이 영랑시에서는 '상실'의 주제로 드러나 있음을 볼 수 있다.

그렇다면 이러한 경험적 시간은 시적 담론의 텍스트에서 어떻게 표상되고 변이되는가? 이는 텍스트 내에 경험적 시간으로 설정되어진 사건시와 발화시의 관계를 통해 살펴볼 수 있다. 사건시란 달리 말해 발화의 초점이 되는 화제의 시간, 즉 이야기의 시간story time인 반면, 발화시란 주어와 술어를 관계짓는 발화 과정의 시간, 즉 기술의 시간writing time이다. 그리고 이 화제와 과정의 범주적 관계에 의해 시적 담론의 시상이 다음과 같이 결정되고 그에 의해 의미론적 차이를 드러내게 된다.

---

17) 이숭원, 「순결성에 바탕을 둔 시간인식」, 『문학사상』 168호(문학사상사, 1986. 10), p.182.

18) Hans Meyerhoff, 앞의 글, pp.19~20 참조.

- 완료 시상 : 화제의 시간 > 과정의 시간
- 지속 시상 : 화제의 시간 < 과정의 시간

'완료 시상'이란 발화 과정의 시간이 화자의 중심 화제가 되는 시간 내부에 존재하는 양상이며, '지속 시상'이란 과정이 화제와 동일한 범위에 걸쳐 나타나거나 화제의 범위를 초월하는 경우에 해당한다. 그리고 이러한 시상은 시제를 통해 구체화되는데, 일반적으로 담론의 시제는 시시소time deixis와 발화동사에 의해 결정된다.[19] 이 때에 시적 담론이 나타내는 전형적인 시제는 현재 시제이며, 현재 시제는 다시 순수 현재와 현재 진행형으로 요약할 수 있다.[20] 순수 현재가 대상과 상황에 대한 표면적 수행을 의미한다면, 현재 진행형은 지속적 수행을 의미한다. 시적 담론의 시간적 특성이 현재 시제에 있다는 것은 따라서 시적 담론이 일상적 담론이나 소설적 담론처럼 완료적 수행이나 예기적 수행의 세계를 나타내는 것이 아니라, 표면적 수행과 지속적 수행의 세계를 나타냄을 뜻한다.

순수 현재는 주로 ①일반적 사실에 대한 지시, ②추상적, 논리적 관계에 대한 지시, ③어떤 행동에 대한 인상의 창조 등에 사용되며, 가장 순수한 현재는 무시간의 시제를 지향한다.[21] 무시간의 시제는 시적 담론을 시간적 상관성으로부터 자유롭게 만들기 때문에 담론의 대상이나 상황의 속성을 영원성으로 표상한다. 이에 반해 대상과 상황을 지속적으로 수행하는 현재 진행형은 지속적 현재 시제이고 지속적 현재는 주

---

19) 시시소는 발화시, 사건시, 지정시를 내포하는 개념이며, 발화동사는 수행동사, 삽입동사, 서법동사를 내포한다.
   (이승훈, 『한국시의 구조분석』, 종로서적, 1987, pp.107~108 참조)
20) S. K. Langer, Feeling and Form(Routledge & Kegan Paul Limited, 1967), pp.258~279.
21) 위의 글 참조.

체의 내적 정서에 의한 상태성을 드러낸다.

한편, 경험적 계기성을 기본으로 하는 화제의 시간이 발화 과정의 시간과의 관계에 의해 어떻게 변이되는가에 따라 시적 담론의 시간 유형을 사실적 시간과 낭만적 시간, 초월적 시간과 실존적 시간으로 구분[22] 할 수 있다. 사실적 시간은 사건시의 계기성을 발화시가 그대로 수용하는 경우이며, 이러한 시간 유형에 의해 담론이 체계화 될 때, 그 담론의 의미는 미래에 대한 신뢰를 표명하는 것으로 나타난다.

반면 낭만적 시간은 계기성을 역의 방향으로 수용하는 경우인데, 이때의 담론적 의미는 기억의 논리로 전개되어 과거에 대한 신뢰를 드러내거나, 다양한 시간적 요소들을 통합함으로써 자기동일성을 증명하려는 낭만주의적 태도에 의해 결정된다. 초월적 시간은 사건시의 계기성을 배제한 채, 현재의 어떤 순간에서 곧바로 미래를 지향하는 상향적 시간 유형이다. 따라서 이 경우에는 순간성이 강조되며, 그 담론적 의미 역시 현재의 삶에 내포된 긴장을 극복하고자 하는 초월의 의미를 띠게 된다.

마지막으로, 실존적 시간은 초월적 시간처럼 계기성을 배제하면서도 현재의 한 순간을 신뢰하는 삶의 태도이며, 이러한 시간 인식의 담론에서는 주체가 삶의 긴장이나 갈등을 극복한다기보다는 그대로 수용한다. 김영랑의 시적 담론은 이 네 가지 시간 유형 중 특히 낭만적 시간과 초월적 시간의 유형에 의해 체계의 변이를 이루고 있음을 볼 수 있다.

(1) 낭만적 시간의 지속적 현재화

영랑의 시는 주체와 화자의 자아가 일치하는 사적 시점을 취함으로써 주관성이 두드러지고, 대상성뿐만 아니라 시간성까지도 자아의 내

---

22) 이승훈, 『문학과 시간』(이우출판사, 1983), pp.180~187 참조.

면으로 내밀화하는 경향을 갖고 있다. 사적 시점은 필연적으로 시적 담론의 공간을 단일화하게 되며, 단일 공간에서의 순간적 느낌을 포착하여 발화를 전개해 간다. 여기서의 단일 공간은 그러므로 현실의 공간이 아니라 의식 속의 공간이며, 담론의 결합관계 축을 주도하는 시간표상의 지표 역시 자아의 의식 속에서 변주하는 심리적 시간의 기호이다. 말하자면, 영랑시에서 주체의 담론적 계기·흐름·변화를 알려주는 '시간 지표temporal index'23)들은 서정적 자아의 정조와 밀접하게 관련을 맺고 있는 것이다. 이런 까닭에 과거나 미래를 표상하는 시간 지표까지도 현재의 시제로 발화되어지며, 그 시간 속의 존재나 대상은 객관적 대상성보다 주체의 정서적 상태성을 강하게 드러내게 된다.

시간의 순간적 경험을 '기억'과 '기대'라는 심리적 범주와 연결시킨 오거스틴에 의하면, 인간의 모든 경험은 항상 현재의 시점에서 일어나는 것으로 설명되어진다. 과거란 과거사에 대해 현재에 일어나고 있는 '기억 경험'이며, 미래는 미래사에 대한 현재의 '기대'나 '예상'이다.24) 그러므로 자연적 시간으로서의 과거나 미래가 경험적으로 인식되어질 때, 그것은 무시간성을 띤 현재 시제로 표상되어진다. 영랑시에서 강조되는 것은 이러한 무시간성과 함께 주관적 정서에 의해 실현되는 시간의 지속성이다.

앞서 담론체계 분석의 텍스트로 선택하였던 「除夜」, 「내마음을 아실이」, 「모란이 피기까지는」 등에서도 보이듯이 영랑의 시는 의미 내용이 두드러지지 않는 대신 각 행이 환기하는 불확실하고도 환상적인 심상의 순간적인 고착에 의해 생기가 살아나는 것이다. 즉 어떤 정조의 환기로 전체적인 분위기를 고조시키고, 인상의 순간적인 고착을 통해 시의 효과를 극대화하는 특성을 보인다고 하겠다. 영랑시의 이 같은 특

---

23) Hans Meyerhoff, 앞의 글, p.11.
24) St. Augustin, Confessions, 11장.

성은 '순간 지속'[25]이라고 명명된 바 있다. 무시간성과 지속성이라는 경험적 시간의 두 가지 속성 중에서 지속성은 그의 사행소곡 작품들에서 특히 현저하게 나타난다. 아마도 4행이라는 짧은 시행이 순간적 경험을 형상화하는데 적절하였을 것이며, 또한 짧은 만큼 정서의 지속이 필요하였으리라 생각된다.

> 밤ㅅ 사람 그립고야
> 말업시 거러가는 밤ㅅ 사람 그립고야
> 보름넘은 달그리매 마음아이 서어로아
> 오랜밤을 나도혼자 밤ㅅ 사람 그립고야
>
> —「작품·14」 전문

이 시에는 시간의 지속이 나타나 있다. 지속이란 시간을 연속적 흐름으로 경험하는 것이다. 시간 경험은 순간의 영속성과 변화의 다양성뿐만 아니라, 이 연속과 변화 내에 관류하는 어떤 지속성에 의해서도 특징을 가지게 된다. 시간의 흐름에 대한 경험은 의식 속에서 이루어지는 현상이며, 따라서 시에서는 정서의 지속으로 나타난다. 이 시의 시간 지표는 '밤'이라는 자연적 시간의 지정시로 단일화되어 있는 까닭에, 자연적 시간의 계기적 변화에 따라 그 상황을 묘사하고 있다고 할 수는 없다. 오히려 밤이라는 자연적 시간에서 일어나는 주체의 순간적 느낌을 포착하여 발화하고 있는 것이다. 그럼에도 불구하고 이 시에서 시간의 지속성을 발견할 수 있는 이유는 무엇인가? 그것은 주체에 의해 부정적으로 인식되어 있는 자연적 시간이 시적 담론을 통해 긍정적 가치의 경험적 시간으로 전환되어 있기 때문일 것이다.

---

25) 최동호, 「한국현대시에 나타난 물의 심상과 의식의 연구」(고려대 석사논문, 1981), p.23.

슈타이거가 주정적 서정시의 본질을 '회상'에서 찾았듯이, 여기에서 의 밤은 자아에 의해 내면화되어 있는 회상 시간으로서의 밤인 것이고, 이 회상 시간이 화자의 발화에 의해 "거러가는", "오랜밤" 등 현재 진행 의 지속성으로 표상되어 있다고 할 수 있다. 순간적 시간 체험이 과거 에 대한 회상적 정서를 현재화함으로써 이 시의 담론체계는 시간의 계 기성으로부터 벗어나 변이되어 있는 것이며, 그리하여 "그립고야"라는 화자의 어조는 반복적이고 지속적인 주체의 상태성을 진술하고 있는 것이다. 순간적 시간 경험을 지속시키기 위해 이 시는 낱말, 구절, 문장 등을 등위적으로 병치하거나 반복하는 통사·의미론적 배려를 보이고 있는데, 이로 인해 대조·점층의 음악적인 상승 효과까지도 부수되어 진다고 볼 수 있다.

> 풀우에 매껴지는 이슬을 본다
> 눈섭에 아롱지는 눈물을 본다
> 풀우엔 정긔가 꿈가치 오르고
> 가삼은 간곡히 입을 버린다
>
> ─「작품·12」 전문

이 시는 세개의 복합문으로 구성된 4음보의 4행시로, 29편의 사행소 곡 중 하나이다. 우선 여기에는 화자 기표인 '나'가 보이지 않는다. 이는 영랑시 담론의 보편적 통화 모형이 현상적 화자에 의해 이루어진다는 점에 비추어 변이체계라고 할 수 있는데, 이러한 현상은 그의 사행소곡 에서 두드러지게 나타난다. 사행소곡 중 '내마음', '내슬픔', '내청춘' 등 '나'의 기표가 현상적으로 나타나는 시는 여덟 편[26]에 불과하다. 그 이

─────────────

26) 작품 번호 「11 (허리띠매는 시악시)」, 「13 (좁은 길가에)」, 「14 (밤ㅅ 사람 그 립고야)」, 「20 (바람에 나붓기는 깔닙)」, 「21 (빨은 가슴을 훤히 벗고)」, 「32 (향내 업다고)」, 「34 (푸른향물 흘러버린)」, 「36 (생각하면 붓그려운)」

유로는 첫째, 이러한 짧은 시형에서는 주체와 화자의 긴밀도가 강해서 굳이 현상적 화자를 제시하지 않더라도 대상을 내면화하기가 용이하였으리라는 점과 둘째, 순간적 시간 경험을 정서적으로 지속시키는 데 있어서 '나'의 직접 제시는 오히려 정서의 지속에 변화나 단절을 초래할 수 있다는 점을 고려했던 것으로 생각되어진다.

이 시의 담론체계는 짧은 단형으로 이루어져 있으면서도 발화의 복합성으로 인해 사건시와 발화시가 복합적으로 체계화되어 있다. 이슬이 "매져지는", 눈물이 "아롱지는", 정기가 "꿈가치 오르"는 사건시와 그것을 바라보고 입을 벌리는 발화시는 복합적 관계를 형성하고 있으며, 또한 동일 시점으로 일치하고 있다. 이는 주체의 심리적 시간 표상으로서의 사적 시점의 결과라 할 수 있는데, 앞선 시간의 사건과 뒷선 시간의 발화가 시적 담론에서는 동시에 이루어지는 순간 체험으로 나타나고 있는 것이다. 이처럼 자연적 시간이 경험적 시간으로 전환됨으로 인해 "매져지는", "아롱지는"과 같이 현상을 현재 진행으로 인식하는 것이 가능한 것이며, 여기에서 순간 체험의 정서적 지속이 이루어지게 된다.(<표 14>)

이처럼 시간성을 지배소로 하는 담론태에 있어서는 계열관계 축의 선택적 측면, 즉 의미의 부가화가 강화된다기보다는 결합관계 축의 연쇄적 측면이 강화됨으로써 선형적 형태를 이루게 되고, 여기에서 정서의 지속적 효과를 보여주게 된다. 1행과 2행이 '~본다'로 각운을 일치

〈표 14〉

행	1	2	3	4
사건시 지표	매져지는	아롱지는	오르고	
발화시 지표	본다	본다		버린다
시간 변이	발화시→사건시	발화시→사건시	사건시	발화시

시켜 반복되어 있다거나, 3행과 4행이 하나의 접속문 형태를 이루고 있다는 점이 그러하다. 따라서 각 행은 동 음보의 규칙적인 반복으로 구체화되고, 전체적으로는 주기적인 일회성 속에 수렴되어 간다. 이 시의 이러한 특성은 율격적 상승에 기여하고 있을 뿐만 아니라, 화자의 발화를 통해 주체의 상태성을 진술하는 효과를 보이게 된다. 4행에서의 '버린다'는 그러므로 순간에의 몰입과 그 감동으로 무심하게 입이 벌어지는 상태성을 표상하는 것이며, 순간 체험의 시간이 정서적으로 지속되고 있음을 보여주는 것이다.

> 저녁때 저녁때 외로운 마음
> 붓잡지 못하야 거러다님을
> 누구라 부러주신 바람이기로
> 눈물을 눈물을 빼아서가오
>
> —「작품·16」 전문

> 다정히도 부러오는 바람이길내
> 내숨결 가부엽게 실어보냇지
> 하날갓을 스치고 휘도는 바람
> 어이면 한숨만 모라다 주오
>
> —「작품·22」 전문

「작품·16」은 정연한 리듬을 살리기 위해 첫 행과 끝 행에 각각 '저녁때'와 '눈물'을 반복하고 있으며, 매연의 후반 행을 5음절로 통일시켜 글자수에서도 세심한 배려를 보인다. 체계의 통사론적 조건으로서의 율격적 일치에 중점이 두어지는 이러한 구성에서는 의미보다 리듬의 장식적인 효과가 돋보이게 마련이다. 그런데 이 시의 장식적인 면은 리듬의 성형에서뿐만 아니라, 그 양식화된 율격의 시간질서 내에서도 살펴진다. 리듬에 있어서 시간을 경험하는 것은 참다운 경험의 하나이며, 인식의 상황이기도 한데[27], 이 시는 계기되는 시간의 선형성이 대략 동일한 양의 행으로 분절되어 발화량을 정연하게 만드는 것이다. 이렇게 보면 「작품·22」 역시 내용 그대로 가벼운 슬픔을 노래한 작품으로 보여진다.

이 시는 명확하게 구분되어지는 시간 지표를 갖고 있지는 않다. 그럼에도 불구하고 "부러오는～싫어보냇지", "휘도는～모라다 주오"에서 시간의 지속적인 흐름을 느끼게 한다. 동일한 시간 단위로 주기적으로 되풀이되는 이 같은 리듬 체험은 율적 반복과 그러한 반복에 대한 豫期로써 미적 쾌감을 높이게 된다. 특히 서정시의 현재시제를 그대로 보여주는 이 작품은 사건시와 발화시 사이에 함축이나 분열이 없다. 분열이 없다는 것은 미래에 대한 신뢰를 나타내거나, 자동적인 삶의 태도와 관계되는데, 이 시의 경우는 후자와 인식 태도를 같이 하면서, 시인의 순간적인 감정이나 행위의 인상을 지속시키는데 중점을 두는 것으로 보여진다.

김영랑의 시적 담론이 현실의 구체적인 모습을 담아내지 못했다는 주장은 그의 시적인 경험 세계의 진폭을 문제삼은 것이지만, 이처럼 의미를 증발시킬 수밖에 없는 음악성의 快美한 인상과도 관계가 있는 지적인 것[28]이다. 즉 영랑시에 있어서의 체계 변이는 시간을 지속화하고 리듬을 상승시키기 위한 담론적 태도와 그의 정서가 어우러진 결과라 할 수 있으며, 특히 사행소곡은 영랑이 율적 정형으로 현대시의 한 가능성을 탐색해 본 초기시의 두드러진 편향성을 반영하는 것이라고 판단된다.

---

27) H. Gross, 「Prosody as Rhythmic Cognition」, I. L. Calderwood, H. E. Toliver, ed. Perspectives on Poetry(Oxford Univ. Press, 1968), p.155.

28) 김명인, 「1930년대 시의 구조연구」(고려대 박사학위논문, 1985), p.116.

(2) 초월적 시간의 무시간적 현재화

시적 담론에 있어서 시간 변이의 또 다른 양상은 '무시간성'에 있다. 무시간이란 영속하는 순간을 뜻하는데, 이런 관점에서 본다면 과거나 미래는 곧 자연적 시간으로 단절되어 있는 것이 아니라 심리적으로 영속하는 시간인 것이다. 그러므로 과거는 현재에 일어나는 '기억'이며, 미래는 현재에 일어나는 '기대'라고 할 수 있다. 시간의 연속적 흐름과 지속을 심리적으로 인식한다는 것은 다시 말해 '표면적 현재specious present'의 경험을 구성한다는 것과 상통한다.

현재를 관류하는 시간을 확대해 보면 이 속에 기억과 기대에서 오는 속성들이 내포되어 있으며, 또한 이 속성들은 표면적 현재를 경험할 때에 기억되고 예견되고 결합되어 '전'과 '후', '일찍'과 '늦게', '과거'와 '미래'에 대한 개념을 시사하게 된다.[29] 그러므로 시의 담론체계에 있어서 기억 속에 있는 사건들의 순서(사건시)는 객관적 시간 연속으로 나타나는 것이 아니라, 동적 연상과 상호 침투의 성질을 띠게 된다. 경험과 기억이라는 주체의 내적 세계는 외부 세계에서와 같은 객관적 인과 관계가 아니라 오히려 '의의있는 연상significant association'에 의해서 인과적으로 결정되는 구조[30]를 보여주기 때문이다.

담론의 발화시가 이처럼 무시간성을 띠게 되는 것은 주체가 사건시를 초월적 시간으로 인식하는 데서 가능하다. 이 경우, 주체는 현재와 미래의 관계를 계기적으로 경험하는 것이 아니라, 현재의 한 순간에서 시간성을 초월하여 곧바로 미래로 지향하고자 하는 삶의 태도를 드러내게 된다. 따라서 삶과 그 시간에 대한 초월의 의지는 인식론적으로는 주체와 객체의 대립, 존재론적으로는 자연과 초자연의 대립이라는 이

---

29) Hans Meyerhoff, 김준오 역, 앞의 글, p.33.
30) 위의 글, p.40.

원론적 태도에 의해 환기된다.

　　내옛날 온꿈이 모조리 실리어간
　　하날갓 닷는데 깃븜이 사신가

　　고요히 사라지는 구름을 바래자
　　헛되나 마음가는 그곳 뿐이라

　　눈물을 삼키며 깃븜을 찾노란다
　　허공은 저리도 한업시 푸르름을

　　업듸여 눈물로 따우에 색이자
　　하날갓 닷는데 깃븜이 사신다

　　　　　　　　　　　　　　－「하날갓 다은데」 전문

　　이 시의 담론은 '내옛날'에 대한 화자의 기억으로 시작하고 있다. '내
옛날'은 시적 담론의 시간 지표이자, 그 기표 자체로서도 자아와 시간
의 상호 침투현상을 분명하게 보여주는 어휘이다. 따라서 이 시가 표상
하고 있는 시간이 자연적 시간이 아니라, 심리적 경험의 시간임을 쉽게
알 수 있다. "온꿈이 모조리 실리어간" 과거의 사건시는 화자의 발화시
에 회상됨으로써 시간 초월의 무시간성을 띠게 되고, 정서적으로 영속
하게 된다.
　　한편, 자아와 시간 사이에 동적 연상을 일으키는 매개기호는 '허공'
과 '구름'이다. 화자는 허공에 사라지는 구름을 바라보며 사라져 버린
자신의 꿈을 회상하게 되고, 주체의 자아와 외부 세계로서의 허공은 구
름의 연상 작용에 의해 '꿈의 상실'과 '눈물'이라는 인과 관계를 형성한
다.

그러므로 꿈의 상실로 기억되는 옛날과 눈물을 삼키는 현재는 경험적 시간체계로서의 이항대립을 일으킨다. 그리고 이러한 대립의 극복은 '꿈의 상실'을 변형시키는 것이 아니라, 그러한 시간성 자체를 거부함으로써 가능해진다. 즉 이러한 대립성을 조화하고자 하는 주체의 정서는 시간 연상의 매개기호인 구름이 떠 있는 '하늘갓'을 긍정적 가치로 상정함으로써 거기에 '깃븜'이 "사신다"고 말할 수 있는 것이다. 이는 과거의 시간을 현재의 초월적 시간으로 인식하는 심리적 시간 변이를 통해 가능한 것이며, 따라서 발화의 서술어가 "사신다", "뿐이라", "찾노란다" 등의 표면적 현재 시제로 드러나 있는 것이다.

> 승은 아까워 못견듸는양 희미해지는 꿈만 뒤조찻스나
> 끝업는지라 돌여 밝는날의 남모를 귀한보람을 품엇슬뿐
> 톳기라 사슴만 뛰여보여도 반듯이 그려지는사나이 지낫섯느니
>
> 고혼髡의 거동이 잇슴직한 맑고트인날 해는기우는제
> 승의보람은 이루윗느냐 가엽서라 미목청수한 젊은선비
> 앞시내서 물 모히는 새파란 쏘에 몸을 던지시니라
> 　　　　　　　　　　　　　　　　　　　　　-「佛地菴抒情」 일부

위의 인용 부분은 이 시의 3·4연에 해당한다. 여기에서만 보면 이 시의 사건시, 즉 화제의 시간이 '(그밤의)꿈 → 밝는날 → 맑고트인날 → 해는기우는제'로 이어지는 계기성을 갖고 있는 것으로 생각될 수 있다. 그러나 주어와 서술어에 관계하는 발화 과정의 시간이 "지낫섯느니", "가엽서라", "던지시니라" 등 무시간적 현재의 시제로 이루어져 있는 점에서, 이 시의 사건시는 주체에 의해 심리적으로 인식되는 경험적 시간이라 할 수 있다. 사건시의 이러한 계기성이 주체의 정서에 의해 발화되는 과정에서 자체의 시간성에서 벗어나 초월적 시간으로 변이되어 있는 것

이다. 이는 그레마스의 기호 사각형에 다음과 같이 대입될 수 있다.

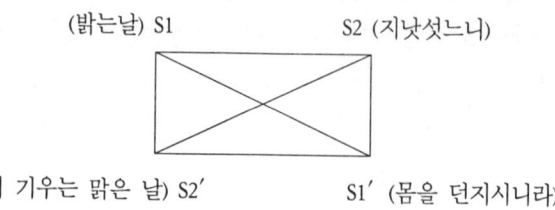

(밝는날) S1   S2 (지낫섯느니)

(해 기우는 맑은 날) S2′   S1′ (몸을 던지시니라)

S1 / S2, S2′ / S1′ : 대립관계

S1 / S2′, S2 / S1′ : 등가적 모순관계

S1 / S1′, S2 / S2′ : 연루관계

여기에서 S1과 S2′ 는 사건시 지표로 동위소를 이루고 있으며, S2와 S1′ 는 발화시가 나타나는 동위소적 서술어이다. 그리고 사건시와 발화시는 의미론적으로 대립되어 있으며, 각 동위소 내부에는 등가적인 모순 의미가 개재하여 있다. 서정적 주체의 갈등을 표상하는 이 대립적이고 모순적인 의미가 조화를 이루기 위해서는 모순의 원인이 되는 사건시의 시간적 계기성을 부정해야만 한다. 따라서 계기성을 부정하고자 하는 주체의 담론적 의도에 의해 발화시 지표가 무시간의 현재 시제로 제시되어 있으며, 화자를 현상적으로 드러내기보다는 함축시킴으로써 시간의 초월성이 더욱 강화되어 있는 것으로 보인다.

이는 영랑시가 보편적으로 보이고 있는 순간 체험의 한 방식이라 할 수 있지만, 현상적 화자를 통해 낭만적 시간 인식을 보이던 초기시와는 달리 함축적 화자에 의해 현재의 삶이 내포하는 긴장을 극복하고자 하는 초월의 의미를 드러내고 있는 것이다. 따라서 "앞시내ㅅ 물 모히는 새파란 쏘에 몸을 던지시니라"라는 마지막 발화는 죽음을 의미하는 것이 아니라, 현실 극복의 초월적 의미라 할 수 있다.

김영랑의 이러한 초월적 시간 인식은 그의 후기시인 다음의 작품에
서 더욱 분명하게 드러난다.

　　내 가슴에 毒을 찬지 오래로다
　　아직 아무도 害한 일 없는 새로 뽑은 毒
　　벗은 그 무서운 毒 그만 흩어버리라 한다
　　나는 그 毒이 벗도 선뜻 害할지 모른다고 위협하고,

　　毒 안 차고 살아도 머지않어 너 나 마주 가버리면
　　屢億千萬 世代가 그 뒤로 잠잣고 흘러가고
　　나중에 땅덩이 모지라져 모래알이 될것임을
　　「虛無한듸!」 독은 차서 무엇하느냐고?

　　아! 내 세상에 태어났음을 원망않고 보낸
　　어느 하루가 있었던가, 「虛無한듸!」, 허나
　　앞뒤로 덤비는 이리 승냥이 바야흐로 내 마음을 노리며
　　내 산채 짐승의 밥이되어 찢기우고 할퀴우라 네 맡긴 신세임을
　　나는 毒을 품고 선선히 가리라,
　　마금날 내 깨끗한 마음 건지기 위하야.

　　　　　　　　　　　　　　　　　　　　－「毒을 차고」 전문

이 시는 일제 말기의 작품(『문장』 1939. 9월호)이라는 역사적 배경을
감안하여 '毒'의 상징적 의미가 중시되어 왔다. 지금까지의 많은 연구들
이 '毒'이라는 기표의 의미소를 사회적 이데올로기의 측면에서 찾음으
로써 '지킴의 시학'31)이라거나 '화자의 고립화'32)라 하여 그 담론적 의

---

31) 김준오, 「김영랑과 순수·유미의 자아」, 『한국현대시사연구』(일지사, 1983),
　　p.273.
32) 김명인, 앞의 글, p.170.

미를 순응주의적 또는 허무주의적 태도에 대한 하나의 경고로 해석하여
왔다. 그렇다면 이러한 해석을 가능하게 하는 담론체계의 원리는 무엇
인가? 그것은 체계화의 지배소인 시간성의 변이 양상을 통해 밝혀진다.

이 시에는 어떠한 공간적 질서도 내재되어 있지 않은 까닭에, 주체를
지키기 위한 '毒'은 공간 상실보다는 시간 상실에 대립하는 기호라 할
수 있다. "내 가슴에 毒을 찬" 시간을 화제의 시간(사건시)이라 하고 "나
는 毒을 품고 선선히 가리라"라는 발화 과정의 시간을 발화시라 할 때,
담론적 시상은 '화제 < 과정'의 지속적 시상으로 나타난다.

그러나 여기서의 시간 지속이 현재 진행의 시제에 의해 이루어지고
있는 것이 아니라, 무시간적 현재의 시제로 발화되는 과정에서 얻어진
다는 점에서, 사건시와 발화시의 관계는 계기성에 구속되지 않은 초월
적 경험의 시간으로 변이되어 있는 것이다. 즉, 가슴에 毒을 찬 주체의
정서 속에서 과거와 현재의 시간들은 한 순간의 시간 체험으로 의미화
되며, 그 체험이 지향하는 시점은 현재가 아니라 미래로 표상된다. 따
라서 이 시의 마지막 연 "나는 毒을 품고 선선히 가리라, / 마금날 내 깨
끗한 마음 건지기 위하야."의 의미는 단순한 피동적 죽음이나 낭만적
죽음일 수 없다. 여기에는 현실에 대한 주체의 적극적인 극복 의지가
초월적 시간 인식으로 형상화되어 있는 것이다.

2. 주제적 불변소와 의미의 해석

본 장에서 의도하고 있는 두 번째 과정은 지용과 영랑의 시 텍스트에
의미 해석을 가하고, 이를 통해 담론체계로 형상화되어 있는 시세계의
의의를 도출하는 일이다. 담론체계의 구조적 모형은 변이의 모습을 드

러내고, 변이가 갖는 의미는 문학 텍스트의 문화적, 사회적, 종족적 토대를 통해 해명될 수 있다. 문학 텍스트란 이러한 토대들을 바탕으로 하여 기호화된 메타언어로 기술되어 있기 때문이다. 지금까지 알려진 여러 기호학자들 중에서 기호 해석론에 가장 많은 관심을 보인 사람은 19세기 후반 미국의 논리학자 겸 기호학자인 퍼스 C. Peirce이다.

퍼스는 모든 사고가 기호들 안에 있으며, 그것은 추론을 통해 이루어진다는 것을 기본적인 가설로 삼고 있다. 그에 의하면 기호의 본질적 성격인 기호활동semiosis은 표현체representamen로서의 기호 자체, 대상 object, 해석소interpretant간의 상호 작용으로 규정되어진다.[33] 다시 말해 언어와 세계와 인간 체험은 삼부체 기호로 불가 분리하게 결합되어 있다는 것이다. 여기에서 언어기호에 대한 개별적인 체험 내용을 해석소라 한다면, 그 체험의 방식은 해석의 토대ground라 할 수 있다. 따라서 해석소는 그라운드 내에서 역동적으로 움직인다.

한편, 퍼스의 이론을 계승한 모리스 C. Moris는 기호활동의 세 국면을 통사론적 국면, 의미론적 국면, 화용론적 국면으로 보고 있다. 기호활동을 화용론적 국면으로까지 확장시킨 것은 결국 문학 텍스트 역시 일종의 의사소통체계임을, 아울러 거기에 내재해 있는 담론 주체의 의도성에 의해 해석소 또는 해석의 토대가 결정됨을 인식한 것으로 보인다.

이 글에서는 주체의 이러한 의도성을 주제의식이라는 차원에서 수용하고자 한다. 의도성이 상호텍스트적 관계 속에 일관되어 있을 때, 그 상호텍스트성은 그라운드 즉 해석의 토대인 것이고, 일관된 의도성은 해석자에게 하나의 해석소로 작용하기 때문이다. 그러므로 지용시와 영랑시에 대한 기호학적 해석이란, 주제적 불변소가 담론체계 안에서 역동적으로 구현하는 기호학적 의미를 추출하는 작업이라 할 수 있겠다.

---

33) J. K. Sheriff, The Fate of Meaning (Princeton Univ. Press, 1989), p.53.

시의 담론이 하나의 통일성, 곧 유기적 전체라는 개념을 확보한다는 것은 시에 있어서 전체와 부분의 관계가 인습적인 관계가 아니라는 것, 선형적 관계이기보다는 순환적 관계라는 것, 특히 상상력의 개입을 필요로 한다는 것을 뜻한다.[34] 하나의 대상에 대한 해석은 언제나 의미 significance의 개념을 환기한다. 시의 경우 이러한 의미는 주의할만한 가치가 있다고 판단되는 잠재적 의미, 암시적 의미로 나타나며, 따라서 다양한 조작에 의해서 해명되는 의미이다. 그리고 여기에서 해명된 의미의 통일성이 주제이며, 이러한 주제의 변주에 의해서 한 시인의 시세계가 파악되는 것이다. 본 장에서는 앞서 행했던 분석의 결과를 토대로 정지용 시의 보편적인 주제적 불변소를 상실·불화·승화·화해로, 김영랑 시의 주제적 불변소를 상실·모순·극복·초월로 명명하고 이의 변주와 시세계를 살펴본다.

1) 지용시의 경우

(1) 상실·불화의 주제와 갈등의식

일반적으로 상실과 불화의 주제는 정지용의 초기시라 할 수 있는 『정지용시집』 수록 작품들에 집중되어 나타난다. "삼십년대 한국시의 두드러진 문학적 징후의 하나는 대부분의 시인들이 극심한 고향상실감에 젖어 있다는 것"[35]이라는 지적이 정지용의 시에서도 예외없이 적용되는 것이다.

나는 子爵의 아들도 아모것도 아니란다.

---

34) J. Culler, Structuralist Poetics(Cornell Univ. Press, 1975), pp.170~174.
35) 김종철, 『시와 역사적 상상력』(문학과지성사, 1978), p.11.

남달리 손이 히여서 슬프구나!

나는 나라도 집도 없단다
大理石 테이블에 닷는 내뺨이 슬프구나!
오오, 異國種강아지야
내발을 빨아다오.
내발을 빨아다오.

　　　　　　　　　　　　　 -「카페 프란스」일부

　이 시는 공통성의 계열과 최후 명제에 의해 조직된 텍스트이다.36) 이
러한 조직에 의해서 텍스트 해석을 위한 구조적 기대가 형성되며 또한
구체적 주제의 불변소들이 보편적 주제로 통합된다. 즉 이 시의 구체적
주제인 '슬픔'은 보편적 주제 '상실'의 변주라고 보여지는 것이다.
　"子爵의 아들도 아무 것도 아님", "나라도 집도 없음"은 공통성에 의
한 계열이라는 구조적 모형에 해당한다. 여기에 최후 명제 "내발을 빨
아다오"가 대칭된다. 대칭은 공통성에 의한 계열과 최후 명제를 대립적
이기보다는 요약적으로 만들지만, 이러한 요약이 슬픔에 대한 일상적
인 의미를 벗어난다는 점에서 보편적 주제 '상실'에 대한 하나의 변주
인 것이다. 이러한 변주가 가능한 것은 "子爵의 아들도 아무 것도 아님"
과 "슬프구나!"의 대비, "나라도 집도 없음"과 "슬프구나!"의 대비 때문
이다. 이는 기쁨과 슬픔의 대비를 구조적 원리로 함으로써 상사적인 계
열을 형성하는 것이지만, 그렇기 때문에 최후 명제는 일상적 의미가 아

---

36) J. Culler, 앞의 글, pp.170～174.
　　구조적 기대를 충족시키는 모형으로 ①이원적 대립 ②이원적 대립의 변증
　　법적 해결 ③해결되지않는 대립을 제 3의 명제로 환치함 ④명제의 상사성
　　에 의한 계열 ⑤공통적 지시어에 의한 계열 ⑥최후의 명제로 요약되는 계
　　열 ⑦최후의 명제를 초월하는 계열의 일곱 가지를 제시한다. 시를 구조적
　　으로 읽는 다는 것은 이상 일곱 가지 모형 가운데 어느 하나에 따라 텍스트
　　를 조직한다는 사실을 의미한다.

니라 시적 의미로 울려오는 것이다.

　이 시에서의 상실의 주제는 "나는 나라도 집도 없단다"에서 간결하면서도 밀도있게 나타난다. 이렇듯 자신이 망국인이라는 갈등 의식은 "남달리 손이 히여서 슬프구나"에서처럼 白手의 인텔리의 무력감으로 나타나기도 하고 "오오, 異國種강아지야 / 내발을 빨아다오 / 내발을 빨아다오"에서와 같이 자학적인 몸짓을 동반하기도 한다. 정지용 시의 짙은 슬픔이나 실향의식은 상실한 본래의 자아와 세계에 대한 그 통시적 동일성에 대한 동경이며, 여기에서 발생하는 갈등의 통합체인 것이다.

　　　알는 피에로의 설음과
　　　첫길에 고달픈
　　　靑제비의 푸념 겨운 지줄댐과,
　　　꾀집어 아즉 붉어 오르는
　　　피에 맺혀,
　　　비날리는 異國거리를
　　　歎息하며 헤매노라.

　　　조약돌 도글 도글……
　　　그는 나의 魂의 조각 이러뇨.

　　　　　　　　　　　　　　　　－「조약돌」일부

　이 시 역시 상실의 주제에 의해 형상화되어 있다. "피에로의 설음", "靑제비의 푸념 겨운 지줄댐"은 공통성에 의한 계열체적 동위소로서, '슬픔'이라는 구조적 기대를 가능케 한다. 이는 통사론적으로는 병치이며 의미론적으로는 등가이다. 이런 공통성의 계열체가 최후 명제 "조약돌 도글 도글…… / 그는 나의 魂의 조각이러뇨"를 요약함으로써 의미의 통일성을 획득하고 있으며, 여기에서 '상실'의 주제적 변주가 보여지는 것이다. 즉 "조약돌 도글 도글……"은 상실 과정의 기호 체계인 것이며 "나의 魂의 조각"은 상실 대상의 기호체계이다. 이러한 통일성의 구조적 원리에 의해 최후 명제는 시적 의미를 표출하는 것이다.

「카페 프란스」가 외면세계의 상실에 의한 갈등이라면 「조약돌」은 내면세계의 상실에 의한 갈등이다. 따라서 정지용 시에 있어서의 상실은 내면적인 것과 외면적인 것이 복합적으로 작용하고 있다고 보여진다. 한편 정지용 시의 갈등 의식은 '불화'의 주제에 의해서도 찾아진다.

> <悲劇>의 흰얼골을 뫼인적이 있느냐?
> 그손님의 얼골은 실로 美하니라.
> 검은 훗에 가리워 오는 이 高貴한 尋訪에 사람들은 부질없이 唐慌한
> 다.
> 실상 그가 남기고 간 자최가 얼마나 좀그럽기에
> 오랜 後日에야 平和와 슬픔과 사랑의 선물을 두고간줄을 알었다.
> ―「悲劇」 일부

이 시는 '비극'에 의해서 불화의 주제를 보여준다. 비극은 '흰얼골 / 검은 옷'의 대립, '평화 / 슬픔, 사랑'의 대립으로 형상화되어 있다. 이러한 의미론적 대립은 곧 불화의 주제적 변주인 것이며 의미구조에 전체적 통일성을 부여한다. 또한 이 시의 전반부와 후반부가 등가적 의미로 대응된다는 점에서 구조적 기대를 만족시키고 있다고 보여지며, 이런 점은 이 시가 드러내고 있는 갈등 의식이라 할 수 있다. 즉 이 시의 화자는 비극에 의한 고통을 '사랑의 선물'이라는 긍정적 가치체계로 기호화하고 있지만, 그것이 의미의 역전을 전제로 한 모순어법이라는 점에서 불화의 주제로 분류될 수 있는 것이다.

> 한밤에 壁時計는 不吉한 啄木鳥!

나의 腦髓를 미신바늘처럼 쫏다.

일어나 쫑알거리는 <時間>을 비틀어 죽이다.
殘忍한 理智는 그대로 齒車를 돌리다.

나의 생활은 일절 憤怒를 잊었노라.
琉璃안에 설레는 검은 곰 인양 하품하다.

―「時計를 죽임」 일부

이 시의 담론적 주제는 닫혀진 공간에서의 불안 의식으로 볼 수 있
다. 1연과 2연은 행위의 주체에 의해 극명한 대립을 보여준다. 이는 화
자와 시간의 대립으로서 시대 상황에 적응하지 못한 자아의 불안과 갈
등을 관념적으로 기호화하고 있는 것이다. 또한 통사론적 대칭과 의미
론적 대립의 병행은 이 시의 갈등 의식을 더욱 심화하는 표현의장으로
써, 3·4연의 대구와 함께 불화의 주제에 의해 수행되는 구조적 통일성
을 보여준다.

이와 같은 상실·불화의 주제를 형상화하고 있는 시편들에는 몇 가
지 특징적인 점들이 발견된다. 첫째는 '바다'를 제재로 한 작품들이 많
다는 점인데[37], 이는 열려있는 수평공간인 바다가 폐쇄적인 내면 공간
과 대비됨으로써 그의 갈등 의식을 투사하는 적합한 대상으로 선택되
었으리라 생각된다.

바다는 뿔뿔이
달아날라고 했다.

---

37) 바다를 제재로 한 시는 초기시라 할 수 있는 『정지용시집』에 22편이 있으
며, 후기시인 『백록담』에는 바다의 시가 「船醉」 한 편인 반면, 산을 제재로
한 시는 22편이 있다.

푸른 도마뱀떼 같이
재재발렀다.

꼬리가 이루
잡히지 않었다.

―「바다 2」 일부

당신도 인제는
나를 그만만 만지시고
귀를 들어 팽개를 치십시요.

나 라는 나도
바다로 각구로 떠러지는 것이,
퍽은 시원 해요.

바독돌의 마음과
이 내 심사는
아아무도 모르지라요.

―「바다 5」 일부

「바다2」의 경우, 바다는 불화의 대상이다. 1연과 3연의 통사론적 병
치와 "달아날랴고 했다", "잡히지 않었다"라는 기호체계의 의미론적 대
립은 시적 자아의 갈등 의식의 단면을 보여준다. 열려진 공간인 바다가
폐쇄적 공간에 존재하는 자아로부터 달아나려 함은 불화의 한 징조인
것이다. 「바다5」는 '당신'과 '나'의 불화의 공간이며 상실의 세계이다.
최후 명제 "바독돌의 마음과 / 이 내 심사는 / 아아무도 모르지라요"에서
보이는 것은 불화를 인식하는 정지용의 시정신이며, 현실에 대한 소극
적이고 수동적인 응전 양상을 보인 것이기도 하다. 결국 정지용은 열린

공간의 기호체계인 바다를 내면화함으로써 오히려 닫힌 공간의 갈등의 세계로 전환시키고 있다고 할 수 있다.

둘째는 동적인 율조와 이국적인 정조가 지배적이라는 점이다. 이는 바다의 시편들이 갖는 특징과도 일치하는 것으로, 공간 구조에 의한 시각화와 다양한 이미지를 내포한다. 이러한 표현의장들은 상실과 불화의 갈등 의식을 더욱 역동적으로 만들어 전경화시키는데 기여하는 것이다. 그러므로 정지용의 초기시(특히 '바다'의 시)에 대해서 그 기교적인 면만 다루어 감각시나 사물시로 평가하는 종래의 태도에 기호학적 의미 분석에 의한 주제 추출의 구조적 해석이 병행되어야만 시세계의 파악이 가능하리라 생각된다.

(2) 승화·화해의 주제와 동일성 추구

승화·화해의 주제는 정지용의 종교시와 『백록담』에 실린 작품에서 우세하게 나타난다. 승화의 세계는 구원의 세계이며, 화해의 세계는 곧 조화의 세계이다. 지용시에 나타난 갈등 의식의 주제들은 종교시 과정과 후기시로 넘어 오면서 구원과 조화의 주제들로 전환된다.

> 聖主 예수의 쓰신 圓光!
> 나의 령혼에 七色의 무지개를 심으시라.
>
> 나의 평생이오 나종인 괴롬!
> 사랑의 白金도가니에 불이 되라.
> 달고 달으신 聖母의 일홈 불으기에
> 나의 입술을 타게하라.
>
> —「臨終」 일부

'미사의 黃燭불'과 '聖主의 圓光'과 화자의 '괴로움'을 동위소로 일치시킴으로써 신앙의 다짐을 되 뇌이고 있는 이 시의 주제는 현세의 번뇌에 대한 승화라고 볼 수 있다. 이 시는 그러나 그 기도 자체가 자기 폐쇄적이라는 점에서 기독교적 사랑이 심화되지 못하였다는 한계를 지닌다. 종교적 정신, 신앙심이 시화되기 위해서는 외부로의 확산이라는 또 다른 과정이 필요한 것이다.

한편, 이 시와 같이 정지용의 종교시에는 지시적 언어가 많이 보인다. 이는 초기시에서 보이던 메타언어metalingual에 의한 전경화와 전언 자체를 지향하는 시적 기능이 축소되어버린 단점으로 지적될 수 있다. 따라서 승화의 주제가 시적 변주를 갖지 못한 채, 종교적 주제로만 남아 있는 부정적 측면을 보여주는 것이다. 이러한 점은 갈등의 삶을 거부함으로써 보편적인 영원성을 다루면서도 그의 종교시가 보편성을 획득하지 못한 주된 원인이다. 내용에서뿐만 아니라 시의 형식에서도 이러한 단점이 도출되는데, 비유된 보조관념의 의도적인 작위성[38]과 감탄사 및 가지 다짐의 목소리가 강하게 드러나고 있는 점들이 그러하다.

蓮닢에서 연닢내가 나듯이
그는 蓮닢 냄새가 난다.

海峽을 넘어 옮겨다 심어도
푸르리라, 海峽이 푸르듯이.

불시로 상긔되는 뺨이
성이 가시다, 꽃이 스사로 괴롭듯.

---

38) 김용직, 『한국현대시연구』(일지사, 1974), p.226.

눈물을 오래 어리우지 않는다.
輪轉機 앞에서 天使처럼 바쁘다.

......

파라솔 같이 채곡 접히기만 하는것은
언제든지 파라솔 같이 펴기 위하야—

　　　　　　　　　　　　　　　　—「파라솔」 일부

　이 시는 앞의 「臨終」에서와는 다르게 승화의 주제가 정제되어 있음
을 볼 수 있다. 화자가 처한 갈등의 현실은 "벅찬 호수", "포효하는 검은
밤"으로 나타나고, 이에 대응하는 사물화한 '그'는 파라솔의 살대가 펴
져가듯 각각의 이미지들로 기호화되어 있다. '연잎', '해협', '꽃', '윤전
기', '천사' 등의 언뜻 잘 조화되지 않는 이미지들의 병치가 그것이다.
그러나 첫 연에 나타난 진흙 속에서도 더럽혀지지 않는 연잎의 고상한
자태는 구겨지거나 젖지 않는 마지막 연의 파라솔과 연결되면서 하나
의 통일된 이미지를 형성하게 된다. "언제든지 파라솔 같이 펴기 위하
야—"는 영원성을 의미하며, 승화의 주제가 요약된 최후 명제로써 시적
자아의 동일성 추구 의식이 드러나 있는 것이다.
　다음으로, 화해의 주제는 '바다'의 시나 종교시에서보다 '산'을 제재
로 한 작품에서 주로 표출된다. 앞서 살펴 본 대로 정지용의 초기시가
'바다'를 제재로 한 갈등 의식의 통합체로써 대개 동적인 세계를 형상
화하였으며 이국정조를 띤 것이 많았던 반면, 후기시는 '산'을 중심으
로 하여 동양적 서정을 통한 정적인 세계를 드러내었다. 이와 같은 제
재의 전환은 주제의 변이와 밀접한 상관선상에 있게 된다. 즉 '바다'가
열려진 공간 수평 공간이라면, 산은 닫혀진 공간 수직 공간으로써 천상
과 지상의 매개 기능을 담당한다. 따라서 산을 제재로 한 작품들은 자

아와 세계의 화해를 주제로 한 동일성 추구의 세계인 것이다.

絶頂에 가까울 수록 뻑국채 꽃키가 점점 消耗된다. 한마루 오르면 허리가 슬어지고 다시 한마루 우에서 목아지가 없고 나종에는 얼골만 갸웃 내다본다. 花紋처럼 版박힌다. 바람이 차기가 咸鏡道끝과 맞서는데서 뻑국채 키는 아조 없어지고도 八月한철엔 흩어진 聖辰처럼 爛漫하다. 山그림자 어둑어둑하면 그러지않아도 뻑국채 꽃밭에서 별들이 켜든다. 테자리에서 별이 옮긴다. 나는 여긔서 기진했다.

　　　　　　　　　　　　　　　　　　　　－「백록담」 일부

　이 시에서의 구조적 대립과 통합은 지시물인 '뻑국채 꽃키'와 화자에 의해 수행된다. 화자와 꽃이 대조적인 양상으로 나타나고, 그것이 자연과의 갈등을 드러내는 것처럼 보인다.[39] 이는 동사에 의한 통사론적 반복을 통해 구체화되는데, 이러한 반복이 의미의 점층과 점강을 가져옴으로써 대립적 의미를 더욱 심화시키고 있는 것 같다. '나'의 상승과 '꽃'의 소멸은 동시적이다. 육체의 공간적 상승과 더불어 꽃의 소멸을 보는 것은, 꽃이 자아의 전경화된 기호체계이기에 가능한 것이다. 그러므로 여기에서 자아와 뻑국채 꽃키가 공통성의 계열에 의한 구조적 모형임이 보여지고, 최후 명제 "제자리에서 별이 옮긴다. 나는 여긔서 기진했다."와의 결합에 의해 의미의 통일성을 기하게 된다. 여기에서 자아와 자연과의 화해라는 보편적 주제가 추출되며, 자연회귀에 의해 자아와 세계와의 동일성을 추구하려는 시인의 시적 세계가 드러나는 것이다.

---

39) 송효섭, 「<백록담>의 구조와 서정」, 『정지용연구』(김학동 외 공저, 새문사, 1988), p.57.

시기지 않은 일이 서들러 하고 싶기에 煖爐에 싱싱한 물푸레 갈
어지피고 燈皮 호호 닦어 끼우어 심지 튀기니 불꽃이 새록 돋다 미
리 떼고 걸고보니 칼렌다 이튿날 날자가 미리 붉다 이제 차츰 밟고
넘을 다람쥐 등솔기 같이 구브레 벋어나갈 連峯山脈길 우에 아슬한
가을 하늘이여 秒針 소리 유달리 뚝닥 거리는 落葉 벗은 山莊 밤 窓
유리까지에 구름이 드뉘니 후 두 두 두 落水 짓는 소리 크기 손바닥
만한 어인 나븨가 따악 붙어 드려다 본다 가엾서라 열리지 않는 窓
주먹쥐어 징징 치니 날을 氣息도 없이 네 壁이 도로 혀 날개와 떤다
海拔五千척 우에 떠도는 한조각 비맞은 幻想 呼吸하노라 서툴리 붙
어있는 이 自在畵 한 幅은 활 활 불피여 담기여 있는 이상스런 季節
이 몹시 부러웁다 날개가 찢여진채 검은 눈을 잔나비처럼 뜨지나
않을가 무섭어라 구름이 다시 유리에 바위처럼 부서지며 별도 휩쓸
려 나려가 山아래 어넌 마을우에 총총하뇨 白樺숲 희부옇게 어정거
리는 絶頂 부유스름하기 黃昏같은 밤.

―「나븨」 전문

　이 시 역시 불화와 화해의 주제가 변주되어 있다. 화해는 항상 불화
와 대립항으로 존재하는데, 이 시의 경우 이러한 주제적 변주는 수평적
인 체계가 수직적인 체계로 바뀌는 공간의 변이구조에 의해 실현되고
있다. 그리고 이러한 공간은 자연적인 계절이나 시간에 의존된 것이 아
니라 시인의 자율적인 의지가 투영된 기호화된 공간이라 볼 수 있다.
'난로', '등피', '칼렌더'와 같은 것들이 방안이라는 내부 공간을 만드는
기호들이라면, 그것들과 이항관계를 나타내는 바깥의 기호를 대표하는
것이 '나비'라고 할 것이다. 이는 '가을'이면서도 차가운 겨울 같은 외
부세계의 암담한 현실 속에 존재하는 화자의 모습(나비)과 상대적으로
따뜻한 방으로 제시되는 현실 회피의 내면세계로 침잠하는 자아와의
갈등 의식이며 불화의 주제이다.
　그러나 이 시 전체가 내포하고 있는 구조적 기대는 내 / 외 공간의 분

절에 의한 불화의 차원에만 그치는 것이 아니라, 동일성에 대한 지향 즉 화해로의 주제적 변주를 불러일으킨다. 이는 공간의 수직적 체계에 의해 가능하다. '나비'는 안과 밖을 차이화하는 기호로서만 작용하고 있는 것이 아니라, 수직의 높이를 나타내는 변별적 특징으로써 경계 영역인 공중에 존재한다. 또한 화자가 존재하는 '산장' 역시 상방공간과 하방공간의 중간 경계를 이루면서 구름과 별을 향해 상승하고 있는 내면 공간이다. "구름이 다시 유리에 바위처럼 부서지며 별도 휩쓸려 나려가 산아래 여닌 마을 우에 총총하뇨"에서처럼 산장의 방은 하늘과 별과 동일시되며, 자아와 세계는 가을비에도 젖지 않고 겨울 공간에도 나래를 펴는 이상한 계절의 나비로 화해되는 것이다.

이상과 같이 승화의 주제가 정지용의 종교시에서 두드러진 반면, 화해의 주제는 그의 후기시인 산을 제재로 한 작품에서 주축을 이룬다. 이는 정지용의 시세계에 대한 지금까지의 대부분의 연구들이 지적한 바와 같이 '바다—신앙—산'으로의 제재적 전환과 병행한다. 초기시가 이미지즘이라고 불려지기도 하는 세련된 언어 구사와 함께 갈등 의식을 형상화하였다면, 종교시는 승화의 주제가 관념적 신앙의 정제되지 못한 묘사에 의해 비보편적인 한계를 갖고 있으며, 후기의 화해의 시는 동일성 추구의 방향을 자연 회귀에 둠으로써 동양적 세계관을 보여준다고 하겠다.

1) 영랑시의 경우

(1) 상실·모순의 주제와 비애의 정서

'상실'과 '모순'은 김영랑의 시 전반에 걸쳐 나타나는 주제적 불변소이긴 하지만, 특히 『김영랑시집』에 실린 그의 초기시에서 이러한 주제의식이 강하게 드러나 있다. 주체의 상실 또는 주체와 세계의 모순이 공간 상실보다는 시간 상실에 입각해 있기 때문에, 그의 시는 정지용과 달리 갈등의 차원을 지나 곧바로 비애의 정서를 표상하기에 이른다. 다시 말해, 심리적인 시간 경험에 의한 인상의 순간적 고착으로 요약되는 그의 낭만적 시간 의식이 상실과 모순이라는 주제소와 어울려 해석의 토대를 형성함으로써 독자에게 비애의 정서를 불러일으키는 것이다. 이와 같이 시간 의식과 주제적 불변소에 의해 드러나는 영랑시의 의미론적인 특징은 우선 자아의 고립화에서 찾을 수 있다. 가령, 다음과 같은 작품은 해석소로 작용하고 있는 시간 의식과 주제소에 의해 고립적인 자아의 선명한 모습을 보여준다.

> 어덕에 바로누어
> 아슬한 푸른하날 뜻업시 바래다가
> 나는 이젓습네 눈물도 노래를
> 그하날 아슬하야 너무도 아슬하야
>
> 이몸이 서러운줄 어덕이야 아시련만
> 마음의 가는 우슴 한때라도 업드라냐
> 아슬한 하날아래 귀여운 맘 질기운맘
> 내눈은 감기엿대 감기엿대
>
> —「어덕에 바로누어」 전문

이 작품의 공간적인 배경은 '어덕'이다. 그러나 '어덕'은 공간 자체로서의 중요성을 갖는다기보다는 오히려 자아와 시간 사이의 연상의 매개물로, 시적 화자의 정감을 전달해 주는 장소의 상태성으로 강조가 된다. 다시 말해 '눈물', '서러움'이라는 화자의 정서적 상태성을 매개하는 공간이 '어덕'이며, 이를 통해 '아슬하야', '한때' 등의 시간 지표는 상실된 시간으로 연상된다. 이러한 연상은 담론체계로서의 기호적 의미를 해석하고자 하는 독자에게 구조적 기대를 제공하는 것이며, 이 구조적 기대가 담론으로 체계화되어 있는 공통성의 계열체와 최후 명제에 의해 충족될 때, 주제적 불변소로서의 의미 해석이 가능해진다.

모순어법으로 발화되어 있는 "나는 이것습네 눈물도는 노래를"과 "이몸이 서러운줄 어덕이야 아시련만"은 화자의 정서가 투사되어 있는 공통성의 계열체이며, 이 계열체들이 최후 명제 "내눈은 감기엿대 감기엿대"와 구조적 관계에 놓임으로써 상실과 모순의 주제가 담론적 의미로 해석되는 것이다. 이 과정에서 '아슬하야'라는 공간적 거리를 표상하는 기호는 '한때'라는 시간 지표와 의미론적 등가성을 갖게 되고, 따라서 시간 상실의 거리를 연상시키는 부가 의미에 의해 비애의 정서를 강화하고 있는 것이다.

시간 상실의 주제를 해석소로 하고 있는 이 시는 그러므로 김영랑의 시대적 소외의식을 의미화하고 있다고 볼 수 있다. 화자의 눈물과 서러움을 알 수 있는 대상은 '어덕' 밖에 없다는 인식을 발화의 초점으로 하여, 언술행위자로서의 주체가 결국 추억 속의 시간으로 회귀함으로써 정신적인 위안을 구하고자 한다는 점에서, 역 계기성의 낭만적 시간 인식을 드러내고 있다. 주체의 실존 공간인 '어덕'이야 '내 마음'을 알아주겠지만, 그러나 '어덕'은 대화의 상대가 아니라 정서적 매개물인 까닭에, 시적 화자는 혼자만의 세계 속에 철저하게 격리되어 간다.

따라서 화자의 발화를 통해 드러나는 주체의 자아는 상실해 버린 시간의 추억을 눈감아 회상할 수밖에 없으며, '어덕'은 과거와 현재 시간의 접점임과 동시에, 순간적 시간 체험을 정서적으로 지속시키는 매개기호라 할 수 있다. 그러므로 독자는 이 '어덕'으로 연상되는 주체의 소외와 고립, '눈물'과 '서러움'이라는 구체적 주제를 해석소로 하여 이 시의 주제적 불변소 '상실'의 의미에 정서적 조응을 이루게 되는 것이다.

한편, 시간 상실과 시간에 대한 모순적 인식을 주제적 불변소로 하고 있는 김영랑의 초기시에서 독자에게 구조적 기대를 가능하게 하는 연상 작용의 기호로 중요하게 자리하고 있는 것이 '무덤'이다. 무덤은 그 자체에 이미 시간 상실의 의미를 내포하고 있다. 무덤은 인간 생명의 시간적 단절을 뜻하는 사회적 의미의 기호이자, 한 생애에 걸친 시간의 총체성으로, 현재에 의미화된다. 김영랑의 초기시에 이처럼 '무덤'이 자주 등장한다는 것은 시간 상실로 인한 자아의 무력감과 좌절을 선험적인 조건으로 받아들이고 있음을 보여주는 것이며, 객관적 외부세계 역시 내면적 주관성에 의해 정서화될 때에만 의미를 가질 수 있는 것이다.

담론 주체로서의 시인이 '무덤'을 통해 현재로부터 과거로 지향해 가는 역 계기적 시간 인식을 보여줄 때, 시적 서정은 '낭만적 향수'로 드러나게 된다. 낭만적 향수란 화자의 언술내용으로 표상되는 부재 의식 또는 존재의 모순성이라 할 수 있으며, 이는 주체의 담론 태도에 의해 결정된다. 이와 같은 태도가 드러내는 것은 과거에 대한 집착이며, 그것은 주로 주정적 서정시의 본질인 회상이나 추억의 논리로 전개된다. 그러므로, 현재를 空洞으로 인식하는 주체의 담론 태도와 낭만적 향수가 시의 형상화 과정에서 상실의 주제로 변주된다는 것은 자명한 일일 수밖에 없다.

쓸쓸한 뫼아페 후젓이 안즈면
마음은 갈안즌 양금줄 가치
무덤의 잔듸에 얼골을 부비면
넉시는 향맑은 구슬손 가치
산골로 가노라 산골로 가노라

무덤이 그리워 산골로 가노라

　　　　　　　　　－「쓸쓸한 뫼아페」 전문

눈물에 실려가면 山길로 七十里
도라보니 찬바람 무덤에 몰리네
서울이 千里로다 멀기도 하련만
눈물에 실려가면 한거름 한거름

　　　　　　　　　　－「작품 · 7」 일부

　앞의 작품은 1 · 2행과 3 · 4행이 대구 형태로 공통성의 계열을 형성
하고 있으며, 동시적으로 "무덤이 그리워 산골로 가노라"라는 최후 명
제와 통사적 결합을 이루고 있다. 그리고 이러한 통사 관계에 의해서
시적 기호의 해석소가 되는 주제가 발견되고 있다. 즉, 주체를 표상하
고 있는 '마음'과 '넋'이 '양금줄', '구슬손'이라는 긍정적 가치체계로
기호화되어 있지만, '뫼'와 '무덤'에 의해 그 의미가 전제됨으로 인해
오히려 심미적 모순성과 비애의 정서를 강화하고 있는 것이다.

　'양금줄'과 '구슬손'은 시간 상실의 기호인 '무덤'에 의해 의미화되고
있는 까닭에, 주체를 객관적으로 인식하게 하는 대상성으로서의 가치
를 갖고 있다기보다는 주체 상실의 상태성으로 드러나 있다. 그러므로
이러한 상실 의식은 최후 명제에 이르러서는 무덤의 시간을 그리워하
는 역 계기적 시간 표상으로 발화될 수밖에 없으며, 이 시 전체를 비애
의 정서로 윤색시키는 것이다. 이처럼 외부 세계는 소멸되어 있고, 고
독한 삶의 흔적만이 '무덤'이라는 심미적 기호로 전환되어 있다는 점에
서, 김영랑의 시에서는 소멸 체험의 소산인 세계 상실의 구조가 많이
살펴진다는 지적[40]이 가능해진다. 즉, "무덤이 그리워 산골로" 간다는

──────────
40) 이기서, 『한국현대시의식연구』(고려대 민족문화연구소, 1984), p.105.

것은 일종의 퇴행으로써, 도피를 동반한 경험의 심미적인 전이의 계기라고 말할 수 있다.

김영랑의 초기시에 보이는 주제적 불변소로서의 '상실'과 '모순'이 「작품·7」에서는 '눈물'이라는 구체적 주제소로 변주되어 나타나 있다. 텍스트 전체 의미의 해석소인 '눈물'이 텍스트 문면에 직접 등장함으로써 이 시의 담론적 의미는 객관적으로 체계화되어 있는 것이 아니라 주관적으로 조직화되어 있게 되는데, 이 경우 독자가 인식하는 담론 주체의 위치는 상상단계the Imaginary[41]를 통해 드러나게 된다. 즉 '눈물'이라는 주제소를 통해 언술내용의 주체에 대한 위치를 일관되게 제공하여 독자로 하여금 상실과 비애의 정서에 쉽게 동화되도록 의도하고 있는 것이다.

영랑시에 나타난 '눈물'은 외부로 흐르는 영탄의 눈물이 아니라 하나의 소재로 소화되어 있다는 점에서, 감성의 차원에만 머무르는 것이 아니고 지성의 뒷받침이 작용하고 있다는 평가가 있기도 한다. 그러나 이런 점에서 오히려 지성의 부정적 측면을 살펴볼 수 있다. 지성이란 감성의 객관화를 시도하는 척도이자 세계에 대한 자아의 인식 방법이다. 여기에 비춰볼 때, 영랑시의 지성은 세계를 배제한 채 오직 감성의 합리화 내지는 절대화를 위한 수단으로만 작용하고 있는 것이다.

김영랑의 초기시는 이처럼 세계의 모순과 주체 상실을 주제로 하고 있지만, 그에 대한 극복 의지를 표상한다기보다는 내면의 정서로 침잠하고자 하는 심미적인 전환의 어법이 집중적으로 동원되어 있다. 이러

---

41) 이는 담론 주체의 두 가지 위치에 대한 라캉의 개념으로, 상상단계the Imaginary는 언술내용의 주체가 파악되는 단계이며, 상징단계the Symbolic는 언술행위의 주체가 파악되는 단계이다. 또 상상단계는 정체성의 반복을, 상징단계는 상위성의 반복을 의미하는 것으로, 담론의 주체성을 구성하는데 필수적인 요소이다.
   (Antony Easthope, 앞의 글, pp.76~78 참조.)

한 담론 태도로 인해 그의 초기시에서는 주로 미묘한 음향 효과에 의해 환기되는 환상적인 분위기가 살려지는데, 그러나 환상적인 분위기 속에서 삶을 초월하고 지나치게 추상화하는 양상은 앞의 시들에서 보듯이 현실 세계의 갈등을 은폐시킬 위험성을 내포하는 것이라 하겠다. 세계와의 갈등을 추상화하고 내면적 정서 탐구에만 몰두하게 될 때, 그 마지막 단계에서는 1920년대 낭만주의 시에서처럼 죽음의식을 노정하게 된다.

> 좁은 길가에 무덤이 하나
> 이슬에 저지우며 밤을 새인다.
> 나는 사라져 저별이 되오리
> 뫼아래 누어서 희미한 별을
>
> —「작품 · 13」 전문

이 시에서는 상실의 주제와 비애의 정서가 죽음의식으로 드러나 있다. '무덤'과 '별'이 공통성의 계열을 형성함으로써 죽음의식이라는 전체적인 의미 파악을 가능하게 하는 해석소로 작용하고 있다. 해석소로서의 '무덤'과 '희미한 별'의 대비, 그리고 지상의 어둠과 천상의 영롱함의 대비는 화자가 느끼는 죽음과 삶의 간격이라 할 수 있지만, "이슬에 저지우며 밤을 새인다"는 정서적 동일화의 과정을 거쳐 하나로 통합된다. 따라서 도치되어 있는 "나는 사라져 저별이 되오리"는 죽음의식을 낭만적으로 드러내고 있는 기호체계이다. 여기에서 낭만적 죽음의식이라 한 것은 존재론적 차원에서의 죽음에 대한 깊은 사색을 한 흔적이 보이지 않기 때문이다. 삶과 죽음의 대비를 통해 현재적 존재의 갈등을 표상한다기보다는 개인적 체험으로서의 죽음을 '별'의 낭만성, 영원성으로 이미지화하려는 심미적인 전환의 자세로 판단되는 것이다.

상실과 모순이라는 영랑시의 주제적 불변소가 이처럼 심미적인 전환 과정을 거쳐 시화되고 있다는 점은, 흔히 그 시적 특색을 유미주의나 상징미학으로 이해하고자 하는 입장들과 관련되어 왔다. "너 참 아름답다 거기 멈춰라고 부르짖는 한 瞬間을 表現하기 爲하야 그 感動을 言語로 變形시키기 위하야 그는 捨身的 努力을 한다"[42]고 한 박용철은 김영랑을 가리켜 유미주의자라 지칭한 바 있다. 실제로 지금까지 이 글에서 살펴 왔던 김영랑의 시에는 순간 체험과 심리적 시간의 역 계기적 현재화, 상실감의 낭만적 주제화 등 유미주의적 경향성이 강하게 드러나 있었다. 순간 체험의 슬픔을 심미적으로 처리하여 감각의 황홀을 추구하는 것이 영랑시의 원리라 한다면, 그의 초기시는 순수 · 유미의 고립적인 자아 표상 방향으로 주제적 변주를 일으키고 있는 것이다.

이밖에도 김영랑은 예이츠와 베를렌느에 경도된 흔적을 남기고 있는데,『시문학』2호에 예이츠의 시「하날의 옷감」과「이늬스프리」를 번역한 점과, 스스로 베를렌느를 사숙한 시절이 있었음을 밝힌 점[43]이 그것이다. 이들 시인의 작품에서 공통되는 세계는 감정의 표출을 우선하고 있으며, 일종의 애상과 동경을 담고 있다는 점이다. 그의 초기시편들에는 베를렌느의「시법 Art Poetique」에 충실한 작품들이 다수 포함되어 있기도 하다. 양자는 애매함과 어두움, 주로 뉘앙스를 통해 내적 정조를 표현한다는 점에서 동일한 태도를 보여준다.[44] 이러한 상징파적 특성이 앞서의 유미주의적 경향성과 더불어 영랑시의 핵심적 정서를 형성하고 있다고 볼 수 있으며, 여기에 안서와 소월을 잇는 전통 정서

---

42)『박용철전집』2, pp.106~108.

43) 김영랑은『시학』제5집(1940. 1)의 '앙케이트'에서 그가 사숙한 시인으로 '폴 · 베를렌느'를 들고 있다. 또『영랑시집』에서 단 한 번 나오는 외국 시인의 이름이 '벨를렌느'이다.

44) 서준섭,「김영랑시에 대한 비교문학적 고찰」,『국어교육』33호(1978. 12), pp.30~31.

의 한 흐름이 혼용되어 상실과 모순의 담론 주제를 의미화하고 있는 것이다.

(2) 극복·초월의 주제와 자아의 확충

영랑의 시는 1934년 『문학』 3호에 발표된 「모란이 피기까지는」, 「불지암서정」을 기점으로 하여 30년대 중반 이후의 작품들에서 변모의 양상이 보여진다. 이들 작품에서는 초기시에 비해 그 형태적 변모뿐만 아니라 주제의 측면에서도 극복과 초월의 양상을 보여주기 시작한다. 이 시기에서부터 영랑의 시는 과거 지향적이기보다는 미래 지향적으로 변모한다. 즉 무시간적 현재의 발화시에서 곧바로 미래의 시간으로 초월하고자 하는 시간 의식은 담론의 주제에도 영향을 미쳐 현실 상황에 대한 극복의지로 의미화되어 있다. 다시 말해 이 시기의 영랑시는 담론 주체의 시선을 세계로 돌려 자아를 확대함과 동시에 인생에 대한 회의를 드러내기에 이른다. 그의 초기시가 고요하고 섬세한 감각과 자아의 내면으로 향하는 '내마음'의 시라면, 이 때부터는 비록 제한적이긴 하지만 여기에서 벗어나 주체를 세계와의 관계 속에서 인식하고 서정적 자아를 사회로 확대하고자 하는 의지를 보이기 시작한다.

사개틀닌 古風의 퇴마루에 업는듯이 안져
아즉 떠오를긔척도 업는 달을 기둘린다
아모런 생각업시
아모런 뜻업시

이제 저 감나무그림자가
삿분 한치식 올마오고
이 마루우에 빛갈의 방석이

보시시 깔니우면

나는 내하나인 외론벗
간열푼 내그림자와
말업시 몸짓업시 서로 맛대고 잇스려니
이밤 옴기는 발짓이나 들려오리라

　　　　　　　　　　　　　－「작품·49」전문

　초기시와는 달리 여기에서는 화자와 대상간의 조화가 그려져 있다.
즉 담론 주체가 화자와 세계의 관계 속에 위치하여 있음을 볼 수 있다.
화자가 툇마루에 없는 듯이 앉아 기척 없는 '달'을 기다린다는 것이나,
'나'가 '내그림자'와 서로 맛대고 있다는 심상이 그러하다. 이는 이전에
보이던 상실과 모순 의식으로부터 벗어나 있음을 의미한다. "업는듯이
안져"라는 첫 행의 발화를 통해 精密한 화자의 내면적인 상태성을 읽을
수 있다. 즉 화자는 "아모런 생각업시 / 아모런 뜻업시" 앉아 있는 것이
다. 이는 삶의 현실에 대해서가 아니라 풍경에 대한 유한한 취미로서의
일체감이라는 점에서, 온전한 뜻에서의 삶을 통한 주체와 세계의 통합
은 아니라 할 지라도, 화자와 세계의 관계 속에서 주체를 관조의 대상
으로 놓고 있어 초기시와는 다른 양상을 보이고 있는 것이다. 이러한
점은 2연과 3연에서도 드러나 있다. 2연에서 세계 표상의 '감나무 그림
자'가 화자의 위치인 '마루' 위에 깔린다는 것이나, 3연에서 화자인 '나'
가 세계와 관계하는 주체인 '내 그림자'와 서로 맛대고 있다는 것은 시
적 담론의 의미를 관조적이고 초월적이게 한다.
　이렇게 볼 때, 이 시의 주제는 투명하게 자리잡는 관조의 자세와, 예
리하게 움직이는 감각을 하나로 통합하는 과정에서 변주되어 있다고
할 수 있다. 김영랑의 초기시에는 청각 이미지뿐만 아니라 시각 이미지
도 많이 활용되는데, 그것은 이 시에서와 같이 대개 운율에 일치시킨

관조로 나타나면서 단일한 정경 속에 투명한 것과 어두운 것, 어렴풋한 것과 은은한 것을 함께 착색시켜 그의 시세계를 유형화하기도 한다.[45] 이러한 관조의 태도는 초기시에서 보이던 상실의식과는 확연히 다르다 할 수 있다. 이는 초월의 자세라고 할 수 있고, 확충된 자아 의식을 보여주고 있는 것이다.

> 해ㅅ발이 처음 쏘다오아
> 청명은 갑작히 으리으리한 冠을 쓴다
> 그때에 토록 하고 동백한알은 빠지나니
> 오! 그빛남 그고요함
> 간밤에 하날을 쫏긴 별쌀의흐름이 저러했다
>
> 왼소리의 앞소리오
> 왼빛갈의 비롯이라
> 이청명에 포근 취여진 내마음
> 감각의 낯닉은 고향을 차젓노라
> 평생 못떠날 내집을 드럿노라
>
> ㅡ「淸明」 일부

『영랑시집』 말미에 수록되어 있는 이 시에서 영랑은 자연과 일체가 되어 그의 새로운 면모를 보여주고 있다. 청각화 또는 시각화한 기법의 탁월성은 물론, 맑고 투명한 하늘에 흐르는 청명을 흡인하여 자아의 정서와 일치시키고 있다. 이것은 주체가 자연과, 자연이 주체와 합일되어 있는 상태라 할 수 있다. 초기시에서 보이던 상실감과 시간 인식의 모순성은 여기에서 "감각의 낯닉은 고향을 차젓노라 / 평생 못떠날 내집을 드럿노라"로 극복되어 있다. 이는 후기 들어 그의 주제의식이 변화

---

45) 김명인, 앞의 글, pp.166~167.

하였음을 적나라하게 보여주는 하나의 예가 아닐 수 없다.

　　　들길은 마을에 들자 붉어지고
　　　마을골목은 들로 내려서자 푸르러졌다
　　　바람은 넘실 千이랑 萬이랑
　　　이랑 이랑 햇빛이 갈라지고
　　　보리도 호리통이 부끄럽게 들었다
　　　꾀꼬리는 엽태 혼자 날아볼줄 모르나니
　　　수놈이라 쫓을뿐
　　　황금 빛난 길이 어지럴뿐
　　　얇은 단장하고 아양 가득 차있는
　　　山봉우리야 오늘밤 너 어디로 가버리련?

　　　　　　　　　　　　　　　　　－「五月」 전문

　　이 작품은 『文章』1권 6호(1939. 7)에 처음 발표되었다가, 『永郞詩選』
(중앙문화사, 1949)에 재수록된 11행의 단연시로, 같은 단연시 형태인
「모란이 피기까지는」과 비교할 때 김영랑의 시적 변모를 잘 드러낸 작
품이라 하겠다. 이 시는 영랑의 초기시보다는 오히려 지용의 시에 더
가까운 인상을 풍긴다. 그만큼 이 시는 시각화되어 있을 뿐만 아니라,
지배소의 측면에서도 공간 질서에 더 많이 의존하고 있다.
　　물론 이 시의 담론적 의미구조가 순수 서정을 바탕으로 하고 있다는
점에서는 초기시와 같은 궤에 놓여 있다고 할 수 있지만, 그러나 초기
시의 서정성이 '내 마음' 속의 불확실하고 애매한 뉘앙스의 것이라면,
이 시는 선명한 시각적 이미지로 인하여 불확실함과 애매함으로부터
벗어나 있다. 이런 점은 영랑의 시적 담론 방식이 주제적 변모가 보여
지는 후기에 들어 문단 선배인 지용에게 부분적으로 영향받았으리라는
점을 유추하게도 한다.

이 시에서 먼저 눈에 띄는 것은 5월의 자연을 시각화하고 있는 현란
하리만큼 싱싱하고 선명한 심상이다. 5월은 김영랑의 시에서 자주 등장
하는 계절이지만, 비애의 정서가 아직 완전히 가시지 않은 「모란이 피
기까지는」에서의 5월은 화자에 의해 내면화된 찬란한 상실의 계절로
형상화되고 있는 반면에, 여기에서는 자연적 대상의 생동을 통해 삶의
활력이 넘쳐나는 계절로 묘사되어 있다.

결국 영랑시에 있어서의 5월이나 봄의 의미는 그 주제적 변주에 따
라 이중성을 갖고 있음을 볼 수 있다. 즉 「가늘한 내음」이나 「모란이
피기까지는」 등 초기와 중기의 시에서는 5월이 상실의 대상으로서 주
체의 실의와 비애의 정서를 매개하고 있지만, 후기시에서의 5월은 주체
의 생명의식을 더욱 큰 이상과 가치의 세계로까지 확대하고자 하는 자
아 확충의 의미가 함축되어 있는 것이다. 이는 그의 주제의식이 상실에
서 초월과 극복으로 옮겨가고 있음을 보여주는 것이라 할 수 있다.

> 큰칼 쓰고 獄에 든 춘향이는
> 제마음이 그리도 독했든가 놀래었다
> 성문이 부서져도 이 악물고
> 사또를 노려보든 교만한 눈
> 그는 옛날 成學士 朴彭年이
> 불지짐에도 泰然하였음을 알았었느니라
> 오! 一片丹心
>
> 원통코 독한마음 잠과꿈을 이뤘으랴
> 獄房 첫날밤은 길고도 무서워라
> 서름이 사모치고 지처 쓰러지면
> 南江의 외론魂은 불리어 나왔느니
> 論介! 어린春香을 꼭 안어
> 밤새워 마음과 살을 어루만지다

오! 一片丹心

-「春香」 일부

이 시는 1940년 9월호『문장』지에 발표될 당시에는 총 5연으로 이루어졌었으나, 나중에『영랑시선』에 수록되면서 7연으로 개작된 작품이다. 또 이 시가 1940년에 발표된 까닭에 1930년대 시를 주 텍스트로 삼고 있는 이 글의 연구 범위에서 벗어난 작품이긴 하지만, 그 시기적 거리가 그리 멀지 않은 데다가 1930년대 말의 「거문고」, 「가야금」, 「毒을 차고」 등의 작품과 상통하는 주제의식을 보여준다는 점에서 비교의 대상으로 삼아 보기로 한다.

얼핏 보아도 이 시는 초기의 시와는 확연히 다른 세계를 노래하고 있다. 초기시가 '나' 또는 '내마음'을 시적 대상으로 하여 텍스트 전체를 정서적으로 내면화시키고 있다면, 이 시는 '춘향'이라는 가면을 통해 세계를 질서화하고 있다. 즉 '일편단심'이라는 주체 극복의 주제소를 춘향을 통해 표상하고자 하는 데에 그 특색이 있는 것이다. 이는 이 시가 동시에 두 가지 세계를 확보할 수 있었음을 뜻한다. 하나는 널리 알려진 화제에 독자를 이끌어 들일 수 있었다는 것이고, 다음으로는 예술과 민족의 명맥을 위협하는 상황에 맞서고자 하는 주체의 담론 태도를 내포하게 되었다는 것이다.

지금까지 영랑시에서 보여왔던 일인칭 서술 주체는 일제하의 삶의 세계를 배제하고 있거나 또는 절대적 배타의식으로 세계와의 관계를 끊고 고립된 상태에서 그것과 대결하는 자아[46]였다. 그러나 여기에서의 춘향은 주체의 담론적 의도를 대변하는 '세계 내 존재'로 상정되어 있다. 즉 영랑의 시세계가 '닫힘의 세계'에서 '열림의 세계'로 변화되어

---

46) 김준오, 「김영랑과 순수·유미의 자아」,『한국현대시사연구』(일지사, 1983), p.276.

있는 것이다. 또 춘향과 계열체를 이루고 있는 '성학사', '박팽년', '논개' 등을 결합시킴으로 인해 세계 극복의 의지를 공고하게 주제화하고 있다고 볼 수 있다. 그럼에도 불구하고, 극복 의지의 투사 대상인 이몽룡까지도 변학도와 더불어 잔인한 타자계열로 설정함으로써 이 시 역시 기본적으로는 비관주의적 운명 의식에 바탕하고 있음을 엿보게 한다. 여기에서 초기로부터 후기에 걸친 영랑시의 담론 태도로서의 일관성을 찾을 수 있으며, 아울러 자아의 갈등이나 자아의 탐구에 적극적으로 나아가지 못한 영랑시의 한계를 지적할 수 있는 것이다.

3. 담론 특성의 시사적 의의

1) 지용시 담론과 1930년대 모더니즘 시의 맥락

정지용의 시적 담론이 공간성을 지배소로 하고 있으며, 통화 모형에 있어서도 내포적 화자나 허구적 화자에 의해 주체를 객관적 대상에 투사함으로써 대상성이 두드러져 있음을 밝힌 바 있다. 이로 인해 그의 시는 언술행위의 주체와 언술내용의 주체가 분리되고 또한 언술내용의 주체로서의 화자와 독자 사이에 거리가 유지되는 주지적이고 회화적인 특성을 갖게 되는데, 이는 다분히 이미지스트로서의 자질을 보여주는 것이라 할 수 있다. 이런 점에서 지용시의 시사적 의의 역시 1930년대 우리 모더니즘 시의 한 갈래인 영미 이미지즘계열 시들과의 관계에 의해 해명되어야 할 필요가 있게 된다.

당시 모더니즘의 대표적 시인이자 이론가인 김기림의 작품이 우리 문단에 첫 선을 보인 것은 1931년의 「아침해 頌歌」이며, 또 모더니즘 시 이론이 우리 시단에 처음 소개된 것도 1933년[47)]에 이르러서이다. 이에 비추어 볼 때, 모더니즘의 경향이나 이론이 대두되기 수년 전에 정지용은 이미 「카페-프란스」, 「甲板우」, 「鄕愁」, 「이른봄 아침」, 「바다」 등 시각적 이미지가 뛰어난 작품들을 발표하였음을 알 수 있다.

1920년대 후반에 발표된 그의 초기 시편들에서 참신한 순수의 경향과 감각적 이미지의 솜씨를 어렵지 않게 찾을 수 있다는 점 때문에, 그의 감각적 이미지화의 기법이 영미 이미지즘운동의 영향하에서 온 것이기보다는 오리지날한 것이라고 평가되어 왔고, 또 스스로의 미학에 의해 생산된 것이라는 연구 결과48)도 있어 왔다. 이처럼 그의 시가 『시문학』의 주된 흐름이었던 순수의 방향타와 더불어 이미지스트로서의 독자성이 인정됨에도 불구하고, 한편으로는 영미 모더니즘의 경향에 자연스럽게 접맥될 수 있었던 영문학자였다는 점을 간과할 수 없는 것이다. 따라서 1920년대 후반에 씌어진 정지용의 많은 작품들이 당시 주지적 서정시의 담론 방식을 선도하면서, 1930년대 모더니즘 시인들에 의해 이러한 담론 방식이 확산될 수 있게 하였다는 점에서 그 의의를 찾을 수 있다.

1925년을 전후하여 시단에 데뷔한 정지용이 <시문학파>에 가담하여 활동하였지만 그 유파적 대변자 노릇을 한 것도 아니었으며, 또 그를 가리켜 1930년대 모더니즘의 대표적 시인이라고 하지만 그 자신이 모더니즘 시에 대하여 구체적인 이론을 전개한 적도 없다. 그럼에도 불구하고 정지용 이후의 시인 또는 동년배의 시인조차도 그의 영향을 받지 않은 사람이 거의 없다는 사실은 지용에 의해서 우리 현대시가 비로소 본격적인 궤도에 올랐음을 뒷받침하고 있는 것이다. 따라서 지용을 30년대의 모더니즘과 결부시켜 이해한다면, 모더니즘은 그 자체가 바로 현대시 방법의 발견이며 쟝르 형성을 주도했다는 역논리가 성립된

47) 김기림, 「1933년 시단년평」, 『신동아』 3권 12호(1933. 12).
48) 김용직, 『한국현대시연구』(일지사, 1974), p.286.

다.49)

  이런 점에서 대표적 모더니즘 시인이라 할 수 있는 김기림, 김광균 등은 그 시적 담론 방식에 있어서 정지용의 연속선상에 있게 된다. 김기림이 지용에 대해 언급하였던 한국의 시에 현대의 호흡과 맥박을 불어넣은 최초의 시인이라거나, 시 속에 공간성을 이끌어 넣었으며 원초적·직관적 감상을 시 속에 맞아들여서 독창적인 형상을 주었다거나, 시의 유일한 매개인 언어에 대하여 주의한 최초의 시인이라는 평가들은 곧 정지용이 모더니즘을 주창하지 않았다 하더라도 당시의 모더니즘 시인들에게 창작 방법의 면에서 전범의 역할을 담당하였음을 유추하게 하는 것이다.

  지용시 담론의 통사·의미론적 특징은 공간성에 의해 유도되는 시각적 심상과 리듬을 정밀하게 결합시켜 선명하게 체계화하여 간다는 점에 있다. 물론 그가 시각적인 심상만을 강조하여 시를 쓴 것은 아니다. 그러나 언어기호의 결합 방식에 의해 얻어지는 청각이나 공감각 또한 담론 주체를 대상화시키고자 하는 그의 객관적 담론 태도에 기인한다는 점에서, 그의 언어기호의 특징을 물질적 대상성으로 규정할 수 있었다. 그리고 이와 같은 언어기호의 대상성이 시적 담론으로 체계화될 때, 주체의 정서는 주로 그 투사 대상에 대한 객관적 묘사로 발화되어지고, 그와 등가인 형상적 이미지로 제시된다. 그리하여 지용시는 담론 주체인 시적 자아를 화자 기표로 전면에 내세우는 것이 아니라, 대상 기표를 통해 독자에게 체험시킴으로써, 자연스럽게 정서를 감응케 하는 독특한 통화 모형을 취하게 된다. 곧 주체의 서정적 정서를 대상화시켜 보여주는 방법을 선택하고 있기 때문에, 담론 주체로서의 시인은 텍스트를 사이하고 독자와 거리를 유지하게 되는 것이다. 말하자면 지

---

49) 오탁번, 「현대시사의 영광과 비극」, 『정지용 시와 산문』(깊은샘, 1987), p.251.

용시의 담론적 특성은 독자로 하여금 지성에 의지하도록 하는 시적 체험의 낯설게 하기에 있었던 것이다.

주체의 대상화로 요약되는 이러한 담론 특성은 김기림과 김광균의 경우에도 예외적이지 않다. 김기림은 자연발생적인 감정에 의존하는 시를 거부했던 시인이다. 감정을 드러내지 않으려는 의도가 지나쳐 극단적인 대상화의 경향을 보여주기도 한다. 김기림의 이러한 담론적 태도는 그의 대표작 「기상도」에 잘 나타나 있다.

「기상도」는 우선 그 공간적 배경이 복합적이다. 세계 각국을 무대로 한 공간적 배경 속에 각기 이질적인 시민의 모습이 하나의 사실로써 나열되어 나타난다. 순간 체험을 진술하는 발화가 시적 담론에 주관성을 형성하는 것과는 달리, 복합 공간의 연속적 묘사 및 사실 설명은 담론 체계를 객관화시키게 된다. 김기림의 시는 이처럼 담론 주체의 감정 표현보다 담론 대상의 객관적 묘사에 역점을 두고 있는 까닭에 그 언어기호 역시 주로 지시적 기능을 수행하도록 선택되어져 있으며, 따라서 주체의 시적 관심이 자아의 내면으로 수렴되어 있다기보다는 대상으로 확산되고 외면화되어 있다고 할 수 있다.

김광균의 경우, 대상화의 정도가 김기림에 비해서는 덜 하다고 하더라도 그의 시 역시 서술형 어미를 통한 대상의 묘사에 치중하고 있다는 점이나, 회화적 효과를 얻기 위해 공간적 구도화를 시도하고 있는 점 등은 정지용의 주지적 담론과 그 맥을 같이 하고 있는 것이다.

2) 영랑시 담론과 주정적 서정시의 확산

김영랑의 시는 주관적 정서에 의한 순간 체험의 발화를 체계화하고 있는 데서 그 담론적 특징을 찾아볼 수 있었다. 이는 시적 담론의 지배소로 시간성을 채택하고 있다는 점과, 현상적 화자의 직접 발화를 통해 주체의 정서적 상태성을 강조하고 있다는 점으로 요약될 수 있는데, 그 결과 영랑시는 주정적이며 음악적인 측면을 가장 중요한 특성으로 드러내고 있다. 다시 말해, 담론 주체의 두 가지 위치인 언술행위의 주체와 언술내용의 주체로서의 위치가 동일시됨으로 인해서 시인과 독자의 거리를 좁혀 텍스트를 통해 정서적 일체감을 획득하도록 의도되어 있다는 것이다. 독자에게 이러한 효과를 기대하기 위해서는 다분히 정서적 환기와 음악적 흡인의 담론 방식에 기대지 않으면 안 된다. 이러한 점은 영랑시의 독특한 특성임과 동시에, 그 유미주의적 경향으로 인해 박용철, 신석정 등 <시문학파> 시인들로 개괄되는 1930년대 순수서정시의 대표적인 담론 방식으로 인정받아 왔다.

김영랑은 언어기호의 물질적 질감이나 음상을 적절하게 융합시키고, 그 언어기호들을 주체에 의해 직접적으로 통제함으로써 정서적 밀도를 풍부하게 만드는 시적 특징을 지니고 있는 시인이었다. 특히 그는 고유어, 방언 등을 자기 취향에 맞추어 변조함으로써 시의 음악적인 발화를 강화한다. 이러한 특징은 상대적으로 외래어나 한자표기의 억제로 나타나고, 언어기호의 계열적 선택보다는 통합적 연쇄에 집중하여 그 음상적 효과에 의해 담론적 의미 구현 이전에 정서를 환기하고자 하는 모습을 두드러지게 드러내고 있는 것이다.

따라서 김영랑의 시는 주로 울림소리로 발화되고 있으며, 이처럼 울림소리가 담론체계의 기층 자질을 이루고 있을 때 주체의 정서는 시적 자아의 내적 상태성을 전달하는데 치우치게 된다. 이 경우 담론의 대상까지도 담론 주체의 주관화된 감정에 의해 윤색되어 있기 때문에 시의 의미구조가 체계화된다기보다는 조직화되는 선형적 구조를 이루게 된다. 따라서 그의 시적 발화는 대체로 보고 듣고 하는 경험적인 구체성을 표현하는 것이 아니라, 미묘하거나 섬세한 마음의 움직임을 표출하려는 방향으로 활용되어 있으며, 이에 의해 시각적인 이미지보다는 청각적인 음상 효과에 더 의존함으로써 정지용 시와는 대비되는 입장에서 1930년대 시의 한 주류를 형성해 갔던 것이다. 즉 영랑의 시는 자아중심적 발화로 이루어진 내적 독백시에 가깝다 할 수 있다.

영랑시의 이러한 담론 방식은 1920년대 민족문학파 시인들 중 시적 형상화의 과정에 관심을 보였던 김 억, 김소월, 이상화, 한용운 등의 담론 방식과도 일정부분 상관 관계를 맺고 있다고 할 수 있다. 그것은 서정적 자아의 세계에 대한 인식이라는 측면에서는 비록 이들의 시와 영랑의 시가 차이를 보인다고 하더라도, 주체에 의해 대상이 내면화되어 나타난다는 점이나 시간성이 구조화의 원리로 작용하고 있다는 점, 발화의 통합관계적 연쇄에 치중하여 음악적 효과를 구현하고 있다는 점에서 그러하다.

따라서 영랑의 시는 전시대의 시에 비해 언어의식의 고양이라는 발전적 측면을 갖고 있는데 반해, 세계 인식의 약화를 한계점으로 노정하고 있다고 볼 수 있다. 이러한 차이가 순수시운동의 기치를 내걸었던 <시문학파>의 구성원들 사이에서도 드러나 보인다. 즉 정인보와 변영로가 전자의 경향에 가깝다면, 박용철이나 신석정 등은 영랑과 더불어 1930년대의 주정적 서정시를 순수시의 차원에서 확산시켜 나가는데 기여하였던 것이다.

박용철은 감정을 주관적으로 처리하고 시적 대상을 내면화함으로써 주체의 상태성을 강조한다는 점에서 주정적 서정시의 선상에 놓일 수 있는 시인이다. 그의 대표시인 「떠나가는 배」는 자신이 밝히고 있다시피 어떤 순간적인 마음의 상태를 포착하여 형상화한 것이다. 따라서 그의 시는 언술행위의 주체와 언술내용의 주체가 일치되는 사적 시점을 취하고 있을 뿐만 아니라, 감탄사 및 감탄형 어미를 영랑보다 더 많이 사용하고 있다는 점에서도 그의 시적 담론이 주관화의 경향으로 흘러 있음을 볼 수 있다. 대상의 순간적 포착과 반응의 동시성을 추구하는 존재론적 시관, 사적 시점으로 인한 주관적 분위기 및 압축된 시형을 통한 감정의 정제, 그로 인해 조성되는 음악적 효과 등은 영랑시보다도 오히려 더 주정적인 담론 양상을 보이고 있는 것이다.

이에 비해 신석정은 흔히 전원시인 또는 목가시인으로 불려지면서 한편으로는 모더니스트로서의 성격이 언급되어지기도 한다. 이는 신석정의 시가 1930년대 서정시의 두 가지 흐름을 동시에 구유하고 있음을 의미한다. 즉 그의 시집 『촛불』에 실린 대부분의 시편들은 일차적으로 자아의 내면을 강조한다기보다는, 객관적 대상으로서의 전원세계를 이상향으로 형상화하려는 대상 지향적 경향을 보이고 있다. 그러나 대상을 인식하고 이상향을 설정하는 담론 주체의 위치가 화자와 대상간의 객관적 선상에 자리하고 있는 것이 아니라, 화자로 제시된 서정적 자아의 자리에 위치하여 텍스트의 의미를 적극적으로 통제하고 있다는 점에서 또한 주정성을 노출시키고 있는 것이다. 이는 1930년대의 주정적 서정시가 다양한 양상으로 확산되어 있었음을 살피게 하는 한 보기라할 수 있을 것이다.

제5장 결 론

　이 글은 정지용, 김영랑 등 두 시인의 시작품을 텍스트로 하여 1930
년대 시의 담론체계를 밝혀보려는 의도에서 모색되었다.

　1930년대의 시가 '순수서정시'라는 개념적 용어에 의해 포괄됨으로
써, 지금까지의 논의들은 다양한 문학 내적 특질이나 서정시의 양식적
관계에 관심을 두었다기보다는 개별 작품들을 한 시대의 문학사적 의
의로 연계시키기 위한 작업에 치중하여 왔음이 사실이다. 더더욱 정지
용과 김영랑의 시에 대해서는 <시문학파>라는 유파적 테두리 속에서
순수시운동의 일환으로 동일시되어 왔거나, 아니면 모더니즘과 전통서
정주의라는 사조론적 입장에서 완전 별개의 것으로 논의됨으로써 작품
내적 단일 기준을 제시하는 데 한계를 갖고 있었다.

　여기에 주목하여 필자는 이들의 시가 지닌 상관성과 변별성을 시적
담론의 차원에서 밝히고자 하였다. 그 이유는 시 역시 문학의 다른 쟝
르와 마찬가지로 시인에 의해 발화되어지는 언술행위인 것이고, 한 시
대의 발화 방식은 담론 주체의 언어적 이데올로기에 의해 시작품 속에
변이되어지는 것이기 때문이다.

따라서 본 논문에서는 논의의 방향을 세 가지 측면으로 고려하여 설정하였다. 그 하나는 1930년대의 서정시가 '순수'라는 개념적 동질성 이전에 양식적 차이를 갖고 있다는 점이며, 둘째 1930년대 전반기를 대표하는 지용시와 영랑시가 그 체계화의 방식 즉 구조적 원리로서의 지배소에 각기 상이성을 보인다는 점이고, 셋째는 시적 담론을 수행하는 통화 모형에 있어서 지용시와 영랑시는 서로 다른 화자 및 청자 양상을 드러낸다는 점이다.

이러한 고려를 바탕으로 이 세가지 측면들이 텍스트로서의 시적 담론에 어떻게 상호작용하여 체계화를 이루고 있는가를 분석하고 아울러 담론체계의 변이 양상을 살피고자 하는 것이 논의의 목적이었다. 그리고 이러한 논의를 효과적으로 전개하기 위하여 기호학적 방법론을 적용하였다. 이와 같은 방향성과 방법론에 의해 수행되었던 이 글의 전체적인 내용은 다음과 같이 요약되어진다.

1930년대 시의 가장 두드러진 특성 가운데 하나는 그 개성화 내지 개체화에서 찾아진다. 이는 1930년대의 시단을 순수 서정시의 흐름이 주도하였음을 의미한다. 그러나 서정성 구현의 방식이라는 점에서는 상호 변별적인 두 가지 흐름이 내재해 있다. 그 하나가 이미지즘 계열의 주지적 서정시이고, 다른 하나는 낭만주의적 서정시관 또는 전통 서정시의 맥을 이어온 주정적 서정시이다. 정지용이 전자에 해당한다면, 김영랑은 후자에 해당한다.

전자는 서정성의 객관화를 시도하려는 노력에 의해 사물시 형태를 띠게 된다. 주지적 서정시에 있어서의 서정성의 본질이란 감정 그 자체가 아니라 대상에 대한 자아의 경험 방식인 것이며, 그러한 경험은 지적으로 이미지화되어 표상된다. 따라서 그 담론의 방식에 있어서도 주정시처럼 진술적 방식이 아닌 묘사적 방식이 선택되어진다.

후자는 서정성의 본질을 주체와 객체, 영혼과 풍경, 내용과 형식, 시인과 독자 사이의 '간격의 부재'나 '대상의 내면화'로 규정하는 낭만주의적 서정시관에 입각해 있다. 시에서 이 간격을 메워 주는 것은 '회상'이며, 이 회상이야말로 주정적 서정시 문체의 기본 특성이라 할 수 있다. 주정시의 이러한 특성은 결국 주체와 객체가 시적 자아에 의해 내면화된 담론적 양상을 보이게 되는 것이며, 김영랑의 시 역시 이런 점에서 예외적이지 않다.

1930년대 시의 두드러진 특성이 개성화와 개체화라고 한다면, 이는 당시의 시적 관심이 '나'의 문제에 있었음을 의미하는 것이며, 시의 담론에서 드러나는 '나'의 문제란 언어·이데올로기·주체성의 차원에서 검토되어야 한다. 필자는 이를 시적 담론의 통사론적 조건, 의미론적 조건, 주체성의 조건으로 상정하고 정지용과 김영랑 시의 담론체계를 분석하는 토대로 삼고자 하였다.

시에 있어서 통사론적 층위의 지배소는 시각적 효과나 청각적 효과를 의도하는 기표의 반복 방식에 의해 결정된다. 즉 기표의 반복 방식인 병치나 대구 등이 의거하고 있는 법칙성을 통사론적 지배소라 할 수 있는데, 그 법칙성이 정지용의 시에서는 공간적 질서로, 김영랑의 시에서는 시간적 순서로 나타났다. 따라서 지용시는 시적 담론이 주로 상징성을 띠는 즉물적 언어 기표들로 수행되어 대상성과 장면성을 강화하고 있으며, 이에 반해 영랑시의 담론체계는 주로 은유와 직유에 의해 발화됨으로써 기표들이 동시적 공간적으로 인식되기보다는 연쇄적 시간적으로 인식되어 음악적 효과를 가져온다.

한편, 시에서의 이데올로기는 곧 의미작용의 기호라고 볼 수 있다. 그러므로 의미론적 층위에서의 담론의 지배소는 이데올로기의 의미화 방식에서 찾아진다. 문학 텍스트는 '확장'과 '전이'에 의해 이데올로기를 의미화한다. 지용시에서는 의인화의 기법에 의해 객관적 사물에 주체가 '전이'된다. 즉 주체와 대상간의 관계가 암시적이고 상징적이어서 주체의 이데올로기를 대상에 전이시키는 의미화의 방식을 택하고 있다. 반면, 영랑시의 어휘들은 오히려 기표의 사회적 기의를 강화함으로써 의미의 확장을 의도하고 있다. 그러므로 이 때의 시적 주체는 대상에 투사된 채로 객관적 위치에 존재한다기보다는 대상을 적극적으로 통제하고 내면화시키는 주관적 위치에 자리한다.

시의 담론에 있어서 주체성의 조건이 문제시되는 이유는 시 역시 일종의 통화체계이기 때문인데, 대부분의 지용시에서는 서정적 주체, 즉 언술내용의 주체인 화자가 텍스트의 문면 안에 숨어 있음으로 인해서 화자와 내포독자 사이에 일정한 거리를 유지하고 있다. 지용시의 담론체계에서는 그러므로 비정하리만큼 차가운 객관주의에 의한 사고와 감각의 균형을 유지하고 있음을 볼 수 있다. 이에 반해, 영랑시의 담론은 주로 현상적 화자에 의해 수행되고 있다. 이 경우 언술행위의 주체인 시인이 현상적 화자인 '나'의 목소리로 대상을 질서화하고 있기 때문에 시적 담론은 독백적 양상으로 드러나게 되고, 그로 인해 내밀화·주관화된 분위기가 형성된다. 이러한 일인칭 담론에서는 현상적 화자와 독자가 쉽게 동일화를 이루게 되며 따라서 시는 독자에게 정서적으로 전달되어진다.

다음으로, 두 시인의 작품 중 가장 대표성과 변별성을 갖는다고 생각되는 각 세 편의 시를 텍스트로 하여 담론체계 분석의 실제를 보였다. 정지용의 시 「유리창1」의 경우, 이 시의 담론은 '(나)−너' 통화 모형으로 수행되고 있는데, 이 모형은 독백 형식인 비인칭 서법과 대화 형식인 인칭 서법의 중간 형태라고 할 수 있다. 이는 주체가 화자의 위치에서 대상을 통제한다기보다는 대상의 자리에 투사되어 담론의 객관화를 지향하면서도 한편으로는 청자에게 화자의 목소리를 들려주고자 한다는 점에서, 시적 자아의 갈등 양상을 드러내는데 가장 적합한 모형이라 할 수 있다.

「구성동」의 경우, 시간의 방향성과 통제에서 벗어난 무시간의 공간적 질서에 따라서 언술내용이 전개되고 있는 까닭에, 이 시는 한 폭의 그림처럼 존재한다. 더구나 언술내용의 주체인 화자가 명시되어 있지 않고 또한 청자 역시 상정되어 있지 않아서, 언술 대상뿐만아니라 담론으로서의 텍스트 자체도 객관적 거리를 유지하고 있다.

「장수산1」의 경우, 화자가 직접적으로 드러나 있지 않다는 점과 2인칭의 청자가 존재하지 않는다는 점에서 분명 독백시이긴 하지만, 그럼에도 불구하고 서술어들이 묘사적 어법으로 쓰이고 있다기보다는 진술적 어법으로 쓰이고 있는 까닭에, 어느 정도 대화적 상황을 조성하고 있다고 보여진다. 이는 지용의 시가 순수히 서구 모더니즘의 영향 아래서 지성적이고 객관적인 사물시 형태로만 창작되어진 것이 아니라, 동양적 세계관을 바탕으로 한 주관적 정감시 역시 창작되었으리라는 가능성을 엿볼 수 있게 하는 것이다.

영랑시 「除夜」의 경우, 인칭 서법과 비인칭 서법의 혼합형인 '(나)'와 '그' 사이의 통화 모형에 의해 주로 어휘의 적절한 병치와 은유적 결합이 보여지며, 의미의 확장과 형태적인 안정감을 기하고 있다. 어휘의 음성자질은 단독으로 존재할 때는 하나의 물질적 기표에 불과하지만, 그것이 텍스트에서 반복되거나 병치될 때는 시적 자동 기능에 의해 음악성을 갖게 될 뿐만 아니라, 통사구조와 의미구조에도 영향을 미치게 된다.

「내마음을 아실이」의 경우, 서정적 주체인 화자가 '나'로 명시되어 나타난다. 현상적 화자에 의해서 언술내용이 전개될 때 자아중심성이 더욱 강화되어지며, 시적 대상은 주체에 의해 윤색되고 통제되기 때문에, 객관적 대상성으로서가 아니라 정조 속에서 상태로 인지하는 상태성으로 존재하게 된다. 이는 정서의 흐름을 일관되게 보여준다는 점에서 시의 음악성과도 무관하지 않다.

「모란이 피기까지는」의 경우, '나-(나)' 통화모형과 시간 순서를 지배소로 하여 체계화되어 있다. 즉 '미래-무시간적 현재와 과거-미래'로 이어지는 시간 순서에 의해 그 의미 구조가 '기다림-상실-기다림'으로 표상되어 있다. 이는 상태성과 대상성이 순간적으로 교차하는 비실체의 세계를 노래함으로써 존재에의 갈등 양상을 드러내고 있다고 할 수 있다.

지용시와 영랑시의 담론체계 분석을 통해 드러난 지배소와 통화 모형은 상호텍스트적 관계에 있는 작품들에 변이체계로 형성되어 있음을 볼 수 있다. 지용시에서는 주체의 공간적 위치에 의해 체계의 변이가 이루어져 있다. 시의 담론이 이처럼 공간 분절과 주체의 위치에 의해 체계화된다는 것은 결국 담론 주체가 공간성의 대립적 가치를 인식하고 있음을 뜻한다.

지용시에 있어서 담론 주체와 화자는 서로 분리되어 있다. 즉 화자가 감추어진 작품에서는 화자를 대상이나 상황을 객관적으로 묘사하는 관찰자의 자리에 둠으로써, 또 화자가 명시된 작품에서는 허구적 화자를 내세워 주체를 대상화시킴으로써 화자와 주체의 관계를 화자와 대상의 관계로 전이시키고 있다. 주체의 위치를 통해 담론적 의미화를 의도하고 있는 이러한 언술 방식은 지배소가 수평공간인 경우에는 대상성을 지향하는 주체와 실제 대상간의 분리 또는 결합으로, 수직공간인 경우에는 주체의 전이에 의한 이행 또는 역전으로 그 의미론적 변이를 이루고 있었다.

김영랑의 시는 시간의 이항대립과 현상적 화자의 통화 모형에 의해 상호텍스트적 관계를 형성하며 체계의 변이를 이루고 있다. 영랑시에 있어서 담론적 지배소로서의 시간성은 서사양식에서처럼 순차적으로 전개되는 현실시간이 아니라, 주체의 정조에 의해 표상되는 심리적 시간이며, 가상의 시간이다. 영랑시의 담론은 사적 시점으로 형상화되어지고, 역사적 시간은 심리적 시간으로 내면화되어져 있다. 따라서 영랑시는 주체에 의해 부정적 가치의 현실시간과 긍정적 가치의 가상 시간이라는 이항대립적 시간 인식을 보여줌으로써 담론체계의 변이를 이루고 있다. 결국 영랑의 시적 담론을 체계화하는 발화시가 심리적 시간의 무시간적 현재화 또는 순간지향의 지속적 현재화를 거침으로써 그 변이의 양상을 드러내고 있다고 할 것이다.

마지막으로, 해석소와 주제적 불변소의 개념을 도입하여 지용시와 영랑시의 담론체계를 주제론적 측면에서 해석하고 시세계를 도출하였다.

먼저 지용시의 경우, 상실·불화의 주제에서는 갈등의식을, 승화·화해의 주제에서는 동일성 추구의 시세계를 해석해 냈다. 상실과 불화의 주제는 『정지용시집』 수록 시편들에서 주로 발견되며, 갈등의식의 제 양상들을 보여준다. 이는 특히 초기시와 바다를 제재로 한 작품에 많으며, 닫혀진 내면공간과 열려진 외부공간의 대립에 의해 담론적 의미를 구현한다. 승화와 화해의 주제는 종교시와 『백록담』 수록 시편들에서 우세하며, 절대에의 귀의, 자연에의 회귀에 의해 자아와 세계의 동일성을 추구하고 있다. 이는 정지용의 시가 '바다 → 신앙 → 산'의 제재적 전환을 갖는다는 점과도 상통하는 것으로, 후기시로 갈수록 동양적 세계관을 보여준다고 할 수 있다.

영랑의 시는 일인칭 자아의 내향성에 치중하고 있다. 이 말은 영랑의 시에서 '너'의 세계나 '그'의 세계를 발견하기 어렵다는 말과 통한다. 다시 말해 영랑시에서는 주목할만한 주제의식을 노출시키고 있지 않다는 점에서 특징적이다. 그러나 영랑시에서의 대상의 상실은 심리적 시간의 상실로 이어지고, 그 상실감이 현재 시제로 발화되어 주체의 상태성을 진술하는 영랑시 특유의 애상적 정조를 표출하고 있다는 점에서, 상실, 모순, 극복, 초월의 주제적 변주를 짐작하게 한다. 즉 상실과 모순의 주제소를 통해서 비애의 정서를, 극복과 초월의 주제소를 통해서 자아의 조화와 확충 의식을 보이고 있다고 판단된다.

지금까지 필자는 1930년대 서정시의 양식적 차이를 주지적인 것과 주정적인 것으로 나누고 그에 따른 시적 담론의 차이를 지용시와 영랑시를 들어 살핌으로써, 서정성이라는 시정신의 문제를 담론이라는 창작방법론의 문제와 결부시키고자 노력했던 셈이다. 그러나 이러한 시도가 1930년대 전반기, 특히 텍스트로 선정한 두 시인의 작품에 국한되어 있는 까닭에, 순수시의 시대라 일괄되어지는 1930년대 시의 보편적 방법론을 제시하는 데까지는 미치지 못하고 있다고 할 수 있다. 따라서 이러한 점은 차후의 과제로 남겨 더욱 천착할 것을 기약하기로 한다.

참고문헌

1. 자료본

김영랑, 『김영랑시집』, 시문학사, 1935.

김학동 편, 『김영랑 전집·평전』, 문학세계사, 1993.

정지용, 『정지용시집』, 시문학사, 1935.

정지용, 『백록담』, 백양당, 1946.

2. 논 문

강우식, 「김영랑의 사행시」, 『심상』, 1974. 12.

김동근, 「박용철 시론의 변용적 의미」, 『한국언어문학』 34집, 한국언어문학회, 1995.

김동근, 「정지용 시의 기호론적 연구」, 전남대 석사학위논문, 1989.

김명인, 「1930년대시의 구조연구」, 고려대 박사학위논문, 1985.

김명인, 「순수시론의 환상과 현실」, 『어문논집』 22집, 고려대 국어국문학 연구회, 1981.

김상욱, 「담화의 이데올로기적 성격과 국어교육적 함의」, 『국어국문학』 112호, 국어국문학회, 1994.

김시태, 「영상미학의 추구」, 『현대시와 전통』, 성문각, 1978.

김영랑, 「인간 박용철」, 『조광』, 5권 12호, 1939. 12.

김용직, 「1930년대 시와 감성시의 주류화」, 『문학사상』, 1986.

김준오, 「김영랑과 순수·유미의 자아」, 『한국현대시사연구』, 일조사, 1983.

김천혜, 「독일의 구체시 운동」,『오늘의 문학론』, 지평, 1985.

김태옥, 「문학 매재로서의 언어 : 문학 텍스트의 기호」,『영어영문학』, 1986.

김학동, 「영랑 김윤식론」,『한국현대시인연구』, 민음사, 1977.

김환태, 「정지용론」,『삼천리문학』제2호, 1938. 4.

김홍규, 「영랑의 시와 세계인식」,『문학과 역사적 시간』, 창작과 비평사, 1980.

김홍규, 「평시조 종장의 율격·통사적 정형과 그 기능」,『어문논집』19· 20합집, 고려대 국어국문학연구회, 1977.

김희영, 「기호학적 비평의 이론과 실제」,『문학과 비평』창간호, 탑출판사, 1987.

서준섭, 「김영랑시에 대한 비교문학적 고찰」,『국어교육』33호, 1978. 12.

성기옥, 「한국시가의 율격체계연구」, 서울대 대학원 석사학위논문, 1980.

손광은, 「영랑시에 나타난 향토성연구」,『호남문화연구』12집, 전남대 호 남문화연구소, 1982.

송영목, 「한국시 분석의 가능성」,『현대문학』134호, 1966. 2.

송효섭, 「<백록담>의 구조와 서정」, 김학동 외,『정지용연구』, 새문사, 1988.

양주동, 「1933년도 시단년평」,『신동아』3권 12호, 동아일보사, 1933. 12.

오세영, 「30년대의 문학적 상황과 순수문학의 대두」, 조동일 외,『한국문학 연구입문』, 지식산업사, 1982.

오하근, 「역설의 미학―'모란이 피기까지는'의 운율과 구조」,『한국언어문 학』12집, 한국언어문학회, 1974.

이양하, 「바라든 지용시집」, <조선일보>, 1935. 12. 7.~10.

이어령, 「이어령문학강의」, Ⅲ~Ⅶ,『문학사상』, 1987. 9.~1988. 4.

장희창, 「서정시 개념에 대한 소고」,『동의논집』13집, 동의대, 1986.

정숙희, 「모순구조와 불안의식」,『문학사상』168호, 1986. 10.

정지용, 「시와 언어」,『문장』11호, 1939. 12.

정한모, 「서정주의의 한 극치」, 『문학사상』 24호, 1974. 9.

정한모, 「조밀한 서정의 탄주」, 『문학춘추』 1권 9호, 1964. 12.

정한모, 「한국현대시연구의 반성」, 『현대시』, 문학세계사, 1984.

조지훈, 「한국 현대시사의 반성」, 『사상계』, 1962. 5.

최동호, 「정지용의 산수시와 은일의 정신」, 『민족문화연구』 19집, 고려대
　　　민족문화연구소, 1986.

최재서, 「문학·작가·지성」, 백 철, 『비평의 이해』, 민중서관, 1974.

한계전, 「1930년대 시와 그 인식」, 『한국 현대시사연구』, 일지사, 1983.

허형만, 「영랑 김윤식 연구」, 성신여대 박사학위논문, 1992.

3. 단행본

김기림, 『시론』, 백양당, 1949.

김용직, 『한국현대시연구』, 일조사, 1974.

김용직, 『한국현대시연구』, 일지사, 1974.

김우창, 『궁핍한 시대의 시인』, 민음사, 1977.

김윤식, 『한국현대시론비판』, 일지사, 1975.

김윤식·김현, 『한국문학사』, 민음사, 1973.

김종철, 『시와 역사적 상상력』, 문학과지성사, 1978.

김준오, 『가면의 해석학』, 이우출판사, 1985.

김춘수, 『한국현대시형태론』, 해동문화사, 1958.

김학동, 『정지용연구』, 민음사, 1987.

김학동 외, 『정지용연구』, 새문사, 1988.

문덕수, 『한국 모더니즘 시 연구』, 시문학사, 1981.

박용철, 『박용철전집』 1·2, 시문학사, 1940.

박종철 편, 『문학과 기호학』, 대방출판사, 1983.

박철희, 『한국시사연구』, 일조각, 1980.

서우석, 『시와 리듬』, 문학과 지성사, 1981.

서인석, 『한 처음의 이야기 - 창세기 1~11장의 기호학적 설화분석』, 생활
　　　성서사, 1986.
서정주, 『한국의 현대시』, 일지사, 1969.
송 욱, 『시학평전』, 일조각, 1963.
양왕용, 『정지용시연구』, 삼지원, 1988.
오세영, 『한국낭만주의시연구』, 일지사, 1980.
유종호, 『비순수의 선언』, 신구문화사, 1962.
이사라, 『시의 기호론적 연구』, 중앙사, 1987.
이승훈, 『문학과 시간』, 이우출판사, 1983.
이승훈, 『한국시의 구조분석』, 종로서적, 1987.
임 화, 『문학의 원리』, 학예사, 1940.
정재완, 『한국현대시의 반성』, 형설출판사, 1981.
정한모, 『현대시론』, 민중서관, 1973.
정효구, 『현대시와 기호학』, 느티나무, 1989.
조연현, 『문학과 사상』, 세계문학사, 1949.
차봉희, 『현대사조 12장』, 문학사상사, 1981.

4. 외서 · 역서

Althusser L., 김동수 역, 『아미엥에서의 주장』, 솔출판사, 1992.
Asmuth B., Aspekte der Lyrik, Westdeutscher Verlag, 1981.
Bachelard G., The Poetics of Space, trans. by M. Jolars, Boston : Beacon Press, 1964.
Barthes R., S / Z , Eds du Seuil, 1970.
Benvenist E., Problems in General Linguistics, Miami Univ. Press, 1971.
Bogdal K. M., 문학이론연구회 역, 『새로운 문학이론의 흐름』, 문학과 지성
　　　사, 1994.
Casalis M., 「The Dry and The Wet : Semiological analysis of Creation and flood
　　　Myths」, Semiotica 17 : 1 , The Hague : MoutonPublish, 1976.

Chatman S., 한용환 역, 『이야기와 담론』, 고려원, 1990.

Coombus H., Literature and Criticism, A Pelican Book, 1966.

Coulthard M., an Introduction to Discourse Analysis, 1977.

Derrida J., 「Signature event context」, Glyph I, 1977.

Easthope A., 박인기 역, 『시와 담론』, 지식산업사, 1994.

Eco U., A Theory of Semiotics, Bloomington : Indiana Univ. Press, 1976.

Eliade M., The Sacred and The Profane, New York : Harcourt, 1959.

Erlich V., Russian Formalism : History, Doctrine, Mouton Publishers, 1980.

Hall S., 「The rediscovery of 'Ideology'」, Culture, Society and the Media, Methuen & Co. Ltd, 1982.

Hawkes T., 오원교 역, 『구조주의와 기호학』, 신아사, 1982.

Jacobson R., 김태옥 역, 『언어학과 시학』, 문학과 지성사, 1977.

Kayser W., Das Sprachliche Kunstwerk, Francke Verlang, 1973.

Lacan J., Ecrits, tr. Alan Sheridan, London : Tavistock, 1977.

Leavis F. R., New Bearings in English Poetry, Penguin Books, 1932.

Lotman Y., 유재천 역, 『시 텍스트의 분석 : 시의 구조』, 가나, 1987.

Meyerhoff H., 김준오 역, 『문학과 시간현상학』, 삼영사, 1987.

Mukarovsky J., 「Standard Language & Poetic Language」, Linguistics & Literary Style ed. D. C. Freeman, Holt, 1970.

Norris C., Deconstruction : Theory and Practice, Methuen, London and New York, 1982.

Ricoeur T., The Conflict of Interpretations, Evanston : Northwestern Univ. Press, 1974.

Riffaterre M., Semiotics of Poetry, Bloomington and London : Indiana Univ. Press, 1978.

Rimmon-Kenan S., 최상규 역, 『소설의 시학』, 문학과 지성사, 1985.

Scholes R., Semiotics and Interpretation, New Haven and London : Yale Univ. Press, 1982.

Staiger E., 오현일·이유영 역, 『시학의 근본개념』, 삼중당, 1978.

Todorov T., 곽광수 역, 『구조시학』, 문학과 지성사, 1978.

Todorov T., 최현무 역, 『바흐젠 : 문학사회학과 대화이론』, 까치, 1987.

Tomachevski, 「Thematique」, Theorie de la litterarture, Eds du seuil, 1965.

Traugott & Pratt, 「Analysing Discourse」, Linguistics for Students of Literature, 1980.

Wheelwright P., Metaphor & Reality, Indiana Univ. Press, 1962.

Widdowson, 「Literature as Discourse」, Stylistics and the Teaching of Literature, 1975.

제 2 부

서정성의 변용과 담론

박용철 시론의 변용적 의미

Ⅰ. 머리말

1930년대 초두 우리 시단의 방향성이 순수시운동에서 찾아지고 있음은 주지의 사실이다. 즉 30년대의 한국 시단은 전시대의 문예사조 혼류와 서구시 경험을 반성하고, 계급주의와 민족주의 등 이데올로기 문학으로부터 탈피함으로써 시의 본질에 도달하고자 했던 시인들의 개별적 각성과 인식의 확산에 의해서 형성되었다고 볼 수 있다.

龍兒 박용철은 시문학파의 일원으로써 이러한 순수시운동을 주도하였던 시인이다. 그는 모든 기교나 이데올로기를 배격하고, 시를 미적 가치의 추구 대상으로 보는 예술적 심미적 태도를 견지한 시문학파 시인들에게 이론적 배경을 제공하였다. 따라서 그리 길지 않은 문학적 연륜에도 불구하고 박용철은 시인이자 시론가로서 우리 문학사에서 자신의 영역을 확보하고 있으며, 관심의 대상이 되고 있는 것이다. 박용철에 대한 문학사적 관심의 이유는 김윤식교수의 다음과 같은 평가에서 잘 보여지고 있다.

첫째, 시문학파의 옹호와 관련된 탁월한 시론의 전개

둘째, 『시문학』, 『문예월간』, 『문학』 등 순문예지를 발간 주재하면
　　　서 문학의 본질과 함께 시대를 파악했던 뛰어난 안목

셋째, 외국의 작품과 문학이론의 번역 소개를 통한 한국 문학에의
　　　기여

넷째, 시작활동을 통한 순수시의 표방[1]

　물론, 이상의 이유를 가감없이 긍정할 수 있는가 하는 데에는 이론의
여지가 있을 수 있다. 가령 김명인은 박용철의 제반 문학활동이 소수의
분파주의에 머물렀음을 지적하고, 그의 시론 역시 그 실천에 있어서는
오히려 현실과의 괴리와 갈등구조를 심화시킨 것으로 파악한다.[2] 그러
나 박용철의 문학적 성과에 대한 평가가 얼마간 상반된 거리를 갖고 있
음에도 불구하고, 박용철에 관한 대다수 연구들의 출발점이 위의 이유
를 전제하고 있다는 점 또한 사실이다.

　1920년대의 문단이 계급주의 이데올로기와 민족주의 이데올로기의
입장에서 그 시대의 요청사항이 무엇이었나를 파악하려는 定論性에만
급급하여 예술의 특성을 스스로 축소하였던데 반해, 『시문학』의 등장
이 문학에서 이데올로기를 반성케한 하나의 구심점이었다고 한다면[3],
이러한 반성 운동의 일환이었던 30년대의 순수시운동[4]과 그 방향성을

---

1) 김윤식, 「서구문학의 비평과 딜레탕티슴」, 『근대한국문학연구』(일조사,
　　1973), pp.332~335.
2) 김명인, 「순수시론의 환상과 현실」, 『어문논집』 제22집(고려대 국어국문학
　　연구회, 1981).
3) 김명인, 앞의 책, p.238.
4) 1930년대에 순수시 또는 순수문학이 대두하게 된 요인은 대체로 다음과 같
　　이 설명된다.
　　① 일제의 문화정치 종식과 만주사변 이후의 공포정치는 지식인의 사상·사
　　고 및 언론을 통제하여 시인들로 하여금 현실과 거리가 먼 심미적 문학세
　　계로 빠져들 것을 강요하였다.
　　② 계급주의나 민족주의의 목적성과 도식성을 탈피한 세련된 문학을 요구

제시한 것으로 평가될 수 있는 박용철의 순수시론은 결코 과소 평가될 수 없을 것이다.

지금까지 이루어진 박용철 연구는 크게 두 갈래로 나눌 수 있을 것 같다. 그 첫째는『시문학』지와 박용철과의 관계, 나아가서 이들의 시사적 의의에 관한 연구이다. 이에 대해서는 그 동안 여러 사람에 의해서 논의되어 왔다. 그 가운데서도 김용직의 「시문학파연구」[5]와 김윤식의 「용아 박용철 연구」[6]는 괄목할 만한 업적들로, 전자가 박용철이 주재했던『시문학』지를 중심으로 한 시문학 동인에 대한 종합적 연구라면, 후자는 박용철의 시를 위시한 문단활동의 전반을 고찰한 것이라 할 수 있다.

둘째는 박용철의 시와 시론에 대한 분석적 연구이다. 정태용[7]과 김학동[8]이 박용철 시를 주제와 기법면에서 분석하였다면 한계전[9], 김명인[10], 김진경[11], 정종진[12] 등의 연구는 박용철 시론의 실체에 대한 파악을 그 목적으로 하였다. 한계전은 하우스만과 박용철의 시론을 비교하고 창작과정의 시론, 페러프레이즈 反論, 형이상학파시 비판 방법론의

하는 인텔리 독자층과 문학을 전공한 전문적 문인의 출현으로 인해 예술성이 강조된 시작품이 창작되었다.
③ 모국어의식의 고조에 의한 시어의 재발견 노력과 저널리즘의 양적 팽창으로 인해 대중문학과 구별되는 순수문학이 요청되었다.

5) 김용직, 「시문학파연구」,『한국현대시연구』(일조사, 1974).
6) 김윤식, 「용아 박용철 연구」,『학술원논문집』제9집(1970).
7) 정태용,『한국현대시인연구·기타』(어문각, 1976).
8) 김학동,『한국현대시인연구』(민음사, 1977).
9) 한계전,『한국현대시론연구』(일지사, 1983).
 _____, 「용철에 있어서 하우스만 시론의 수용」,『관악어문연구』2집(서울대, 1977).
10) 김명인, 앞의 책.
11) 김진경, 「박용철 비평의 해석학적 과제」,『선청어문』제13집(서울사대, 1982).
12) 정종진,『한국현대시론사』(태학사, 1988).

측면에서 그 영향 관계를 설명하였다. 김명인은 E. A. 포우의 심미주의 문학관에서 박용철 순수시론의 근거를 찾고 있으며, 김진경은 해석학적 관점에서 초기 시론의 문제점을 지적하였다. 한편 정종진은 전형기 예술파 시론이라는 테두리 속에서, 박용철의 유기체 시론이 김환태, 김문집의 시론을 선도하였음을 주장하였다.

본고에서는 박용철 시론의 핵심이 '先詩的 體驗'과 '辯說以上'에 있음을 주목하고자 한다. 이러한 선시적 체험과 변설이상의 의미는 그의 시론에서 보여지는 전통지향성과 서구시론의 수용 양상을 밝혀봄으로써 추출될 수 있을 것이다. 박용철 시론은 한 마디로 '선시적 체험'을 '변용'시킨 것이 시이고, 그 시적 변용의 기준은 '변설' 이상이어야만 한다는 것으로 요약된다. 그의 시론의 이러한 핵심적 요소들은 그의 마지막 시론인 「시적 변용에 대해서」(1938)에 이르기까지 끊임없는 탐구의 대상이었던 것이며, 시작품으로 변용되어야 할 자아의 실체였다고 보여진다. 따라서 필자는 박용철의 시작품과 비평문을 텍스트로 하여 그의 시론의 성립배경과 본질, 아울러 그 변용적 의미를 고찰하고자 한다.

Ⅱ. 심미적 문학관의 형성배경

1. 동양미학적 요소

지금까지 박용철 시론의 정체를 밝히고자 한 일련의 연구들은 거의 대부분 E. A. 포우, A. E. 하우스만, R. M. 릴케 등의 서구시론과의 영향 관계에 그 초점을 맞춰 왔다. 물론 곳곳에서 이들 시론의 흔적을 엿볼 수 있음이 사실이고, 이들 시론에 대한 수용의 측면을 떠나서는 박용철 시론에 대한 완전한 규명이 불가능하다는 점 또한 명백하다 할 수 있다. 그러나 그의 시론에서 보여지는 '先詩'나 '無名火'라는 용어가 다분히 도교적인 색채를 띠고 있으며, 또한 영랑시를 시적 변용의 전범으로 삼고자 했다는 점에서 우리 전통시의 서정 정신과 맥락이 닿고 있기도 하다. 즉 그의 심미적 문학관은 서구 낭만주의 유기체시론의 심미적 경향뿐만 아니라 동양적 예술관, 특히 道家의 형이상학적 측면을 강하게 내포하고 있다고 보여진다.

박용철의 시론은 표면상으로는 유기적 생명론에 닿아 있고, 실상은 플라톤적 모방론에 근거해 있다는 김윤식의 언급[13]은 그의 의도와는 달리 오히려 박용철 시론에 대한 도가적 이해의 단초를 제공하고 있는 것 같다. 플라톤이 『이상국』 제10편에서 예술적 모방 행위를 맹렬히 비난하였던 것은 그의 예술관이 초월적 형이상학론에 입각해 있었기 때문이다. 결국 김윤식의 논평은 박용철의 시론이 형이상학에 바탕하고 있음을 주장하는 것이고, 따라서 동양에서 형이상학적 측면을 가장 강하게 드러내고 있는 도가사상과 연결시켜 볼 수 있기 때문이다.

儒家가 '人爲'를 선으로 보는 인간중심 사상이라고 한다면, 道家는 '無爲'를 선으로 보는 자연중심 사상이라 할 수 있다. 특히 도가사상은 老子에 의해서 보다 높은 형이상학적 차원에 이르게 된다. 노자는 '道'를 사유의 극치로 끌어올리고, '無'의 개념을 최초로 도입함으로써, 우주 사물들의 변화를 다스리는 불변의 법칙을 마련코자 하였다. 이 법칙을 이해하고 인간의 행동을 이 법칙에 맞추게 되면, 모든 것을 인간에게 이롭게 할 수 있음을 밝히고자 한 것이다.

---

13) 김윤식, 『한국근대문학사상연구1』(일지사, 1984).

道可道 非常道 도를 도라고 할 수 있으면 영원한 도가 아니며
名可名 非常名 이름할 수 있는 이름도 영원한 이름이 아니다.
無名 天地之始 무명은 천지의 시작이며
有名 萬物之母 유명은 만물의 어머니다.[14]

이는 본체로서의 도와 현상으로서의 도를 말하고 있는 것이다. 노자
는 본체의 도인 '常道'를 현상의 도인 '可道'보다 중시하고 있다. 현상은
'名'의 것들로 나타나지만, 본체는 '名'으로 나타나지 않는다. 그러므로
무명이 본체의 도를 말함이며 유명은 현상의 도를 말함이다.[15] 老子의
이러한 본체론적 도의 개념은 박용철의 존재로서의 시론과 무관하지
않은 것으로 보인다.

시라는 것은 시인으로 말미암아 창조된 한낱 존재이다. 조각과
회화가 한 개의 존재인 것과 꼭 같이 시나 음악도 한낱 존재이다.
거기에서 받은 인상은 혹은 비애·환희·우수, 혹은 평온·명정,
혹은 격렬·숭엄 등 진실로 추상적 형용사로는 다 형용할 수 없는
그 自體數대로의 無限數일 것이다. 그러나 그것이 어떠한 방향이든
시란 한낱 高處이다. 물은 높은 데서 낮은 데로 흘러 나려온다. 시의
심경은 우리 일상생활의 수평 정서보다 더 고상하거나 더 우아하거
나 더 섬세하거나 더 激越하거나 어떻든 「더」를 요구한다. 거기서
우리에게까지 그 「무엇」이 흘러 「나려와」야만 한다 (그 「무엇」까지
를 세밀하게 규정하려면 다만 편협에 빠지고 말 뿐이나).[16]

위의 인용문은 박용철의 최초 시론인 「시문학 창간에 대하야」의 일
부이다. 여기에서 시란 한낱 '존재'일 뿐이며, 물을 흘러 보내는 '高處'

---

14) 『老子』 제1장
15) 윤재근, 『시론』(둥지, 1990), pp.170~171.
16) 『박용철전집』 2, p.143.

일 뿐이다. 그렇다면 존재로서의 시는 바로 창조된 現詩인 것이며, 동시에 미래에 전달될 後詩인 것이다. 그러나 존재로서의 시에서는 그 무엇이 흘러 내려와야만 한다. 그 '무엇'이란 무엇인가? 바로 "다 형용할 수 없는 그 자체수대로의 무한수"인 것이며, 곧 先詩的인 것이다. 또한 그 선시적인 것이 무어라 이름(名)할 수 없는 본체를 의미한다는 점에서 노자의 '常道'와 상통하고 있는 것이다.

이러한 도가적 취향은 박용철의 마지막 시론인 「시적 변용에 대해서」에 이르러서는 '無名火'의 개념으로 확산되고 있는 바, 무명화는 선시적 체험의 시적 변용을 이끌어 가는 원형적 질료라고 볼 수 있다. 이에 대해서는 다음 장에서 좀더 구체적으로 검토하기로 하되, 우선적으로 우리가 발견할 수 있는 사항은 이러한 간략한 대비만으로도 박용철의 시론이 단순히 서구의 심미주의적 문학관의 수용에 의해서만 형성된 것이 아니라, 동양미학, 특히 도가적 사유방식에 그 근저를 두고 있다는 점이다.

박용철의 심미적 문학관에서 보여지는 또 다른 동양미학적 요소는 김영랑을 위시한 시문학파 시인들과의 관계에서도 찾을 수 있다. 박용철이 주재한『시문학』창간호에는 김영랑, 정지용, 이하윤, 정인보 등이 동인으로 참가하였으며, 2호에는 변영로와 김현구가 가세하고 있다. 이중 정인보와 변영로의『시문학』참가는 박용철과의 연희전문학교 인연으로 이루어진 것이다.17) 특히 정인보와 박용철은 사제지간이었던 까닭에, 중국에서 동양학을 전공했던 국학자 정인보에게서 박용철은 동양학과 한시, 시조에 대한 견식을 넓히게 되었다.18) 이러한 영향성이 그

---

17) 이하윤, 「박용철의 변모」『현대문학』(1962. 12), p.231 참조.
18) "용아의 문학은 시조로 시작되었다 함이 정당할 것이다. 위당의 영향으로 인하여서도 벗은 시조와 시를 한 시대에 같이 하여 왔었는데……"
    (김영랑, '인간 박용철',『조광』5권 12호, 1939. 12, p.318.)

의 시작 과정에서 드러나고 있는 바,『박용철시집』제4부가 시조와 한 시로 구성되어 있으며, 대부분 초기에 씌어진 이들 작품에 대해서 스스로 '習作'이라 이름하고 있음은 그의 문학 정신의 뿌리가 어디에 있었는가를 짐작하게 한다.

또한 박용철의 순수시론은 김영랑의 시를 전범으로 하여 그 이론적 틀을 형성한 것으로 이해된다. 박용철은 평론을 통해서 한결같이 영랑의 시를 높이 평가하였고, 심지어는 자작시의 대부분을 영랑과 상의하려고 애썼다.[19] 본래 수학을 전공하였던 박용철이 문학의 길로 들어선 것은 "윤식이가 나는 오입을 시켰다"[20]는 그의 진술에서 보이듯이 영랑의 권유에 의한 것이었다. 따라서 서구이론에 영향받기 이전 박용철의 문학 행위의 출발선이 영랑에서 비롯되었다고 할 때, 영랑적 요소가 박용철의 문학관에 유형·무형으로 투사되었다고 볼 수 있는 것이다.

박용철은『영랑시집』을 해설하는 자리에서 키이츠의 "아름다운 것은 영원한 기쁨이다"라는 구절을 신조로 삼고 있는 영랑의 시를 서정주의의 극치라고 평가하면서, 영랑시의 핵심을 유미주의라고 단정한 바 있다.

> 그는 唯美主義者다 …… (중략) …… 그는 不自由·貧窮 가튼 물질적 현실생활의 체취, 작품에서 추방하고 될 수 있는 대로 純粹한 感覺을 추구한다. 그는 의식적으로 언어의 華奢를 버리고 시에 形態를 부여함보다 떠오르는 香氣와 같은 자연스러운 호흡을 살리려 한다.[21]

이는 영랑의 시에 대한 감상으로서의 해설이지만, 의미있는 감상이

---

19) 김명인, 앞의 글, p.245.
20) 김영랑, '후기',『박용철전집』1, p.746.
21)『박용철전집』2, pp.106~107.

란 결국 비평의식에 의해 가능한 것이기에, 이를 통해 박용철 자신의 문학관 역시 유미주의에 바탕하고 있음을 알 수 있다. 박용철의 이러한 심미적 문학관은 『시문학』 3호의 편집후기에서 적나라하게 드러난다.

> 美의 추구……우리의 감각에 녀릿녀릿한 기쁨을 일으키게 하는 자극을 전하는 美, 우리의 심회에 빈틈없이 폭 들어 안기는 感傷, 우리가 이러한 시를 추구하는 것은 현대에 있어 흰 거품 몰려와 부디치는 바위 위의 古城에 서 있는 감이 있습니다. 우리는 조용히 걸어 이 나라를 찾아볼까 합니다.22)
> 이는 전시대부터 이어져 온 계급주의와 민족주의, 그리고 기교주의 논쟁이라는 1930년대의 문학적 현실 속에서 순수한 서정으로서의 미의 추구가 "고성에 서 있는" 것 같이 위험하고 외로운 작업임을 토로하고 있는 것이다. 시인이 이러한 순수서정의 세계에 몰입하게 될 때, 시는 자연히 절대적이고 개성적인 미의 세계에 경도되지 않을 수 없게 된다.23)

우리는 이 두 편의 글에서 박용철 문학관의 심미적 경향을 살필 수 있다. 이는 박용철이 영랑의 작품을 통해서 시론의 입각점을 찾았으리라는 것을 암시하는 것이며, 그러기에 "너 참 아름답다. 거기 멈춰라고 부르짖는 한 순간을 표현하기 위하야, 그 감동을 언어로 변형시키기 위하야 그는 捨身的 노력을 한다"24)고 한 영랑에 대한 평가에는 그가 시도한 순수시론의 중점이 그대로 반영되어 있게 된다. 요컨대, 김영랑을 유미주의에 결합시켜 평가한 박용철의 태도는 바꾸어 말하면 그의 시론의 바탕이라 할 수 있으며, 영랑시는 박용철 시론의 형성에 계기적인

22) 『시문학』 3호(1931), p.32.
23) 김 훈, 「박용철의 순수시론과 기교」, 『한국현대시사연구(정한모박사화갑기념논총)』(일지사, 1983), p.247.
24) 『박용철전집』 2, p.108.

단초를 제공하였다고 생각된다.

2. 서구의 심미주의 문학론 수용

박용철 시론의 형성에 가장 직접적으로 작용한 요소는 서구의 심미주의 문학론이라 할 수 있다. 번역시 및 시론이『박용철전집』에서 가장 많은 지면을 차지하고 있다는 사실과, 385편의 번역시가 주로 19세기 낭만주의 시인들의 심미적이고 애상적인 서정시라는 점은 그의 문학적 관심의 방향과 영향성을 대변하고 있다. 따라서 번역시의 수준적 고하를 따지기 이전에, 이들 번역시의 심미적 태도나 서정주의가 박용철의 시론 형성에 자양분으로 작용하였을 것이고, 자연히 이들 번역시의 바탕을 이루고 있는 서구 문학이론은 박용철에 내재된 동양미학적 관심과 상호 감응하였던 것으로 보여진다. 이러한 점 때문에 그의 시론은 외래성과 전통성의 조화를 추구[25]하고 있으며, 그의 시 역시 19세기초의 낭만주의를 그 주조로 하고 있으면서도 서구적인 영원과 신비에 찬시를 지향한 것이 아니라, 한국적인 영탄 정신과 현실주의에 젖어 있다[26]는 평가를 받아 왔다.

『박용철전집』에서 거명되고 있는 외국 이론가로는 E. A. 포우, A. E. 하우스만, R. M. 릴케 세 사람이 있다. 물론 박용철이 그들에 대해 언급하였다고 해서 직접적인 영향 관계로 파악하고자 하는 것은 섣부른 오류를 범할 수 있는 위험성을 내포하고 있지만, 그러나 포우와 하우스만의 경우 그들의 이론이 박용철의 시론과 실증적으로 대비된다는 점에

---

25) 양혜경, 「박용철 시론의 전통지향성 연구」,『동아어문논집』 3(동아대, 1993), p.114.
26) 김명인,『한국근대시의 구조연구』(한샘, 1990), p.209.

서 중요한 의미를 띤다고 하겠다.

박용철의 시론에 보여지는 포우의 영향성에 대해서는 앞에서 언급한 김명인의 논문에서 거의 유일하게, 그리고 본격적으로 다루어진 바 있다. 본고에서는 김명인의 논지를 바탕으로 하되, 여기에 몇 가지의 실증적인 측면들을 첨언하고자 한다. 포우는 영어권에서 심미주의적 견해를 제창한 최초의 비평가로 알려져 있거니와, 그의 문학론은 예술을 위한 예술 및 순수시의 기본적 관념을 예기케 한다.[27] 포우의 이러한 시론이 박용철에게 영향을 주었으리라는 점은 그들의 시론을 대비하지 않더라도, 박용철이 영랑에게 자신의 시 「부엉이 운다」의 작시 과정을 설명한 편지[28] 속에도 드러난다. 여기에서 박용철은 「부엉이 운다」를 창작할 때 포우의 「까마귀」를 참고하고자 했음을 말하고 있다. 「까마귀」는 포우의 문학이론서인 『시작원리』[29]에 그 작시 경위와 함께 실린 작품으로써, 박용철이 비록 불완전하게나마 이 책을 읽었으리라는 점을 짐작하게 한다.

「시문학 창간에 대하야」(1930), 「辛未 시단의 회고와 비판」(1931), 「효과주의적 비평론강」(1931)에는 박용철의 초기 시론이 피력되어 있다. 여기에서 박용철이 강조하고 있는 것은 시를 조각, 회화, 음악 등과 같이 일종의 객관적 '존재'로 보는 이른바 순수시적 관점이다. 시를 객관적 존재로 본다는 것은, 일차적으로 시에서의 어떠한 이데올로기적 요소도 불순한 것으로 간주 배격해야 하며, 아울러 시의 심미적 예술성을

---

27) R. V. Johnson, 이상옥 역, 『심미주의』(서울대 출판부, 1979), p.80.
28) "六年冬(1926년 겨울)에 초잡힌 것을 이제야 맨들었네. 3에서 부엉이 우름 부엉이 우름 해 봤으나 통일시키는 것이 나을 듯 해서 전부를 부엉이 우름 으로도 해보고 싶지마는 너무 절박할 것 같데. Poe의 鴉는 nevermore에, Leonore로 韻을 마처서 공포의 효과를 얻었다고 하데마는 첫머리만 읽어 본 일이 있으나, 이 시를 맨들기 전에 전부를 참고할랴든게 이루지 못했네." (『박용철전집』 2, p.340.)
29) E. A. Poe, 「The Poetic Principle」, Poems & Essays, 1948.

추구하는 입장이다.

> 시의 가치는 거기에 담긴 교훈에 따라 판별되는 것이 아니라, 시
> 자체만을 위해서 판별된다. …… 시는 그 자체에 있어서의 시, 오직
> 시일 뿐 그 이상의 아무 것도 아니며, 단순히 그 시 자체를 위해 쓰
> 인 시보다 더 완벽한 존엄성이 있고, 더 고귀한 시는 존재하지 않을
> 뿐더러 존재할래야 할 수도 없다. …… 교훈은 시의 진정한 목표에
> 이바지 해야 하고, 그 목표는 아름다움을 명상하는 가운데 우리의
> 영혼을 흥분시키는 것이며, 아름다움에 대한 갈망은 곧 인간이 영
> 원한 존재의 결과인 동시에 그 증거이기도 하다.[30]

위의 인용문에서 우리는 포우의 논지를 세 가지로 요약해 볼 수 있
다. 첫째, 시의 가치는 교훈성에 있지 않다는 것이고 둘째, 시는 그 자체
에 있어서의 시일뿐이며 셋째, 시의 진정한 목표는 아름다움에 대한 갈
망에 있다는 것이다. 이러한 포우의 입장이 박용철 시론에서는 '변설이
상', '한낱 존재', '미의 추구' 등으로 나타난다. 이는 결국 박용철의 존
재로서의 시론이 포우의 심미적 문학관으로부터 심대하게 영향받았음
을 의미하는 것이며, 그에 있어서의 시란 "존재라는 것, 그것은 일상적
정서로부터 분리된 특수한 느낌, 예외적인 순간에서 다루어진다는 것,
그리고 분석을 거부하는 감상자의 입장에서만 접근될 수 있다는 것"[31]
등으로 설명되어진다. 이러한 존재론적 시론을 대변하는 대표적 자작
시가 「떠나가는 배」이다.

> 나 두 야 간다
> 나의 이 젊은 나이를
> 눈물로야 보낼거냐

---

30) 위의 글, pp.95~97.
31) 김명인, 앞의 글(1981), p.251.

나 두 야 가련다

안윽한 이 항구ㅡㄴ들 손쉽게야 버릴거냐
안개가치 물어린 눈에도 비쳐나니
골잭이마다 발에 익은 뫼ㅅ 부리모양
주름쌀도 눈에 익은 아ㅡ사랑하든 사람들

버리고 가는이도 못닞는 마음
쫓겨가는 마음인들 무어 다를거냐
돌아다보는 구름에는 바람이 회살짓네
앞대일 언덕인들 마련이나 잇슬거냐

나 두 야 간다
나의 이 젊은 나이를
눈물로야 보낼거냐
나 두 야 간다

ㅡ「떠나가는 배」 전문

이 시의 작시 동기를 박용철은 "꿈같이 드러누운데 어쩐지 눈물 흘리며 떠나가는 배가 보이네. 그저 떠나가는 배일 뿐이야. 그래 그대로 풀어놓은 것이 그 시가 되었네. 잘잘못은 두고라도 성립의 과정은 상징의 본격이야"[32]라고 설명한다. 꿈과 같은 상황, 즉 환상적 세계 속에서 눈물 흘리며 떠나가는 배를 보았고, 그 환상을 그대로 풀어놓은 것이 이 시라는 것이다. 환상이란 무의식의 세계이고, 무의식 속에서는 인간의 자아가 대상이나 현상을 구속하려 하지 않는다. 자아로서의 '나'와 대상으로서의 '배'는 일정한 거리를 유지하며 서로를 관조할 따름이다. 즉, 이 시의 시작과 끝은 그 전체가 시인의 환상 속에 어느 한 순간 스

32) 『박용철전집』 2, pp.327~328.

쳐 지나간 선시적 체험으로서의 미적 영감이며, 글로 풀어놓은 상태에서는 하나의 존재일 뿐이기에, 그 작시 과정을 '상징의 본격'이라 할 수 있는 것이다. 여기에서 그의 심미주의적이고 존재론적인 시론의 일단을 확인할 수 있다.

박용철의 후기 시론, 즉 그의 발전된 순수시론은 하우스만과 릴케의 수용을 통해 이루어지게 되었다. 유일한 번역 논문인 하우스만의 「시의 명칭과 성질」[33]을 통해 박용철은 자신의 시론에 명석성을 부여한 것으로 생각되며, 논리 전개의 방법론을 깨우쳐 간 것으로 이해된다. 포우에 대한 강한 편향성을 보였던 박용철의 초기 시론은 시를 존재로 생각하는, 즉 시에서 심미적 예술성을 찾아내려는 소박한 낭만주의적 시관에서 크게 벗어나지 않았었다.

그러나 하우스만의 시론을 번역하고 난 이후의 후기 시론에서는 시의 창작 과정에 관해 논함으로써 좀더 체계적이고 발전된 이론적 틀을 보여주고 있는 바, 초기 시론이 감상자의 입장에서 씌어진 것이라면, 후기 시론은 창작자의 입장에서 씌어진 것이다. 그 후기 시론의 대표적인 비평문이 바로 「을해시단총평」(1935), 「기교주의설의 허망」(1936), 「시적 변용에 대하여」(1937) 등이다.

하우스만의 「시의 명칭과 성질」은 순수시 이론을 전개한 논문으로써 박용철이 종래에 생각하고 있던 정서 위주의 존재로서의 순수시론과 유사한 점이 많은 것이었다.[34] 가령, 시작의 성공은 "본능적 분별과 청각의 자연적 우수에 의거하는 것"이라거나 "시는 말해진 내용이 아니요, 그것을 말하는 방식이다", 또는 "의미는 지성에 속한 것이나 시는 그렇지 않다"라는 하우스만의 말[35]에서 박용철은 자신의 순수시론이 나아가야 할

33) A. E. 하우스만, 『박용철전집』 2, pp.51~75.
34) 김 훈, 앞의 글, p.247.
35) 『박용철전집』 2, p.60.

지향점을 확인하였다고 볼 수 있다. 즉, 하우스만의 시론이 정교한 감수성에 그 바탕이 있고, 삶에 대한 어떤 기준과도 무관한 것이라고 한다면, 그것은 박용철의 순수시론의 핵심과 맞닿아 있게 된다.

한편, 릴케에 대한 언급은 박용철의 시론 「시적변용에 대해서」에서 이루어진다. 그는 "시는 보통 생각한 것같이 단순히 감정이 아닌 것이다. 시는 체험인 것이다."고 한 릴케의 표현[36]을 빌어 시는 체험이며, 그리고 그 체험을 순수화시키는 기다림의 순화이고, 그 끝에 시가 탄생한다고 말한다. 그러나, 이것은 실상 릴케의 본질과는 무관한 것이며, 박용철의 순수시론의 핵심 또한 체험론에 있는 것은 아니다. 따라서 박용철 순수시론의 지속적인 바탕은 '미의 추구'로 결집된 심미적 편향성이라고 할 수 있으며, 이는 포우와 하우스만의 시론에서 그 연원을 찾음이 더 타당할 것이다.

Ⅲ. 순수시론의 변용적 의미

박용철의 시론을 가리켜서 우리는 흔히 순수시론, 존재로서의 시론,

---

36) 「시적 변용에 대해서」에 인용된 릴케의 말을 빌면, 시는 감정이 아니라 체험이지만, 체험만으로는 부족해서 온갖 일상사에 대한 기억이 있어야 한다고 말하면서 또다시 다음과 같이 이어간다.
"그러나 이러한 기억만으로도 넉넉지 않다. 기억이 이미 많아 질 때는 기억을 잊어버릴 수 있어야 한다. 그리고 그것이 다시 돌아오기를 기다리는 말할 수 없는 참을성이 있어야 한다. 기억만으로는 시가 아닌 것이다. 다만 그것들이 우리 속에 피가 되고 눈짓과 몸가짐이 되고 우리 자신과 구별할 수 없는 이름없는 것이 된 다음이라야 ─그 때에라야 우연히 가장 귀한 시간에 시의 첫말이 그 한가운데서 생겨나고 그로부터 나아갈 수 있는 것이다." (『박용철전집』, p.52.)

혹은 창작 과정의 시론, 변용의 시론이라 부른다. 앞의 두 가지가 시는 무엇인가라는 총론적인 물음에 대한 박용철의 입장을 대변하는 것이라고 한다면, 뒤의 둘은 시는 어떻게 씌어지는가에 대한 각론적 문제를 다루고 있다는 점에서 붙여진 명칭이다. 이렇게 이름하는 것은 그의 시론이 시의 교화적 기능을 배격하고 시를 하나의 존재로 인식하는 순수시 지향의 유기체시론이기 때문이며, 또한 시인으로부터 시가 탄생되는 과정, 즉 선시적인 것이 시적으로 변용되기까지의 과정을 다루고 있기 때문이다. 여기서 우리는 박용철이 의도한 순수시, '존재로서의 시'로의 변용이란 무엇이며, 어떠해야 하는가 하는 명제에 부딪치게 된다. 따라서 이에 대한 해명은 박용철 시론의 의미를 파악하기 위한 가장 본질적이고 궁극적인 작업이 될 것이다.

1. '先詩的 體驗'과 변용의 시론

어떠한 시이든, 시는 그것이 문자로 기록되어 독자에게 전달되기 이전부터 이미 시인의 내면 속에서 시의 모습을 갖추기 시작한다. 모방론적 관점에서든 표현론적 관점에서든 간에, 예술 행위의 한 분야로서, 문학의 한 장르로서의 시는 시인의 창작 과정을 거쳐 나오기 때문이다. 이러한 시 이전의 것을 '선시적'인 것이라 한다면, 그것이 시인과의 관계 속에서 어떻게 작용하는가에 따라서 각각의 시는 서로 다른 모습으로 구체화되는 것이다. 예컨대, 선시적인 것의 표출이 직접적인가 형상적인가에 따라서, 혹은 그것이 정서에서 배태된 것인가 이성에서 배태된 것인가에 따라서 그 창작물은 낭만시, 주지시, 서정시, 사회시 등 여러 모습으로 나타나게 될 것이다. 그렇다면 박용철에 있어서 선시적인 것과 그 변용의 문제는 어떠한 의미망을 갖고 있는가. 그 실마리는 '선시적'이란 용어가 직접적으로 등장한 비평문 「시적 변용에 대해서」에서 찾아진다.

> 靈感이 우리에게 와서 시를 잉태시키고는 수태를 告知하고 떠난다. 우리는 처녀와 같이 이것을 경건히 받들어 길러야 한다. 조금이라도 마음을 놓기만 하면 消散해버리는 이것은 鬼胎이기도 하다. 완전한 성숙이 이르렀을 때 胎盤이 회동그란이 돌아 떨어지며 새로운 창조물 새로운 개체는 탄생한다.
> ······ (중략) ······
> 羅馬古代에 성전가운데 불을 貞女들이 지키던 것과 같이 은밀하게 작열할 수도 있고 연기와 화염을 품으며 타오를 수도 있는 이 無名火 가장 조그만 감촉에도 일어서고, 머언 향기도 맡을 수 있고, 사람으로서 우리가 아무 것을 만날 때에나 어린 호랑이 모양으로 미리 怯함없이 만져보고 맛보고 풀어볼 수 있는 기운을 주는 이 無名火, 시인에 있어서 이 불기운은 그의 시에 앞서는 것으로 한 先詩的인 문제이다.[37]

시를 체험이라고 했던 박용철은 그 체험을 무명화의 개념으로 확산시켜 선시적인 문제로 다루고 있다. 여기에서 우리는 다시 老子의 道의 개념을 떠올려 볼 필요가 있다. "영감이 우리에게 와서 시를 잉태시키고는 수태를 고지하고 떠나"는 체험은 황홀한 미적 체험이며, 그리고 이 황홀한 상태는 노자에게 있어서 도의 경지이다.

> 道라는 것은 황홀할 뿐이다. 황홀한 그 속에 모든 물상이 있고, 황홀한 그 가운데 사물이 있다.
> (道之爲物 惟恍惟惚 惚兮恍兮 其中有象 恍兮惚兮 其中有物)[38]

---

37) 『박용철전집』 2, pp.8~10.

노자가 지적한 황홀의 경지란 일상적인 것이 아니라, 절대의 생각에 이르렀을 때 그 절대의 것에 순종하는 마음의 상태에 속한다. 이러한 황홀은 실존에서 벗어나야만 가능하다는 점에서, 결국 존재의 문제로 귀결된다. 노자는 존재의 문제를 유·무의 관계 속에서 파악한다. "천지의 모든 것은 유에서 생하고 그 유는 무에서 생한다.(天地萬物生於有生於無)"39)라고 하여 모든 사물의 존재양상을 유·무의 개념으로 수렴하고 있다. 말하자면, 있는 것(有)만을 인정하는 것이 아니라, 없는 것(無)까지 포함해서 유무의 상호 관계에서 인정해야 道가 내포하고 있는 존재성에 접근할 수 있는 것이다.40) 이에 비추어 볼 때, 박용철이 시를 '한낱 존재'라고 한 것은 유로서의 존재를 말함이며, 그것이 무로서의 존재인 선시적 체험으로부터 잉태됨을 인식하였던 것으로 볼 수 있다.

앞 장에서 언급하였던 無名天地之始요, 有名萬物之母라 함은 박용철의 위의 인용문과 상통하고 있다. 이름할 수 없는(無名) 영감으로부터 시는 잉태하는 것이요, 시인의 産苦를 거쳐 창조된 시는 그 존재를 이름할 수 있는(有名) 만물과 같은 것이다. "가장 조그만 감촉에도 일어서고", "머언 향기도 맡을 수 있고", 사람으로서 우리가 아무 것이나 "만져보고 맛보고 풀어볼 수 있는" 기운을 주는 無名火는 노자의 도에 있어서 무명의 개념과 다름 아닌 것이다.

한편, 박용철의 시론은 원론적인 것에 입각해 있고, 사회의식이나 시대의식의 배제, 순수성과 先詩的인 자리를 마련하는 데 그 특색이 있다. 시가 짓는 기교보다는 '속의 덩어리'에서 나온다고 한 박용철의 말은 기교 이전의 상태, 곧 정서의 중요성을 각성한 것으로 보여진다. 이러한 先詩的인 것으로서의 그의 정서의 본질은 하우스만의 창작 과정에

---

38) 老子, 『도덕경』 21장.

39) 위의 글, 40장.

40) 윤재근, 앞의 글, p.73.

대한 시론과 대비되어야만 명백해질 수 있는 것이다.

> 내 생각에는 詩의 산출이란 제 1단계에 있어서 능동적이라는 것
> 보다 오히려 수동적 非志願的 과정인가 한다. 만일 내가 시를 정의
> 하지 않고 그것이 속한 사물의 種別만을 말하고 말 수 있다면, 나는
> 이것을 分泌物이라 하고 싶다. 縱나무의 樹脂같이 자연스런 분비물
> 이던지 貝母속에 진주같이 현명하게 그 물질을 처리했다고 할 수는
> 없으나, 나는 내가 조금 건강에서 벗어난 때 이외에는 별로 시를 쓴
> 일이 없다. 作詩의 과정 그것은 유쾌한 것이지마는 一般으로 불안하
> 고 피로적인 것이다.[41]

이는 하우스만 시론의 기본 입장으로써, 작시상의 비밀을 재현시킨
창작 과정으로서의 시론이라 할 수 있다. 하우스만의 이러한 기본 입장
은 박용철의 「시적변용에 대해서」에 나타난 시론 발상과 밀접한 유사
성을 보여준다. 박용철에 의하면, 시에 앞서서 닦아지는 경험의 순수화
에 대한 기다림과 참을성, 즉 '先詩的 체험'은 새로운 창조물로서의 시
의 모체가 되며, 이 필연성의 변용에 의하여 시를 탄생시킬 수 있다는
것이다.

> 흙 속에서 어찌 풀이 나고 꽃이 자라며 버섯이 생기고? 무슨 솜씨
> 가 피 속에서 시를, 시의 꽃을 피여나게 하느뇨? 變種을 만들어 내는
> 園藝家 하나님의 다음가는 創造者. 그는 실로 교묘하게 배합하느니
> 라. 그러나 몇곱절이나 더 참을성 있게 기다리는 것이라! [42]

하우스만과 박용철은 시가 의도적으로 만들어지는 것이 아니며, 시

---

41) A. E. 하우스만, 앞의 글, p.72.
42) 『박용철전집』 2, p.4.

의 창작이 자연적 생리적 성격을 지니고 있다는 점에서 일치한다. 시 창작이 어떤 의도성이나 목적성에 좌우될 수 있는 것이 아니며, 생명의 수태를 기다리듯이 오직 참을성있는 기다림에 의해서만 가능하다는 박용철의 논리는 하우스만의 '수동적 비지원적 과정'에 대한 해설이다. 결국 시의 창작 과정에 있어서 기교보다 우선하는 것이 하우스만의 '분비물'이라 한다면, 박용철에 있어서는 '피'이다. 피란 곧 우리의 영혼이나 정신을 의미하는 것이기에, 박용철은 모든 체험이 '피 가운데'로 용해되며 그 피 속에서 '시의 꽃'이 피어난다고 한다.

하우스만과 박용철 시론은 공통적으로 시의 방법론보다는 시의 원형으로서의 정신적 定向을 밝히는 데에 더 관심을 두고 있으며, 그 구체적인 근거를 詩作의 진통으로서의 선시적 체험에서 찾는다는 점에서 유사성을 보여준다. 시는 송진이나 조개 속의 진주와 같은 '분비물'이며 시가 태어나는 곳을 '위의 명치'라고 한 하우스만의 관념이 박용철에 와서는 '영혼'과 '피'로 치환되어 있으며, 이는 다시 '속의 덩어리'로 표현된다. 즉 박용철 시론에서 볼 수 있는 '덩어리 → 영혼 → 피'로서의 변이란, 하우스만에서의 '덩어리 → 영혼 → 위의 명치'와 서로 밀접하게 대응되는 관계라 볼 수 있다. 그러나 이것은 어떤 사상의 덩어리가 아니라, 일종의 정서의 덩어리라는 점에서 상징주의 시론이나 모더니즘 시론과는 상당한 거리에 있음을 알 수 있다.[43]

'선시적 체험'이 이처럼 존재로서의 시를 가능하게 하는 원형질, 즉 常道라 부를 수 있는 無名의 것이며, 그것이 시 이전의 생명적 또는 생리적 현상으로서의 정서를 가리킨다면, 박용철 시론에 있어서 시적 변용의 의미는 무엇이며 어떻게 이루어지는 것인가?

---

43) 한계전, 앞의 글(1977), pp.59~60 참조.

기묘한 配合 考案 技術 그러나 그 위에 다시 참을성있게 기다려야
되는 變種發生의 챈스.[44]

　이는 박용철이 시 창작 과정의 마지막 단계를 설명하는 말이다. 언뜻
선시적 체험의 시적 변용이 기교에 의해서 이루어짐을 말하는 것 같다.
그러나 사실은 시의 기교를 중시한다기보다 '기다림'을 중시하고 있다.
체험의 변종, 그것은 곧 변용이 이루어진 現詩인 것이며, 이러한 변종
발생의 챈스는 의도적인 기교나 목적에 의해서 만들어지는 것이 아니
라, 참을성있는 기다림 속에서 어느 한 순간에 찾아오는 것이다. 그러
므로 선시적 체험과 그 체험의 불길인 무명화에 의해 다시 시가 진전된
다는 '교호작용'으로서의 변용은 계기적이라기보다는 동시적으로 이루
어진다.
　또한 박용철에 있어서 시의 기교는 선시와 현시를 연결하는 매개물
이 아니라, 이미 선시적으로 내재되어 있는 체험의 방식이라 할 수 있
다. 「떠나가는 배」의 작시 동기를 스스로 설명하면서 시적 변용의 과정
을 '상징의 본격'이라 하였던 점은 바로 여기에서 기인한다. 따라서 박
용철 시론에서의 변용의 의미 역시 기교적인 것이 아니라 체험적인 것
이다. 즉 선시적 체험의 시적 변용이라는 것은 체험의 정서적 순화과정
이며, 그것이 자연의 법칙처럼 시로 전화되기 때문이다.
　릴케로부터 그 기본적인 의미를 차용하고, 하우스만에게서 논리 전
개의 근거를 도움 받은 박용철의 변용의 의미는 그러나 실제로는 그들
과 구분되는 면을 가지고 있다. 시를 체험의 변용이라고 할 때, 반 기독
교적 사상의 소유자인 릴케의 체험이 사회적 이성적인 것이라면, 靈感
으로 표현되는 박용철의 체험은 개별적 정서적인 것이다. 또한 형이상
학파 시에 대한 반박으로 제기된 하우스만의 시론이 "시는 말해진 내용

───────────────

44) 『박용철전집』 2, p.4.

이 아니요, 그것을 말하는 방식이다", "언어와 그 지적 내용 즉 의미와의 결연은 상상할 수 있는 가장 긴밀한 결합이다"[45]라 하여 변용 과정에서의 '기교'에 관심을 보이고 있다면, 박용철의 시론은 기교까지도 선시적 체험으로 포괄함으로써 오히려 형이상학적 성격의 일단을 보여준다. 이는 앞에서 제시한 바 있는 동양미학적 관심, 특히 도가적 소양과 그의 문학 활동 초기에 수용했던 포우의 영향성이 후기까지도 지속되고 있었던 까닭으로 생각된다.

2. '辯說以上'의 반이성·반기교주의

박용철 시론에서의 변용의 의미는 선시적 체험과 더불어 '辯說以上'을 통해서도 그 핵심적 요체가 파악된다. '변설이상'의 시론은 「을해시단총평」(『동아일보』 1935. 12. 25)으로부터 전개되는데, 이는 임화가 「담천하의 시단 일년」(『신동아』 1935. 12)에서 김기림, 정지용, 신석정류의 시를 기교주의라 비판한데 대한 반론으로 제기한 것이다. 동시에 임화가 주창한 계급문학으로서의 시란 시가 아니라 '변설'일 뿐이며, 시는 "특이한 체험이 절정에 달한 순간의 시인을 꽃이나 혹은 돌멩이로 정착시키는 것과 같은 언어 최고의 기능을 발휘시키는 길"이어야 한다고 논박한다.

또한 박용철은 변설과 대척점에 서 있는 것으로 생각할 수 있는 '기교'까지도 비판한다. 김기림의 기교주의가 대중과 영합하여 시를 경박한 수단 혹은 실험의 도구로 전락시키고 있음을 「기교주의설의 허망」(『동아일보』 1936. 3. 18)에서 지적하고 있는 것이다. 이런 점에서 '변설

---

45) 위의 글, p.60.

45) 위의 글, p.60.

45) 위의 글, p.60.

이상'은 반이성·반기교적 성격을 갖는, 박용철 나름대로의 순수시의 방향성과 시적 변용의 기준으로 제시된 것이라 할 수 있다. 그렇다면 '변설이상'은 그의 시론의 맥락 속에서 어떠한 의미로 작용하고 있는가?

> 현실의 본질이나 刻刻의 전이를 敏速 正確히 인지하는 것은 인간 일반에게 요구되는 이상이오 시인은 이것을 인지할 뿐 아니라 영혼의 가장 깊은 속에서 그것을 體驗하는 사람이어야 한다. 그러나 이 것까지도 思考者 일반에게 요구될 수 있는 것이요, 그 위에 한걸음 더 나아가 최후로 시인을 결정하는 것은 이러한 모든 깊이를 가진 자신을 한송이 꽃으로 한마리 새로 또는 한 개의 毒茸으로 변용시킬 수 있는 능력에 있다.[46]

위의 인용문은 "시인은 시대현실의 본질이나 그 각각의 세세한 전이의 가장 민첩하고 정확한 인지자이어야 하고 그것을 시적 언어로 반영 표현해야 한다"고 한 임화의 논지에 대한 반박이다. 박용철에 따르면 시대현실을 시적 언어로 반영 표현하는 것은 '설명적 변설'일 뿐이며, 이는 시인이 아닌 일반인이라도 가능하다. 이를 영혼 속에서 체험하고, 한 송이 꽃으로 한 마리 새로 변용할 수 있어야만 진정한 시인으로서 변설이상의 시를 창조할 수 있는 것이다. 따라서 시인은 "하느님의 다음가는 창조자"로써, 道의 경지에 이르러야 한다.

전술한 바 있지만 도가에서의 시, 즉 詩道라 함은 유명과 무명을 통한 본체로 이해된다. 도가에서의 시 표현은 그러므로 자연이며 자유이고 無爲인 것이며, 노자가 말한 '孔德之容'[47]의 容이라 할 수 있다. 용이

---

46) 위의 글, p.87.
47) 노자는 『도덕경』 21장에서 '孔德之容'으로 도를 설명하고 있는 바, '孔德'은 유·무의 상관을 통한 도의 해명이며, 동시에 그 해명이 바로 '容'으로써

란 멈추어진 모습이나 모양이 아니라 끊임없는 창조적 작용이기 때문이다. 또한 도가에서는 체험을 결정하는 것이 아니라, 체험의 가능성을 부단히 약속하여 변용하는 것을 시적 표현이라 보고 있다.48) 이러한 도가의 시관이 박용철의 시론과 일맥상통하고 있음을 긍정할 때, 박용철의 '변설이상'의 시란 有名만의 변설이 아닌 유명과 무명이 상통하는 자연 그대로의 것, 무위의 것이라 하겠다.

> 아름다운 辯說, 적절한 辯說을 누가 사랑하지 않으랴, 그것은 우리 인생의 기쁨의 하나다. 시가 언어를 媒材로 하는 이상 최후까지 그것은 일종의 辯說이라고 볼 수도 있다. 그러나 그것은 결정되고 응축되어서 그 가운데의 一語一語가 일상용어와 외관의 상이함은 없으나 시적 구성과 질서 가운데서 승화된 존재가 되어야 한다.49)

시를 순수예술로 보려는 생각은 시의 교화적 기능을 가장 완벽하게 배격한다. 임화의 시론이 "생활의, 현실의, 문제의 辯說"을 주창하는 내용우위론 시관이라 한다면, 「을해시단총평」에 나타난 박용철의 시론은 그 본질이 현실 생활과 시대 정신을 대변하는 데 있는 것이 아니라, "영혼의 가장 깊은 속에서 체험"한 것을 시적으로 여하히 변용시킬 수 있는가의 여부에 있는 것이다. 박용철의 이러한 변설이상의 시론은 하우스만의 "언어와 의미와의 긴밀한 결합"과도 일치되며, 하우스만 시론이 지니고 있는 '패러프레이즈 反論heresy of paraphrase'50)적 성격을 그대로

암시되고 있다. 노자는 容이란 황홀하고 그윽한 것이며, 그 속에 象·物·精·信이 있다고 한다.

48) 윤재근, 앞의 글, pp.89~90 참조.

49) 『박용철전집』 2, p.87.

50) 한계전은 「박용철에 있어서 하우스만 시론의 수용」에서 하우스만 시론의 성격을 C. Brooks의 용어를 빌어서 패러프레이즈반론에 해당한다고 규정한다.

보여주고 있기도 하다.

하우스만은 시 비평에서 想(내용)이 그리 중요한 요소가 아니라는 점, 또한 산문으로 표현하기에 너무 고귀한 진리란 있을 수 없다는 점, 그러므로 시에서의 내용은 시적 표현과의 긴장된 결합에 의해서만 이루어질 수 있다는 점[51] 등을 말하고 있다. 이는 패러프레이즈(辭說)에 대한 反論인 것이며, 이러한 영향성이 박용철의 임화에 대한 비판에서 극명하게 보여지고 있는 것이다.

한편 박용철의 변설이상의 시론은 역설적으로 기교주의에 빠지는 것도 경계한다. 이러한 태도는 김기림에 대한 비판에서 구체화되는데, 박용철은 선시적인 정신이 언어와 부딪치면서 표현의 가능성을 찾는 접합점으로서의 기교의 의미를 검증하고, 그것은 "수련과 체험의 축적의 결과 얻어지는 것"이라 하여 '기교'라는 용어를 '기술'로 대체할 것을 주장한다. 그에 의하면 기술은 "목적에 도달하는 도정으로서의 媒材를 구사하는 능력"으로 정의되는데, 그러한 기술은 선시적인 강렬한 충동이 있어야만 존재 의의를 갖는다. 따라서 예술 이전의 충동, 즉 영감의 잉태가 "완전한 성숙에 이르렀을 때 태반이 회동그란이 돌아떨어지며 새로운 창조물 새로운 개체가 창조"되게 되고, 이것이야말로 진정한 의미의 기술이라는 것이다.

결국 박용철은 인간 혹은 자연적 존재의 부분이나 모습을 변설적 전달이나 의도적 가공을 통해 변형시키는 것에 목표를 두는 것이 아니라[52], 선시적 체험이 변설 이상으로 변용된 시를 창조하고자 하였던 것이다. 이는 반이성·반기교의 시 지상주의적 자세이며, 그가 그토록 열망하였던 순수시론의 성과이자 동시에 한계라고 할 수 있다. 그럼에도 불구하고 박용철의 시론이 임화와 김기림을 비판하는 실천비평으로 전

---

51) 『박용철전집』, 2, pp.82~84.
52) 이명찬, 「박용철 시론의 의미」 『한국현대시론사』(모음사, 1992), p.278.

개되었던 까닭에, 프롤레타리아 문학론과 모더니즘 시론을 동시에 거부하는 독자적인 위치에서 1930년대 예술파 문학론을 선도하는 역할을 담당하였던 것이다.

IV. 맺음말

시문학파의 유일한 이론분자였고, 1930년대의 우리 시단에서 시의 창작 과정을 밝히고자 한 독보적 존재였던 박용철의 시론은 지금까지 순수시론, 존재의 시론, 창작과정의 시론, 변용의 시론 등으로 언급되어 왔다. 이는 박용철 시론이 보여준 심미주의적 존재 탐구, 그리고 시적 변용에의 끊임없는 관심 등에 기인한다. 따라서 박용철 시론의 변용적 의미를 이해하기 위한 요체는 '선시적 체험'과 '변설이상'에 있게 된다. 이러한 두 가지 핵심적 요소들은 박용철의 문학관이 심미적이었던 데서 발아되었던 것이고, 전자가 시적 변용의 대상이었다면, 후자는 그 기준으로 작용하여 왔다.

박용철의 심미적 문학관이 포우, 하우스만 등의 영향에 의해 형성되었음이 주지의 사실이기는 하지만, 그러나 기존의 논의에서처럼 서구 시론의 영향으로만 파악하여서는 그 본질에의 완전한 접근이 불가능하다. 그것은 박용철의 성장 환경에서뿐만 아니라 그의 시론에서 보여지는 주요 개념들이 동양적 예술관, 특히 도가의 형이상학적 측면을 강하게 내포하고 있기 때문이다. 즉 박용철이 시를 하나의 존재로 파악하고자 한 것은 노자의 본체론적 도의 개념과 상통하고 있다. 따라서 동·서양 시관에 대한 박용철의 소양과 영향 관계에 의해서 형성된 박용철 시론의 변용적 의미는 다음과 같이 요약될 수 있다.

첫째, 박용철의 존재로서의 시는 道家의 존재 개념인 유·무의 상관관계로 설명될 수 있다. 선시적 체험은 無의 존재인 것이며, 여기에서 現詩에로의 변용이 이루어진다. 즉 선시적 체험은 존재로서의 시를 가능하게 하는 원형질인 無名의 것이다.

둘째, 선시적 체험은 새로운 창조물로서의 시의 본체가 되며, 이 필연성의 변용에 의하여 시가 탄생된다. 즉 시의 창작 과정을 자연적 생리적 성격으로 파악한다는 점에서 하우스만의 시론과 유사성을 갖는다.

셋째, 박용철에 있어서의 변용의 의미는 릴케, 하우스만과 구분된다. 릴케의 체험이 사회적 이성적인 것이라면, 박용철의 체험은 개별적 정서적인 것이다. 하우스만의 시론이 변용 과정에서의 '기교'에 관심을 갖는데 반해, 박용철의 시론은 기교까지도 선시적 체험으로 포괄하는 형이상학적 측면을 보여준다.

넷째, '변설이상'의 의미는 임화와 김기림에 대한 동시 비판을 담보함으로써 반이성·반기교적 성격을 갖는, 박용철 나름의 순수시의 방향성과 시적 변용의 기준으로 제시되고 있다. 그러나 선시적 체험이 변설 이상으로 변용된 시를 창조하는 데에만 몰두한 나머지, 인간의 본질적 문제를 도외시한 시 지상주의적 태도를 견지함으로써, 그의 시론이 본격적인 창작 방법론으로 성립되는데 스스로 장해 요인을 안고 있었다는 점에서 그 한계가 보여진다. 그럼에도 불구하고 박용철의 시론은 목적론적 창작 태도를 보인 프롤레타리아 문학론과 기교주의에 흐르고만 모더니즘 문학론을 거부한 정서 이론으로써, 1930년대의 김환태, 김문집 등 예술파 시론가들에게 입지를 제공한 선도적 시론으로서의 역할을 담당하였다는 점에서 그 의의를 찾을 수 있다.

참고문헌

『박용철전집』 1·2, 시문학사, 1940.

김명인, 「순수시론의 환상과 현실」, 『어문논집』 22집, 고려대, 1981.

김용직, 『한국현대시연구』, 일지사, 1974.

김윤식, 『근대한국문학연구』, 일조사, 1973.

김 훈 외, 『한국현대시사연구』, 일지사, 1983.

윤재근, 『시론』, 둥지, 1990.

이명찬 외, 『한국현대시론사』, 모음사, 1992.

정종진, 『한국현대시론사』, 태학사, 1988.

정태용, 『한국현대시인연구·기타』, 어문각, 1976.

정한모, 『한국현대시문학사』, 일지사, 1978.

한계전, 「박용철에 있어서 하우스만 시론의 수용」, 『관악어문연구』 2집, 서
　　　울대, 1977.

R. V. 존슨, 이상옥 역, 『심미주의』, 서울대 출판부, 1979.

모더니즘 시론의 수용과 시적 변용

I. 머리말

세계 문학사상 모더니즘 문학론이 프롤레타리아 문학론과 더불어 그 이론과 창작 방법에 있어 가장 두드러지게 구체성을 보여 왔었다는 점은 의심의 여지가 없을 것이다. 모더니즘의 이러한 구체성은 시 텍스트라는 담론태를 결정짓는 이데올로기로 작용하여 왔을 뿐만 아니라, 또한 그 이론 자체로서도 하나의 독립된 담론이 되어 특정한 시대와 사회의 제 현상을 통합하는 역할을 담당하였던 것이다. 물론 서구에서의 모더니즘 운동은 1930~1940년 경에 이미 끝나버렸음을 단정적으로 선언[1]하고 있기도 하지만, 그러나 아시아나 남미 지역에서는 아직도 여전히 장르의 구별없이 가장 유효한 문학 이념과 방법의 하나로 실천되고 있기도 하다.

특히 우리의 경우 1930년대를 전후하여 현대시의 주된 창작 방법론으로 자리하였던 모더니즘이 현재에 이르기까지 일관되게 유지되고 있

---

1) Harry Levin, 「What is Modernism」, Refractions, Essays in Comparative (Oxford Univ. Press, 1966)

을 뿐만 아니라, 포스트모더니즘이라는 더욱 복잡한 양상의 창작적 실천으로 변화하고 있다는 점 또한 사실이다. 이는 한국 모더니즘 시를 내재적 자율적 텍스트로서만이 아닌 시대에 대응하는 문학적 담론의 변화, 즉 역사적 텍스트로 인식하게 하는 것이다. 따라서 우리의 모더니즘 시에 대한 천착은 서구 시론의 수용과 변용이라는 역사성과 정체성을 밝히는 작업이 수반되어야 할 것이며, 이 과정에서 담론으로서의 시적 의미 또한 그 명징성을 더하게 될 것이다.

목적의식적 문학 활동을 하던 카프의 해산과 더불어 모더니즘·순수시 운동이 전개되기에 이른 1930년대 우리 시단의 조류는 일제의 군국주의노선 강화라는 시대적 조건과 무관하지 않은 것으로 보인다. 모더니즘 특히 영미 주지주의 시운동은 문명이나 전통에 대한 창조적 비판을 이념적 바탕으로 삼고, 사물을 객관화시키는 방법을 통해 언어에 대한 자각과 이미지의 구성을 획득하고자 하였다. 그러나 주지주의는 후기 자유주의 지식인들의 정치적 패배에 기초한 좌절의 문화 이데올로기[2]라는 부정적 측면을 내포하고 있었다. 그런 까닭에 30년대의 한국 주지주의 역시 식민지 역사와 현실 속에서 자기소외 현상의 위장을 위한 철저한 기교화라는 내면적 문제점을 안고 있었다고 할 수 있다.

즉 1920년대에 시작되었던 민족주의 이데올로기와 사회주의 이데올로기의 갈등과 대립이 사상적으로 성숙되지 못함으로써 식민지라는 객관적 조건에 주체적으로 대응하지 못하였으며, 그 결과 순수시와 모더니즘이 발생하고 특히 김기림의 시론을 중심으로 한 영미 주지주의의 도입이 이루어진 것이다.[3]

---

2) W. M. Johnson, The Austrian Mind ; In Intellectual and Social History 1848~1938(Berkeley ; University of Califonia Press, 1972.) pp.143~147.
3) 프로시운동이나 순수시운동, 모더니즘시운동이 모두 직접적이든 간접적이든 간에 역사적 조건의 한 징후였으며 문화적 표현이었다고 할 때, 이들을 그 시대의 역사적 조건과 분리시킨 채 텍스트에 내재한 현대성만을 검토하

한국 현대시문학사에 있어서 모더니즘 운동은 이제껏 김기림, 이양하, 최재서 등에 의해 소개된 영미의 주지주의와 이미지즘 시운동의 이념과 기법에 영향받은 1930년대의 현대시 운동으로 알려져 왔다.[4] 그러나 서구의 모더니즘은 형성적 이미지로서의 예술적 방법을 추구하는 지적 모더니즘과 반항적 정열로서의 인간적 태도를 중시하는 과격 모더니즘이라는 두 가지 경향성을 가지고 있고, 이러한 과격 모더니즘적 경향이 우리 시단에서도 발견되고 있음에 비추어, 한국 모더니즘 시론의 형성과 전개를 주지주의 수용의 측면에서만 파악하는 태도는 재고되어야 한다.

과격 모더니즘의 조류에는 1차대전을 전후해서 유럽 대륙을 풍미했던 미래파, 입체파, 다다이즘, 초현실주의 등이 포함되는데, 우리 시단에서는 이 중 1920년대 중반에 다다이즘이 소개되고 있으며, 1930년대에는 '입신한 다다이즘'이라 불려지는 초현실주의 시작품이 李箱과 三四文學派에 의해 발표되고 있다. 본고에서는 당시 '신흥문예이론'이라 통칭되던 서구 모더니즘의 제 경향들이 우리 시단에 수용되는 양상을 상호텍스트적 관점에서 고찰하고, 그 담론적 의의를 밝히고자 한다.

Ⅱ. 주지주의 수용과 변용

모더니즘을 한마디로 정의하자면, 개인주의를 근간으로 하는 몰개성

는 태도는 유파활동의 역사적 원천과 사회적 전망을 도외시하고 다만 미학적 형태의 기능에만 집착하게 한다.

4) 이에 대해서는 백 철, 김 훈, 조연현, 조지훈, 김윤식, 서준섭, 오세영, 김기림 등에 의해 논의된 바 있다.

적 문학이라는 것과, 19세기 말엽부터 20세기 전반기에 걸쳐 서구 예술
에 풍미한 전위적이고 실험적인 예술 운동을 가리킨다. 지금까지 모더
니즘이란 용어가 현대 예술의 특징을 일컫는 다소 막연한 명칭으로 통
용되어 왔음이 사실이지만, 모더니티와는 구분된 개념으로서의 모더니
즘[5]은 19세기의 정치적 상황과 분열된 사회 전망에 대한 좌절과 불신,
기계주의적 결정론과 낙관적 세계관의 실증주의에 대한 공격, 자본주
의가 초래한 종교적 신념의 상실과 그에 대한 반동으로 요약할 수 있
다. 이러한 기계문명의 메카니즘은 인간 소외를 유발하였고, 여기에서
비합리적인 문학과 이를 극복하려는 주지적인 문학이 필연적으로 요구
되었던 것이다.

주관성과 개인주의를 존중하는 모더니즘의 미학적 기반은 문학의 독
자성과 자기목적성에서 문학의 본질을 찾는 데 있다. 문학의 이러한 비
공리성은 스타일의 내적인 힘을 통해 형식상의 통일성 효과를 거두며,
논리적 구성이나 질서 정연하고 형식에 치우친 해결 대신에 계시적인
통찰을 만들어 낸다. 이러한 계시적인 통찰을 위해서 이미지의 연상이
나 공감각의 조화가 주요 기법으로 채택되는 것이라 할 수 있다. 이처
럼 낭만적 가치보다 고전적 가치를 선호하는 주지주의 및 이미지즘 시
론은 구체성과 정확성의 기준에다 복합성과 암시성을 첨가하여 시 텍
스트를 통해 사고의 직접적, 감각적 표현을 지향하는 기교 위주의 언술

---

5) '근대성'이나 '현대성'이라는 말로 번역될 수 있는 모더니티라는 용어는 주
로 역사적 개념이거나 철학적 개념이다. 모더니티는 본질적으로 서구 문명
사의 한 단계를 가리키는 것이 보통이지만 경우에 따라서는 심미적 범주로
도 파악되어 하버마스나 캘리네스큐 등은 크게 역사적 모더니티와 심미적
모더니티라는 두 유형으로 범주화하기도 한다. 또 보들레르는 심미적 모더
니티의 가장 중요한 특성을 '감각적 현재'로 간주한다. 이에 반해 모더니즘
은 모더니티의 일부를 구성할 뿐만 아니라 또한 그것에서 비롯한 집단적
현상을 가리킨다.
(김욱동, 『모더니즘과 포스트모더니즘』, 현암사, 1992, pp.25~30 참조.)

행위를 보여 준다.

1. 김기림 · 최재서의 주지주의 수용

우리 시단에 주지주의를 수용한 선구자라 할 수 있는 김기림의 초기 시론은 1920년대를 풍미하던 센티멘탈 로맨티시즘과 카프의 편내용주의에 대한 비판으로부터 출발한다. 한국에서 모더니즘의 용어를 맨 처음 사용한 김기림은 1920년을 전후해 시단의 주류를 형성했던 ①김억으로 대표되는 프랑스 상징시의 가닥 ②황석우로 대표되는 환상성의 가닥 ③주요한으로 대표되는 (일본적)서정성의 가닥[6]이 주관적 감동의 몰두, 순간적 생의 지각 속에 현저히 편향되어 있으며, 김기진 등 카프의 제 이론과 시가 편내용주의에 빠져있음을 지적한다. 그는 또 모더니즘 시가 전대의 자연발생적 감정의 유로와 이데올로기적 선전에서 벗어나 시의 독자적인 예술성 추구와 의식적인 시작 방법에 의해 쓰여졌으며, 방법론적 자각을 선행하였다고 주장한다.

> 詩는 한 개의 '엑쓰타시'의 發電體와 같은 것이다. ─ 한 개의 '이메지'가 成立한다. 會話의 온갖 修辭學은 '이메지'의 '엑쓰타시'로 向하여 有機的으로 戰慄한다. …… 映像을 通하지 않고 抽象化한 主觀의 感情이 直接 讀者의 感情에 感染하려고 하는 그러한 傾向의 詩가 있다. 첫째는 感傷的 浪漫主義의 詩다. 다음에는 激情的 表現主義의 詩다. 그러나 우리들의 感情은 이러한 詩들의 威脅아래서 매우 억울한 困境에 서게된다. 果然 激烈한 或은 哀愁에 가득찬 感情이나 情緖가 있음은 아나 그것이 人生의 具體的 現實과 어떻게 關聯이 있는가

---

6) 김윤식, 「1920년대 새 쟝르 선택의 조건」, 『현대시론비판』(일지사, 1982) p.244.

를 알 수 없는 限 그러한 感情을 그대로 導出시킨 時와 讀者의 사이에는 아무 交涉도 成立될 수 없다. 다만 우는 것을 보고 우리들의 눈물은 울어질 수 있으나 그것은 억울한 '눈물의 理解'다. 무엇때문에, 다시말하면 어떠한 具體的 現實과 關聯해서 그가 우는가를 理解할 때 비로소 우리의 울음은 眞實하게 울어진다. 그러므로 詩人은 그의 '엑쓰타시'가 어떠한 人生의 空間的 時間的 位置와 事件하고 關聯하고 있는가를 보여 주어야 할 것이다. 그는 항상 卽物主義者가 아니면 아니된다.7)

'이메지'와 '엑스타시'의 결합으로 즉물적인 시를 써야한다는 이러한 김기림의 시론은 20년대 우리 시단을 풍미하던 쎈티멘탈·로멘티시즘에 대한 극복을 요구하는 것이며, '언어의 건축'인 시의 창작은 감정의 자연적 발로로서가 아니라, 지성에 의해 의식적으로 이루어져야함을 의미하는 것이다. 이는 낭만주의적 창작 태도를 비판하였던 흄과 파운드, 엘리어트의 시론과 유사점을 보이고 있다. 그러나 흄의 불연속적 실재관과 엘리어트의 몰개성론을 문학에서의 '인간 추방'으로 잘못 이해한 김기림은 또한 흄과 엘리어트의 시론을 장식적이며 청교도적인 비인간적 고전주의라고 비난하는 오류를 범하기도 하였다.

한편, 김기림은 이러한 오류를 극복하기 위해 리챠즈의 분석적 비평 방법을 수용하여 시의 과학으로 불리우는 과학적 시론을 수립하고자 하였다. 그는 '분석'과 '판정'이 비평의 일부임을 밝힌 후에, "그러면서도 분석은 그 일의 가장 중대한 대부분을 차지한다"8)고 하여 진지한 과학적 태도와 방법 위에서만 비평이 가능함을 주장한다. 이는 리챠즈의 분석적 비평 방법을 원용한 것으로, 김기림의 과학적 시론의 요체는 곧 실증주의적 시비평 방법을 우리 시단에 도입하기 위한 데 있었

---

7) 김기림, 『시론』(백양당, 1947), pp.109~110.

8) 김기림, '과학과 비평과 시', <조선일보> 1937. 2. 24.

던 것이다.

리챠즈로부터 비롯된 김기림의 과학적 시론은 그러나 과학에 대한 집착 정도에서 오히려 리챠즈보다 더욱 공고한 측면을 보여준다. 리챠즈는 심리학이나 과학이 시의 해명에 중요한 단서가 된다는 점에 있어서는 긍정적이었지만, 심리학이나 과학을 절대적으로 신봉하지는 않았다. 이에 비해 김기림은 과학적 태도를 "새 정세가 요구하는 유일하고 진정한 인생 태도이며 새 모랄"로 인식할만큼 과학주의에 절대적으로 기울었던 것이다. 과학에 대한 이러한 태도의 차이는 결국 리챠즈 시론에 대한 비판으로 발전한다. 김기림은 리챠즈의 시론이 정서적·미적 문학관에 철저함으로 해서 반역사주의적이며, 문학의 사회적·인식적 측면을 무시하고 있음을 다음과 같이 지적한다.

> 리촤-즈가 시와 언어의 정서적 기능의 강조에 너무 열중한 나머지 문화에 있어서의 시의 지위를 부당한 보좌에까지 끌어올린 것과 좋은 대조다. 이것은 범과학주의에 대한 범시주의다.[9]
>
> 1920년대 감상적 낭만주의 시의 병폐를 극복하고자 했던 공로에 반해, 김기림은 영미 모더니즘의 본령을 주지주의 또는 이미지즘으로만 파악함으로써 기교론에 치우치고 만 한계성을 보여준다. 모더니즘에 대한 이러한 피상적 이해로 인해, 그의 시 역시 생경한 이미지의 나열로 이루어져 있는 것이다.

「大中華民國의 繁榮을 위하여!」
슢으게 떨리는 유리 컵의 쳇소리,
거룩한 테불 보재기우에
펴놓는 歡談의 물구비 속에서
늙은 王國의 運命은 혼들리운다.

---

9) 김기림, 「시와 과학과 회화」, 『인문 평론』, 1940.

솔로몬의 使者처럼
빨간 술을 빠는 자못 점잔은 입술들
색깜안 옷깃에서
씽끄시 웃는 흰 장미
「大中華民國의 分裂을 위하여」

- 김기림, 「기상도」 일부

이 시는 엘리어트의 「황무지」를 모방하여 알레고리적 수법으로 시
도한 작품이다. 「황무지」가 그 시의 배후에 시인의 확고한 정신적 자세
를 뒷받침하고 있는 것과 대조적으로, 「기상도」는 2차대전 직전의 정치
적 상황을 단순히 풍자적 비유로 국한하며, 도시 문명에 대한 동경에서
빚어진 장식적 수사에 치우쳐 있다. 따라서 김기림의 시론과 시의 영미
주지주의 수용 과정에서 보여지는 문제점은 다음과 같이 정리될 수 있
다.

첫째, 엘리어트의 「황무지」를 문명 비판의 정도로 격하시킴으로써
'내면적 정신의 객관화'라는 영미 주지주의의 본질 파악에 오류를 범하
였다. 문명에 대한 위기 의식이란 과학주의의 획일적 추상화 조작에 의
한 생명의 위협에서 비롯한 것이며, 이에 대항하기 위해 모더니즘은 미
술적 세계관, 자연의 중립화, 감각과 사상의 분리를 통한 언어의 애매
성 극복을 이루고자 하였다. 그러나 김기림은 이 철학을 수행하는 과정
에서 나타난 형식의 문제에만 집착함으로써 "언어의 실험에만 치우친
기교파 시인"이란 지적을 피할 수 없었던 것이다.

둘째, 김기림의 기교에 대한 집착은 결국 풍자성과 판단 중지의 시학
에 몰두하게 하였으며, 시의 언어를 역동적 자기 정체성이 결여된 회화
성의 언어, 고정된 정물화로 귀결시켰다고 할 수 있다. 즉 과거의 시를
청각적, 자기 중심적이라 비판하고, 시는 객관적 즉물적이어야 하며 지

성의 산물이라 규정한다.

셋째, 김기림은 자기 현실에 대한 시각과 자기 존재의 근원을 새로운 관점에서 알아보려는 도덕적 성실성이 결핍된 까닭에, 무절제한 실험과 관심의 분산으로 치우쳐 외래어·신어(기차, 레일, 검은 강철의 조끼 등)의 남용을 절제하지 못하였다. 이러한 점은 모더니티와는 무관한 경험의 단순화와 또 하나의 편향주의인 것이다.[10]

한편, 이러한 김기림의 시론에 이론적 뒷받침을 확고히 해준 것은 최재서이다. 최재서의 주지주의 문학론의 출발점은 「현대주지주의 문학 이론의 건설」[11]과 「비평과 과학」[12]을 발표하여 영미의 대표적 이론을 소개하면서이다. 그는 여기에서 김기림에 의해 단편적 이론이나 실제 비평에서 논의되어 왔던 바를 근본적으로 체계화시킨다. 물론 이 체계화는 서구 이론가들의 이론적 요체를 소개하는 형식이지만, 당대 서구 사상의 한 흐름을 명쾌하게 이해시키는 계기가 된 것이다.

최재서 문학론의 가장 중요한 거점은 '지성'에 있다. 그는 평론집 『문학과 지성』(1938)에서 "작품과 접촉을 통하여 자기 자신의 지성을 수련하는 가운데서 나는 유일한 희열을 느껴왔고 또 그런 과정을 솔직하게 발표하는 것이 평론에 부여된 가장 고귀한 임무라고 생각하여 왔습니다."라고 진술한다. 최재서의 이러한 지성 강조는 지식인으로서의 문학비평가의 자의식을 강하게 드러낸 것이며, 이전의 우리 시단에서 보여진 시적 미성숙과 30년대 중반 이후 강화된 파시즘에 따른 근대적 지성의 위기를 인식하고 있었기 때문이다. 그가 과도한 이론 투쟁으로 인한 창작의 위축을 지적하고 흄, 엘리어트, 리챠즈 등의 이론을 주지주의 문학론이라 소개한 것도 그런 관심에 연유한다. 따라서 최재서의

---

10) 김용직, 「30년대 모더니즘의 전개」, 『문예사조』(문학과지성사, 1981.)
11) 최재서, <조선일보> 1934. 8. 7~12.
12) 최재서, <조선일보> 1934. 8. 31.~9. 5.

'지성'이 영국, 나아가 서구의 합리주의 전통과 접맥되어 있음을 짐작하게 한다.

최재서는 먼저 흄 T. E. Hulme의 사상을 정리하여 "그가 타도하고자 하는 전통은 인생관에 있어서 인간주의이며 예술에 있어서 자연주의이며 문학에 있어서 낭만주의이다. 그가 이제부터 수립하고자 하는 전통은 각기 과학적·절대적 태도와 기하학적 예술 및 고전주의문학이다."13)라고 설명하고 있다. 최재서가 파악하고 있는 낭만시와 고전시에 대한 이러한 대립적 개념은 흄의 시론에서는 '생명적 예술'과 '기하학적 예술'로 설명되고 있으며, 후자가 곧 모더니즘에 해당한다.

흄에 따르면, 그리스이래 르네상스의 예술은 생명을 근간으로 하는 유기적 예술로서 인간주의적 성격을 지닌다. 그리고 이러한 생명적 예술의 배후에는 자연에서 발견되는 형상이나 운동에 대한 인간 쾌락의 감정이 항시 작용하고 있다고 한다. 이에 반해 기하학적 예술은 추상적 기하학적 도형으로 구체화된다. 인간은 이러한 작품들에서 자연에 대한 쾌락의 감정이나 생명 추구의 친근감을 느끼는 대신에, 오히려 자연과 인간과의 분리감이나 단절감을 느끼게 된다. 이러한 반인간주의적이고 비생명적인 예술을 지배하는 원리는 '과학적 절대성'이 될 것이라고 최재서는 결론짓는다.14)

한편, 최재서는 엘리어트 T. S. Eliot의 역사의식과 몰개성론을 수용하여 정서의 독자성을 거부하는 자신의 시론을 전개한다.

> 시에 있어서의 정서의 복잡 여부는 인생에 있어서의 그것과는 하
> 등 관계가 없다. 실상 시에서 우리가 늘 보는 기묘한 오류는 신기한
> 인간정서를 표현하려고 찾아다니는 일이다. 이 얼토당토않은 곳에

---

13) 최재서, 『최재서 평론집』(청운출판사, 1961), p.55.
14) 위의 글, pp.58~59.

서 신기한 물건을 찾아다니는 동안에 그는 정반대물을 발견한다. 시인이 할 일은 새로운 정서를 발견할 것이 아니라, 보통의 정서를 사용할 것이다. 그래서 이 보통의 정서를 가지고 시를 만들 때에 실재의 정서 가운데엔 전연 없던 새로운 감정을 표현할 것이다.[15]

최재서의 이러한 시론은 "창작 과정에 있어 가장 중요한 것은 화합의 성분인 정서의 위대성이나 긴장력이 아니라, 이들 성분에 화합을 일으키게 한 압력 — 즉 기술적 수단의 긴장력"이라는 엘리어트의 주장과 일치한다. 이들에 있어서의 시의 창작 과정이란, 전통을 인식하는 '역사의식'과 '보통의 정서'가 서로 균형 조화를 이루면서 변화와 수정을 거쳐가는 작업이라고 볼 수 있다. 따라서 이러한 몰개성론은 "시는 정서의 해방이 아니라 정서로부터의 도피이다. 시는 개성의 표현이 아니라 개성으로부터의 도피이다."라는 결론에 이르게 된다.

다음으로, 리챠즈의 『시와 과학』을 소개하는 글에서 최재서는 시와 과학이 결코 대립하는 모순개념이 아니라, 가장 밀접하게 관련되는 것임을 강조한다. 그리고 이 두 개념을 잘 조화시킴으로써 현대의 무질서와 혼돈이 위대한 질서를 획득할 수 있다고 주장한다. 덧붙여 그는 시의 정의, 기능 및 가치에 대한 리챠즈의 학설을 간단히 소개하면서 "시에 대한 열렬한 지식과 심리적 분석에 대한 냉정한 능력"을 강조한다. 불연속적 세계관, 이미지즘을 중심으로 한 고전주의적 시관, 역사의식을 지니는 전통과 몰개성론, 정신분석학적 방법, 시와 과학 등 서구 현대문학이론의 요체를 간단하고 명료하게 설명해 낸 최재서의 시론은 당대의 우리 비평가나 시인들에게 서구 문학이론을 본격적으로 수용할 기회를 주었다는 점에서 높이 평가될 수 있다.

---

15) 위의 글.

2. 정지용·김광균의 시적 변용

정지용은 언어에 대한 지각과 이미지의 제시에 치중한 시인이며, 그의 시에는 공간의식이 자리하고 있다. 이미지가 일정한 공간 속에 하나의 형태로 고정되어 있어서, 묘사 대상을 이동시키지 않고 감각적 이미지로 사물을 제시하고 있다. 그의 시 제목에 나타난 '바다', '해협', '폭포', '옥류동', '유리창', '호수' 등이 그것이다. 정지용 시에 자리한 이러한 공간은 일원적이고 한정적이며 시의 전체적인 구조와도 덜 유기적이다. 이는 리챠즈가 말한 "경험의 내용을 이루는 이질적인 행동들이 시 속에서 상호 적응하여 통일 된 전체 속에 조직화될 때 관련된 요구들은 만족하며, 이것은 이질성 속에서 동질성Similarity in Dissimilarity을 찾을 수 있는 감성의 메카니즘을 풍요하게 한다."[16]는 진술과 일맥 상통하는 것이다.

김광균, 김기림 등이 시각적 이미지의 사용을 시작의 원리로 채용하는 것에 비해, 정지용은 철저히 한국적인 경험의 표현을 위해서 그것을 사용하며 주관적 감정에 대한 철저한 제어력을 바탕으로 한다. 시집 『백록담』에 수록된 「九成洞」, 「玉流洞」, 「비」, 「忍冬草」, 「春雪」과 같은 작품들에서 자기 감정의 객관화, 결백적인 정신, 관조적 태도 등을 보이고 있는데, 이는 한시의 전통에서 찾아지는 정신적 경향에 가깝다 하겠다. 특히 「구성동」의 "꽃도 귀향사는 곳"이라는 표현은 위협적인 세계의 한복판에서 가열찬 자기 극기를 통해 오히려 그 위협적인 세계를 관조하고자 하는 시적 공간으로써, 정지용의 창작 태도를 잘 보여주고 있다.

정지용의 시는 후기 이미지스트인 로웰의 작품과도 매우 밀접한 관

---

16) I. A. Richards, Science and Poetry(The Edison LTD, 1954), p.19.

계를 가지고 있다.

> 비는 창유리에 바스락거린다. 매끄럽게 흘러내리는 그 비가. 그리
> 고 그는 그 부딪치는 소리와 솨솨 소리 속에 갇히어 있다.
>
> —애미 로웰, 「포격」 일부

> …… 벌써 유리창에 날벌레떼처럼 매달리고 미끄러지고 엉키고
> 또또그르 궁글고 홈이 지고 한다. 매우 간편한 풍경이다.
>
> —정지용, 「비」 일부

위의 두 시에서 '비'라는 같은 제재를 묘사하는 태도나 방법을 통해
이미지스트로서의 공통성을 발견하게 된다. 즉물성, 객관적 태도, 이미
지의 중시가 그것이다. 또 정지용의 시 「지도」의 경우, 관념이 없고 장
면의 감각적 인상을 표현한다는 점에서 흄의 「가을」과 흡사하다는 평
을 받기도 한다.[17] 따라서 정지용의 시가 반감상주의, 객관적 태도, 감
정의 절제와 지성 존중, 사물의 직접적 표현에 이바지하는 언어의 선택
과 세련미, 이미지의 중시 등 기교적 언술 행위를 지향한다는 점에서
영미 이미지즘과 상통하고 있지만[18], 특정의 한 시인에게만 경도되었
다고는 보여지지 않는다.

김광균은 <인문평론> 5호(1940. 2)의 '서정시의 문제'란 글에서 ①전
통적인 낭만주의에 대한 비판 ②주지주의 문학 ③형태의 사상성 ④현
실 비평 ⑤도시어의 사용에 대해 언급하였다. 이 글을 통해서 보듯이
김광균은 김기림, 정지용과는 달리 영미 이미지즘 시정신의 전통적 계
승과 그에 기초한 이미지즘 시의 본격적 창작에 임하였다. 내용과 형식

---

17) 김춘수, 「한국 현대시의 계보(1)」, 『어눈논총』 7집(경북대, 1972)
18) 문덕수, 「지용의 영향관계 고찰」, 『정지용 시와 산문』(깊은샘, 1987)

면에서 전통적인 애상의 정서를 주지적인 수법으로 소화시켰으며, 심상image면에서 볼 때 정적 심상과 동적 심상을 유기적으로 조화시켜 삶의 다층적 현상을 효과적으로 표현했다는 점에서 일종의 절충적 방법론으로 알려져 있기도 하다.

김광균의 시작 표현상의 특징은 첫째, 언어의 조소성에 있다. "분수처럼 흩어지는 푸른 종소리 (「외인촌」)", "갈매기 파-란 리본을 달고 / 모래밭 위엔 만돌린 같은 구름이 하나 (「풍경」)" 등에서 선명한 이미지를 제시하여 실체적, 또는 비실체적 사물에 새로이 양감과 체적감을 부여하여 심리적 쾌감의 참신성을 제공하고자 한다.

둘째, 신선한 비유이다. "낙엽은 폴란드 망명정부의 지폐 / 길은 한줄기 넥타이처럼 (「추일서정」)", "먼지 낀 삽화같이 고독한 (「산상정」)" 등에서 보듯이 대부분 명징한 직유로써 표현하고 있다.

셋째, 절대심안으로 사물을 바라 본다. "하얀 기적고리 (「오후의 구도」)", "유리빛 황혼 (「방랑의 일기에서」)", "푸른 옷을 입은 송아지 (「성호부근」)"와 같이 마음의 풍경으로 사물을 보기 때문에 자연색이 무시되고, 또한 절대심안으로 사물을 표현하기 때문에 사물에 대한 경이감을 자아낸다.

넷째, 독특한 음색이다. 그의 전 작품을 통해서 외형적 음률에 의거한 작품은 「뻐국새」, 「구의리」 두 편이지만, '와사등', '나발', '청동 비둘기' 등의 고풍이나 '파-란', '하-얀' 등의 장음부호 삽입을 통해 정서를 부추기고 있다.

그러나 그의 시어는 언어의 시각화를 시도함으로써 정서와의 자연스런 유로가 차단되거나 고착화되어버린 경향이 드러나기도 한다. 더더욱 문제되는 점은 정서의 압축 대신 긴장의 해이감을 준다는 사실에 있다. 또한, 일찍이 9인회에 참여하여 도시적 풍물에 집착함으로써 도시적 환상과 소시민의 애수를 노래한 김광균이 「오후의 구도」, 「광장」 등

도시에 대한 인상화풍의 풍경시를 남기기도 하였다는 점은 기교 중시의 시적 태도를 엿보게 한다.

Ⅲ. 초현실주의 수용과 변용

서구의 모더니즘은 지금까지 설명한 영·미의 지적 모더니즘과 더불어 유럽 대륙의 과격 모더니즘 경향으로 대별된다. 전자를 이지가 선행되고 반정열적인 주지적 예술로써 고전주의적인 것이라 한다면, 후자는 예술보다는 인간이 앞서고 방법이나 기술보다는 내용이 앞서는 로맨티즘적인 것으로써 금세기 초의 입체파 및 다다이즘·초현실주의가 포함된다. 1920년대 우리 문단에서는 이러한 서양 문학의 제 경향에 대한 관심이 고조되어 갔는데, 이러한 관심을 '신흥문예, 신흥문학, 신흥예술' 등으로 통칭하였다.

특히 1924, 5년 경에는 초현실주의의 전신인 다다이즘이 한국 문단에 본격적으로 소개된다. 다다이즘이 그 발상지인 유럽 대륙과 거의 시차를 보이지 않고 우리 문단에 상륙한 것은, 다다이즘이 드러내고 있는 기존의 질서나 관념에 대한 부정, 파괴의 정신이 당시의 현실 정황과 부합되었고, 또한 20년대 전반기에 급속히 퍼진 아나키즘에 대한 관심과 연계되었기 때문이다. 다다이즘론의 소개는 맨 처음 고한용에 의해서 이루어지는데, 원래의 다다이즘이 허무와 파괴 그 자체로 끝나는 것이라면, 한국 초기 문학론에 등장하는 다다이즘론에서는 허무와 파괴를 주장하면서 그 자체에 하나의 문학적 가치와 의미를 부여하고 있다.[19] 고한용에 의한 다다이즘의 이러한 변용은 자연스럽게 쉬르리얼리즘의 수용을 용이케 하는 요소로 작용하였다.

　　그러나 반항하기 위한 따따는 아니다. 절망아닌 절망에서 행복아
　닌 행복으로 뛰어나와 가지고 그저 궤도없는 길 위로 걸어가는 것
　뿐이다. 언제든지 광적이고 언제든지 한 길 같은 것은 아니다. ……
　(중략)…… 그것은 절망한 가슴 속에서 죽어가는 목소리로 떠오르
　는 것은 아니다. 새로이 폭발된 힘센 불길에 눌려진 목소리이다.[20]

　이 글은 반항과 부정에 그치는 것이 아닌 창조적 니힐리즘으로서의
새로운 정신에 의해 폭발되는 목소리, 절망을 넘어선 절대의 세계에서
인간의 자유와 행복을 추구하는 초현실주의적 지향을 보여준다. 고한
용은 전통적인 미의 개념을 부정하고 관습에 젖은 감각과 정서의 혁명
을 통하여 새로운 예술의 창조가 필요함을 역설하며, 또한 근본적인 인
간 생활 양식의 일대 전환을 주장함으로써 의식의 혁명으로서의 초현
실주의에 접근하고 있는 것이다.

　이후 30년대 초에 이르러 다다이즘과 초현실주의에 대한 논의는 김
인손에 의해 이루어지는데, 그는 초현실주의가 일차 대전 중의 광란과
혼돈을 반영한 유럽 정신의 소산인 다다이즘의 직계이므로, 전후 유럽
의 상태 및 정신계의 불안상에 대한 이해없이 초현실주의를 이해할 수
없다고 지적하고, 초현실주의와 다다이즘을 다음과 같이 구별짓는다.

　첫째, 다다이즘은 시의 파괴 그 자체가 목적의 전부인데 반해, 초현
실주의는 단어와 단어 상호간의 충돌, 반발 등과 같은 교호 작용에 의
해 생기는 미묘한 감각을 시의 형성 과정으로 하여 자신의 주관의 소리
에 언제까지든지 탐닉하고자 한다고 한다.[21] 그러나 순수한 주관만으

---

　19) 천소화, 「한국 쉬르레알리즘 문학연구」(성심여대 석사논문, 1982), p.2.
　20) 고한용, 'Dada', <동아일보> 1924. 11. 27.
　21) 김인손, '시의 기술, 인식, 현실 등 제문제', <조선일보> 1931. 2. 11~14.

로 시의 내용을 구성하기 때문에 초현실주의에는 예술의 보편성이 존재하지 않으며, 결과적으로 초현실주의자는 주관의 상아탑으로 은둔하려는 소극적 시인이라고 비판하였다. 따라서 이러한 詩作과정은 주지적이며 그것을 읽는 방법도 지적이어야 한다는 것이다.

둘째, 다다이즘과 초현실주의의 또다른 차이는 '질서에의 의욕'에 있다고 한다. 이 질서에의 의욕에서 현대시의 혁명적 방법론으로서의 초현실주의가 나온 것이며, 따라서 초현실주의는 의식적 활동과 꿈의 활동이라는 두 가지의 모순된 활동을 초월하고 해결짓는 종합의 세계로서의 초현실, 즉 절대적 실재의 세계를 지향한다고 한다.

이러한 차이로 인해, 초현실주의 시인은 자동기술에 의해 꿈의 메카니즘을 정확하게 포착하려 하며, 이 때의 언어는 통상적인 문장 요소로서의 단어가 아니라 기호로서의 기능이 높이 평가되는 언어이다. 이는 부르통이 작시법으로 제시한 '이미지의 광선'에 해당하는 것이다. 시의 언어가 기호로 쓰어지는 극단의 형태주의 입장에 선 초현실주의시는 그러므로 형태 자체의 결합과 구성에 의해 전혀 새로운 의미를 나타내는 난해성을 띠게 된다. 초현실주의는 모든 마음의 메카니즘을 결정적으로 파괴하고, 삶의 근본 문제를 해결하여 인간 조건의 변화를 추구한다는 점에서, 혁명 내지 해방의 행위라고 할 수 있다. 그러나 우리 문단에서의 초현실주의 수용은 초현실주의를 정신 운동으로서가 아닌 방법론상의 문제, 즉 새로운 시 형태의 발전 내지 혁명으로만 보려고 한 데서 그 한계를 찾을 수 있다.

우리의 모더니스트 가운데 이러한 초현실주의 경향을 작품으로 실천한 시인이 李箱이다. 이 상은 선행한 것에 대한 부정이 되풀이되어 온 듯이 보이면서도 진실한 의미의 부정이 이루어지지 않은 우리의 신문학사에 있어 작품 생산의 근원을 부정 그 자체에서 찾아낸 몇 안되는 작가의 한 사람이다.[22] 비록 그의 시가 서구와 같은 문화사적 배경에서 필연적으로 형성된 것은 아니라 해도, 이 상의 실험정신은 우리 시문학사에 중요한 전기를 마련해 주었다.

二種類의존재의시간적
영향성
(우리들은이것에관하여무관심하다)
　　　　　　　　　　　　－「이상한 가역반응」 일부

찢어진壁紙에죽어가는나비를본다.　그것은幽界에絡繹되는秘密한通話口다.　어느날거울가운데의죽어가는나비를본다.　날개축처어진나비는입김에어리는가난한이슬을먹는다.
　　　　　　　　　　　　－「시 제10호」 일부

여자의트렁크는蓄音機다.
蓄音機는喇叭과같이紅도깨비靑도깨비를불러들였다.
紅도깨비靑도깨비는펜긴이다.　사루마다밖에입지않은펜긴은水腫이다.
여자는코끼리의눈과頰蓄骨크기만큼한水晶눈을縱橫으로굴리어秋波를濫發하였다.
　　　　　　　　　　　　－「홍행물천사」 일부

위의 시들에서 보듯이 구두점과 띄어쓰기 무시, 숫자나 도표의 사용, 지나친 동어 반복, 연상의 나열, 구문과 문법의 해체 등에 의해 이 상의 시는 전통시로부터의 급진적 이탈을 보인다. 이러한 해체는 철저한 미적 회의에 의해서만 가능하다. 따라서 그에게 선·악의 모든 전통적 개념은 위선인 것이며, 이 위선에 대한 불신은 그의 시에 풍자와 야유의

---

22) 정명환, 「이 상, 부정과 생성」, 『한국 작가와 지성』(문학과지성사, 1978), pp.116~117 참조.

어조를 띠게 한다. 이것이 이 상의 모더니티다.

이 상의 시가 지닌 현대문학적 성격은 ① 사상면에서의 앙티anti철학, ② 소재면에서의 비자연성, ③ 표현의 顚倒性으로 나누어진다.[23] 이는 문학의 전통과 관습에 대한 앙티이며, 이 앙티의 성격이 문학으로 문학을 부정하는 데까지 이른다. 이러한 앙티적 태도는 한국의 30년대 사회적 암흑상에 대한 태도이기도 하고, 르네상스 문명에 대한 태도이기도 하다. 작가가 절망할 때 문학은 이미지로 비상하는 것이며, 이 상의 경우에는 창조의 계기로 승화된다. 따라서 이 상은 주지적 메타포와 날카로운 감성에 의해 현대 지성의 시니컬한 권태감, 욕망과 체념과 허망의식이 교직하는 심정의 바리에떼를 유추력을 거절하는 이질적 언어들을 사용하여 표출하고 있는 것이다.[24]

이 상의 시에 드러나 있는 초현실주의적 특성은 그의 시간관에서도 살펴진다. 이 상의 시간관은 가역적이며 주관적인, 의식의 내면 시간으로 설명될 수 있다. 이런 의식의 시간에는 공허한 시간이란 있을 수 없기 때문에 언제나 이질적인 순간 순간이 지속되고 있으며, 이 시간은 내면에서 실재하는 시간이기 때문에 그 중심은 항상 현재에 있게 된다. 「이상한 가역반응」, 「시 제2호」 등에서 보이듯이 이 상 시의 시간구조는 과거로 나아가 영원의 세계로 확산되었다가, 다시 현재의 나로 환원되는 역계기성을 그 질서로 삼고 있다.

우리 시단에 이러한 독특한 시적 체험을 가져다 준 이 상은 1930년대 최후의 모더니스트로서, 초현실주의 문학을 이 땅에 뿌리 내리게 한 최초의 초현실주의 시인으로서 한국 현대시 형성에 한 토양을 제공하고 있는 것이다.

---

23) 정귀영, 「이상과 현대문학」, 『현대문학』(1974. 4)
24) 고명수, 「이상론」, 홍기삼 외, 『한국현대시인연구』(태학사, 1989), p.387.

Ⅳ. 맺음말

지금까지 본고에서는 서구 모더니즘 시론이 1930년대 우리 시단에 수용된 양상과 시적 변용의 특성을 고찰하여 보았다. 모더니즘 운동은 크게 두 가지 조류로 생성 발전되어 왔다. 그 하나가 영미를 중심으로 한 주지주의 또는 이미지즘의 경향이며, 다른 하나는 유럽 특히 프랑스를 중심으로 하는 다다이즘과 초현실주의적 경향이다. 우리의 모더니즘 시론 역시 서구 모더니즘의 이러한 경향성에 예외없이 영향받았다 할 수 있지만, 그러나 우리가 더 많은 관심을 가져야 할 부분은 한국적 모더니즘으로의 변용 양상과 특성이라 하겠다. 이러한 점은 모더니즘 시론이나 시 텍스트가 문학 담론일 뿐만 아니라 역사적 담론이기도 한다는 점에 기인한다.

한국 모더니즘 시론의 주지주의적 양상은 주로 김기림, 최재서, 정지용, 김광균 등에 의해 수용 및 변용되어 왔다. 흄, 리챠즈, 엘리어트 등의 주지주의 요체가 이들에 의해 불연속적 세계관, 이미지즘을 중심으로 한 고전주의적 시관, 역사의식을 지니는 전통과 몰개성론, 정신분석학적 방법, 시와 과학에 대한 인식 등으로 받아들여지고 나아가 기교주의적 언술 행위로 시 텍스트에 변용되어 나타났다고 할 수 있다.

다다이즘이나 초현실주의적 양상은 고한용, 김인손 등에 의해 수용되어 졌다. 이들의 초현실주의적 지향은 반항과 부정에 그치는 것이 아닌 창조적 니힐리즘으로서의 새로운 정신, 즉 절망을 넘어선 절대의 세계에서 인간의 자유와 행복을 추구하는 의식의 혁명이라 할 수 있다. 따라서 이러한 초현실주의는 텍스트로의 변용 과정에서 언술 행위의 측면보다 언술 내용의 측면에 더 많은 강조점을 두게 된다. 그 대표적인 시인을 이 상과 삼사문학파라 할 수 있으며, 그들의 시가 보여주는 해체적인 양상들은 철저한 미적 회의에 의해서만 가능한 것이었다. 따라서 이 상에 있어서 선·악의 모든 전통적 개념은 위선인 것이며, 그의 시적 언술은 이 위선에 대한 풍자와 야유의 어조로 나타나게 되었다고 할 수 있다.

참고문헌

김기림, 『시론』, 백양당, 1947.

김욱동, 『모더니즘과 포스트모더니즘』, 현암사, 1992.

김윤식, 『현대시론비판』, 일지사, 1982.

김윤식 편, 『한국현대모더니즘비평선집』, 서울대 출판부, 1991.

정종진, 『한국현대시론사』, 태학사, 1988.

천소화, 「한국 쉬르레알리즘 문학연구」, 성심여대 석사논문, 1982.

최재서, 『최재서평론집』, 청운출판사, 1961.

한국현대문학연구회, 『한국현대시론사』, 모음사, 1992.

홍기삼 외, 『한국현대시인연구』, 태학사, 1989.

타자(他者)의 자화상

— 서정주 시의 담론적 의미 —

I. 서정주 시, 왜 타자(他者)의 문제인가?

우리의 현대 시문학이 걸음마를 시작한 이후부터 지금에 이르기까지 미당 서정주만큼 많은 이의 사랑을 간단없이, 그리고 온몸으로 받아 온 시인을 과연 어디에서 찾을 수 있을까? 그가 실로 거대한 뿌리로 우리 시단을 지탱하여 온 아름드리 버팀목의 존재임을 쉽게 부정할 수 있는 사람을 또한 몇이나 찾을 수 있을까? 이런 의미에서, 그는 비록 굴곡의 시대를 헤쳐왔다 하더라도 행복한 시인임에 틀림없을 것이다. 그러나 그는 말한다. 그를 키워 온 것은 "팔할(八割)이 바람"이었다고, 그리고 자신은 그 바람 속의 '떠돌이'일 뿐이라고.

서정주는 왜 한 평생의 행복한 시력(詩歷)을 이처럼 떠돌이의 역사라고 말하고 있는 것일까? 이에 대한 해답을 그는 친절하게 설명해 주지 않는다. 단지 독자의 자리에 서 있는 우리 앞에서 은유와 환유의 기호로 보여 주고 있을 뿐이다. 따라서 이 수수께끼에 대한 해명은 독자인 우리의 몫일 수밖에 없다. 이 수수께끼를 풀어 보고자 하는 욕망이 우리를 독자의 자리에서 떠나게 하고, 시인이 설계한 기호의 나라 속에

섞여 들게 한다. 이 '섞여 듦'으로 인해 비로소 우리는 기호 나라의 설계자이자 그 속에서 살아가는 한 시민이 되는 것이다.

설계자로서의 시인의 자리, 시민으로서의 화자의 자리를 대신하게 된 우리는 이제 모든 기호작용의 주체이기를 희망한다. 그리고 그 희망은 수많은 타자들, 즉 우리의 밖에 있는 '너', 혹은 우리의 내부에 엄존하고 있는 '나 아닌 나'와의 만남에 의해서 실현된다. 때로는 대립적이며, 때로는 보족적인 타자 기호와의 관계 속에서만 우리는 주체로서의 '나'일 수 있기 때문이다.

텍스트의 기호작용을 '담론discourse'이라 할 때, 문학의 담론 특히 시적 담론은 '언어의 기표'와 '이데올로기'와 '주체'라는 세 차원에서 동시에 응집되고 결정되는 조직체이다.[1] 주체에 관계하는 이 언어 기표와 이데올로기를 라깡은 타자(他者)로 명명한다. 그리고 라깡의 타자는 '실재' 상태로 존재하는 것이 아니라, 언어나 무의식과 같은 '타자성'으로 존재한다.

그렇다면 기호의 나라에 동참한 우리는 어떻게 해서 주체로 정립되는 것일까? 그것은 타자에 의해 타자의 내부에서 정의된다. 우리가 '나'를 주체화하는 과정이란, 타자의 관점에서 즉 상징적 질서의 관점에서 나를 보는 것이며, 타자의 관점에서 정의되는 나를 자신의 자아─이상으로 삼는 것이다. 결국 타자의 담론, 타자의 욕망이 정의하는 이미지를 받아들일 때, 우리는 주체의 자리에 서게 된다. 따라서 담론으로서의 시는 단순히 시인과 독자 사이의 매개물이 아니라, 주체와 타자를 관계짓는 구조물이라 할 수 있다.

모든 문학은 담론으로 기능한다. 때문에 모든 문학은 '타자성'으로부터 자유로울 수 없다. 이러한 명제는 이제 문학 일반론적 전제라 할 수

---

1) 이에 대한 자세한 내용은 Antony Easthope의 Poetry as Discourse(박인기 역, 『시와 담론』, 지식산업사, 1994.)를 참조할 것.

있을 것이고, 그렇다면 서정주의 시에서 굳이 타자의 문제를 들춰낸다는 것이 별 의미 없는 일일지도 모른다. 그럼에도 불구하고 이 글은 서정주의 시를 타자의 차원에서 읽으려 한다. 그 이유는 서정주의 시가 갖는 주체와 타자의 관계가 다분히 이중적이며, 그로 인해 시적 담론을 형성하는 기호체계 역시 겹구조를 이루고 있기 때문이다.

여타의 시와 다른 서정주 시의 이러한 특수성은 주체에게 주체로서의 시선보다 오히려 타자로서의 시선을 강요한다. 주체가 타자이고 타자가 주체인 착시현상, 즉 주체가 '타자의 타자'가 되고 마는 이러한 카오스는 결코 동일시라 할 수 없으며, 영원히 채워질 수 없는 주체의 결핍으로 남는 것이다. 그러기에 서정주는 그의 시에서조차 타자의 기호로 부유하는 영원한 떠돌이였던 셈이다.

애비는 종이었다. 밤이기퍼도 오지않았다.
파뿌리같이 늙은할머니와 대추꽃이 한주 서 있을뿐이었다.
어매는 달을두고 풋살구가 꼭하나만 먹고 싶다하였으나 …… 흙으로 바람벽한 호롱불밑에
손톱이 깜한 에미의아들.
甲午年이라든가 바다에 나가서는 도라오지 않는다하는 外할아버지의 숱많은 머리털과 그 크다란눈이 나는 닮었다한다
스물세햇동안 나를 키운 건 팔할(八割)이 바람이다.
세상은 가도가도 부끄럽기만하드라
어떤이는 내눈에서 죄인(罪人)을 읽고가고
어떤이는 내입에서 천치(天痴)를 읽고가나
나는 아무것도 뉘우치진 않을란다.

찰란히 티워오는 어느아침에도
이마우에 언친 시의 이슬에는
몇방울의 피가 언제나 서꺼있어

볕이거나 그늘이거나 혓바닥 느러트린
병든 수캐만양 헐덕이며 나는 왔다.

—「自畵像」 전문

　이 시는 화자인 '나'의 목소리로 대상을 질서화하는 독백적 담론으로
읽혀진다. 이처럼 화자가 현상적으로 드러나 있는 경우에는 주체의 서
정적 자아가 화자 기표인 '나'의 연쇄에 따라 결합되며, 각 결합관계축
의 최후명제인 "나는 아무것도 뉘우치진 않을란다.", "병든 수캐만양 헐
덕이며 나는 왔다."에 의해 주체로 정립되게 마련이다. 그러나 "어떤
이는 내눈에서 죄인을 읽고가고 / 어떤이는 내입에서 천치를 읽고가나"
에 오면 주체의 자리가 심각하게 도전 받고 있음을 느끼게 된다. 타자
의 시선을 의식하게 된 '나'는 타자 기표인 '어떤이'의 자리로 슬그머니
물러나는 것이다. 그리하여 객체가 되어버린 주체의 자화상을 타자의
시선으로 그려낸다.

　동일시를 상실한 채, 자신을 객체로 바라봐야 하는 그 결핍의 시선에
는, 따라서 죄의식과 애증이 묻어날 수밖에 없다. "가도가도 부끄럽기
만"한 세상을 살아가는 죄의식이 바로 자화상으로부터 읽어내는 '죄인'
과 '천치'의 기호이겠지만, 그 죄의식의 이면에서 "나는 아무것도 뉘우
치진 않을란다."라는 모순된 기호체계가 형성됨으로써 '나'와 '내 안의
나'는 영원히 합일될 수 없는 애증의 관계로 드러난다. 결국 '내'가 주
체이면서 또한 타자이기도 한 아이러니, 그것이 우리가 풀어야 할 수수
께끼의 열쇠인 것이다.

II. 원죄의식과 소외구조

우리는 『화사집(花蛇集)』의 거의 모든 시편들에서 예외 없이 '죄'와 계열체를 이루는 기표들을 만난다. 그렇다면 서정주 시의 행간에 깊숙이 자리잡은 이 죄의식은 어디에서 오는 것일까? 다시 「자화상(自畵像)」의 세계로 돌아가 보자. 서정주의 죄의식은 결코 경험적이거나 실재적인 데서 찾아지지 않는다. 즉, 그 죄는 '나'의 죄가 아니라 '내 안의 나'의 죄인 것이다. 이는 독보적인 위치에도 불구하고 미당 서정주 시인을 비판의 천칭대에 오르게 했던 요인이기도 한데, 그의 죄의식이 현실의 문제와는 일정한 거리를 둔 채, 인간의 숙명적 원죄에 뿌리를 내리고 있었던 까닭이다.

"손톱이 깜한 에미의 아들"로 그려지는 '자화상'은 오이디푸스적 원죄의식에 고뇌하는 인간상이다. 그리고 그 원죄를 씻어 줄 동일시의 대상인 '애비'는 동일시 자체를 불가능하게 하는 부정적이며 결핍된 대상, 즉 '종'이다. 다시 어머니의 아버지인 '外할아버지'로 향하게 되는 동일시의 욕망이 "나는 닮았다한다."라고 자기 확인을 시도해 보지만, 그 역시 "도라오지 않는" 결핍의 기호로써 동일시의 상실을 재촉할 뿐이다. 그러기에 이 시의 화자는 어디서 불어와 어디로 불어 가는지도 모른 채 떠도는 '바람'의 아들이자, 원죄에 병든 '수캐'일 수밖에 없다. 우리는 이처럼 「자화상」이라는 텍스트의 상징계를 통해서 타자 기표가 상상계적 동일시의 상실과 그에 따른 원죄의식의 또 다른 기호임을 엿보는 것이다.

프로이트의 정신분석이론을 수정 발전시킨 라깡은 새로이 상상계, 상징계, 실재계의 개념을 도입한다. 그는 소외를 불러일으키지만 여전히 기표와 기의의 합일을 꿈꾸는 나르시시즘적 거울단계를 '상상계', 그 '차이'에 기반을 둔 언어적 상징 질서를 '상징계', 상징 질서로 환원되지 않으면서 그 질서 속에서 사후적으로 의미가 만들어지는 침묵의 세계를 '실재계'라 부른다.[2] 한편 프로이트의 또 다른 계승자였던 허버트 리드는 예술작품의 창작 과정을 설명하면서, 무의식은 예술적 영감의 근원이며, 자아는 그 형식적 종합과 통일을 이루게 하고, 초자아는 이데올로기나 도덕적 방향성을 창조한다고 설명한다.[3] 우리는 이들의 논의에 일정한 상동성이 있음을 간파할 수 있다. 이들의 개념을 조합할 경우, 시 창작 과정을 다음과 같이 도식화할 수 있을 것이고, 서정주의 시가 이러한 도식에 매우 적합하게 대응되는 모델임을 발견하게 된다.

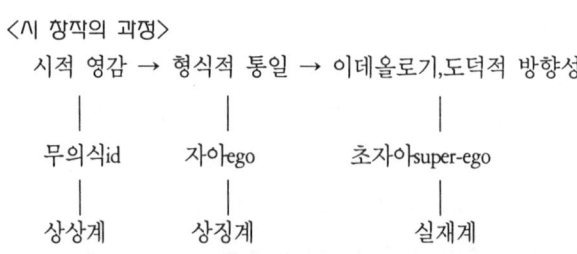

〈시 창작의 과정〉
시적 영감 → 형식적 통일 → 이데올로기,도덕적 방향성

무의식id   자아ego   초자아super-ego

상상계   상징계   실재계

　서정주의 시에서 이러한 창작 과정 또는 담론 원리를 가장 잘 보여주고 있는 작품으로 「화사」를 들지 않을 수 없다. 「화사」는 또한 서정주의 원죄의식이 상징적 질서 속에서 얼마나 다양한 타자 기표로 기호화될 수 있는가를, 그리고 그 타자로부터 시적 화자의 주체성이 얼마나 심각하게 도전 받을 수 있는가를 격렬한 몸짓으로 강변하고 있는 작품이다.

2) Jacques Lacan, The Ethics of Psychoanalysis, trans. Dennis Porter (London : Routledge, 1992), p.55 참조

3) Hebert Read, Collected Essays in Literary Criticism (London : Faber, 1951), p.37.

麝香 薄荷의 뒤안길이다.
아름다운 베암 ……
을마나 크다란 슬픔으로 태여났기에, 저리도 징그라운 몸둥아리냐

꽃다님 같다.
너의 할아버지가 이브를 꼬여내든 達辯의 헛바닥이
소리잃은채 낼룽그리는 붉은 아가리로
푸른 하늘이다. …… 물어뜯어라. 원통히무러뜯어.

다라나거라. 저놈의 대가리!

돌 팔매를 쏘면서, 쏘면서, 麝香 芳草ㅅ 길
저놈의 뒤를 따르는 것은
우리 할아버지의안해가 이브라서 그러는게 아니라
石油 먹은듯 …… 石油 먹은 듯 …… 가쁜 숨결이야

바눌에 꼬여 두를까부다. 꽃다님보단도 아름다운 빛 ……
크레오파투라의 피먹은양 붉게 타오르는 고흔 입설이다 …… 슴여
라! 베암.

우리순네는 스물난 색시, 고양이같이 고흔 입설 …… 슴여라 ! 베암.
　　　　　　　　　　　　　　　　　　　　　－「花蛇」 전문

　「화사」는 다분히 보들레르의 「악의 꽃」을 연상시킨다. 제목부터가
그렇다. 고답파(高踏派)의 이성주의에 반기를 들고 개성적 감성에 의해
'만상의 조응'을 이루고자 했던 상징주의 시인 보들레르의 체취가 서정
주의 시에서 풍겨나고 있음은 우리에게 시사하는 바 크다. '만상의 조
응'이란 무엇인가? 그것은 주체의 객체화에 다름 아니다. 주체의 객체
화를 전제하지 않고 우주 만상의 조응을 기대할 수는 없다. 그리고 주

체의 객체화란 곧 타자성에 의한 상징적 질서의 재구축이라 할 것이다. 그러기에 보들레르의 뒤를 이은 랭보가 지고무상한 '견자(見者)'의 자리를 시인의 궁극적인 자리라 하지 않았겠는가.

「화사」는 '뱀'으로 기호화된 감성적 관능의 꿈틀거림을 섬세한 감각으로 묘사한 시다. 그리고 모든 기호체계를 뱀으로부터 야기된 원죄의식, 즉 타자성이 지배하고 있다. 이 시를 각 행과 연으로 이어지는 결합관계의 축에서만 보면, 주체가 객체인 '뱀'을 강력히 조종하고 주체화하는 절대주체의 담론처럼 보인다. 그러나 이 시가 근본적으로 창세신화에 대한 은유적 상상력에 의존하고 있다는 점을 상기하여 보자. 그럴 경우, 우리의 시선은 언어기호의 계열관계축으로 옮겨지게 되고, 오히려 주체를 객체화시킨 절대타자의 자리에서 우리의 담론이 수행되고 있음을 발견하게 될 것이다.

아담과 이브의 창세신화를 기억하고 있는 우리에게 뱀은 단순한 파충류 동물이 아니다. 인간으로서의 욕망을 실현시킨 중개자이며, 동시에 원죄의 씨앗을 뿌리게 한 악의 화신이 바로 우리가 뱀에 부여한 이미지이다. 사탄의 변신인 뱀의 유혹에 빠져 신의 뜻을 거스른 아담과 이브는 그들의 낙원, 즉 평화와 자유를 박탈당한다. 낙원 상실의 세계는 이제 동일시를 상실한 타자의 세계일 수밖에 없다. 따라서 낙원이라는 상상계로부터 인간 세상이라는 상징계로 추락한 우리에게 원죄는 끊임없이 우리의 주체를 주시하는 타자의 시선으로 작용하는 것이다. 그리고 원죄의 중개자인 타자로서의 '내 안의 나'는 원죄의 수행자인 주체로서의 '나'에게 욕망을 실현시키도록 명령한다. "슴여라! 베암."이라고 끊임없이 외친다. 마치 에덴동산에서 사탄이 이브를 유혹하던 그날처럼.

　해와 하늘 빛이

문둥이는 서러워

보리밭에 달 뜨면
애기 하나 먹고

꽃처럼 붉은 우름을 밤새 우렀다.

　　　　　　　　　　　　　　　－「문둥이」 전문

　위의 시 역시 서정주의 원죄의식이 타자 기표로 기호화되어 상징적
질서를 이루고 있는 작품이다. 다시 말해, '문둥이'는 타자로 그려지는
서정주의 자화상인 셈이다. 라깡은 타자를 "친밀하면서도 낯선 것"이라
부른다. '내 안의 나'이기에 친밀하지만, '나'와의 사이에서 결핍된 실재
와 욕망의 소외구조를 초래하는 것이기에 이질적이다.[4] 따라서 상징계
에 현현된 타자 기표의 의미는 다분히 이중적이며 은유적일 수밖에 없
다. 이 시에서 '문둥이'는 「화사」의 '뱀'과 마찬가지로 실제적 대상이라
기보다는 원죄로서의 천형을 타고난 내 안의 타자이다. '해와 하늘 빛'
이 상실해 버린 낙원의 기호라 한다면, 보리밭에 뜨는 '달'은 인간 세상
의 욕망을 매개한다. 그러기에 우리의 타자는 에덴동산에서 금단의 과
일을 따먹듯이 '애기' 하나 먹고 "꽃처럼 붉은" 욕망에 몸을 떤다.
　어떤 이는 서정주의 초기시가 이처럼 인간의 야성적 육욕을 솔직하
게 노래하고 있다는 점에서 어느 서정시인보다도 리얼리스틱하다고 말
하지만, 이러한 평가는 온당치 못하다. 서정주의 시가 리얼리즘의 요건
중 '진실성'은 만족시키고 있을지 모르나 '사실성'까지도 담보하고 있
는 것은 아니기 때문이다. 리얼리즘 시는 시적 영감을 현실의 문제에서
떠올려야 한다. 그러나 서정주의 시적 영감은 무의식 속의 원죄에 그

---

　4) 이에 대해서는 마단 사럽 저, 김해수 역, 『알기 쉬운 자끄 라깡』(도서출판
　　백의, 1996), pp.153~158을 참조할 것.

기반을 두고 있다는 점이 이를 대변한다. 오히려 이러한 읽기 과정에서 우리의 주목을 끄는 것은 주체가 철저하게 소외되어 있다는 점이다. 즉, 주체의 이데올로기가 적극적으로 대상을 의미화하지 않고, 오히려 객체로 전도되어 타자의 이미지로만 드러나 있는 독특한 반 리얼리즘적 담론 방식을 우리는 보게 된다.

한편, 시적 상징계에서 이루어지는 이와 같은 주체의 소외구조는 여기에서 그치지 않고 '내 안의 타자'가 아닌 '내 밖의 타자'로부터 야기되는 데까지 나아가기도 한다. 아래의 작품들이 바로 그러한 경우이다.

> 꺼져드는 어둠속 반딧불처럼 까물거려
> 정지한 <나>의
> <나>의 서름은 벙어리처럼 …….
>
> 이제 진달래꽃 벼랑 햇볕에 붉게 타오르는 봄날이 오면
> 벽(壁)차고 나가 목메어 울리라! 벙어리처럼.
> 오-벽아.
>
> - 「벽(壁)」에서
>
>
> 우리 아버지와 어머니에게 또 나와 나의 안해될사람에게도
> 분명히 저놈은 무슨 불평을 품고있는것이다.
> 무엇보단도 나의시를, 그다음에는 나의표정을, 흐터진머리털 한가
> 닥까지, …… 낮에도 저놈은 엿보고있었기에
> 멀리 멀리 유암(幽暗)의 그늘, 외임은 다만 수상한 주부(呪符).
>
> - 「부흥이」에서
>
>
> 보지마라 너 눈물어린 눈으로는 ……
> 소란한 홍소(哄笑)의 정오 천심(正午 天心)에
> 다붙은 내입설의 피묻은 입마춤과

무한 욕망(無限 慾望)의 그윽한 이 전율(戰慄)을 ……
                          ―「정오(正午)의 언덕에서」에서

   위의 시들에서는 주체와 타자 사이의 관계가 내재적으로 읽혀지지
않고 외재적으로 읽혀진다. 이 시들의 타자는 주체에게 외적 억압을 가
하고 있는 '벽'이고, 낮에도 나의 시와 표정과 머리털까지 엿보고 있는
'부흥이'이며, 욕망에 떨고 있는 나를 바라보고 있는 '너'이다. 따라서
이들 타자의 시선을 의식한 주체는 그 억압받는 모습을 '<나>'의 기표
로 형상화하거나, 타자의 목소리를 수상한 주문 부호(呪符)나 아닐까 의
심하며, 또한 "보지마라"고 외치면서 타자의 시선 자체를 거부한다. 이
처럼 타자의 위치가 주체의 밖에 설정됨으로 인해, 주체와 타자는 이제
서로의 시선을 의식하는 개별자가 되는 것이다. 그런 만큼 결합관계축
의 연쇄를 따르는 주체는 그 정합성을 강화하지만, 그럴수록 상대적으
로 타자의 정합성 역시 강화되는 것이어서, 주체와 타자의 거리는 '친
밀함'보다는 '낯선' 관계로 유지된다. 즉 「화사」나 「문둥이」의 소외구
조가 모순적 갈등의 양상으로 드러나는 반면, 「벽」, 「부흥이」, 「정오의
언덕에서」의 소외구조는 배타적 대립의 양상으로 드러나고 있다. 이러
한 점은 서정주 초기시의 담론 수행이 서로 다른 두 가지 틀에 의해 진
행되었음을 의미하는 것이라 할 것이다.

Ⅲ. 설화 모티브―'주체 / 타자'의 매개항

   우리는 지금까지 『화사집』을 통해 서정주의 초기시가 보인 주체와
타자 사이의 분열 양상을 원죄의식과 소외구조라는 측면에서 검토하여

왔다. 그러나 심각하게까지 보였던 '주체 / 타자'분열 양상은 『귀촉도(歸蜀途)』이후 『질마재 신화(神話)』에 이르는 그의 시력(詩歷)에서 코페르니쿠스적 전환을 이루게 된다. 그렇다면, 이 시기의 시들에서 보여지는 주체 회복의 징조를 타자성의 상실로 설명할 수 있을 것인가? 일면, 이 시기의 시들은 『화사집』의 원죄의식으로부터 벗어나 있는 것으로 보인다. 즉, 초기시에서 보였던 육체적 정열과 강렬한 관능이 눈에 띄게 제거되어 있고, 생활과 현실의 환경으로 눈길을 돌리고 있으며, 기표의 결합관계축을 따라 주체의 이데올로기가 이동되고 있음이 사실이다. 그럼에도 불구하고 우리는 서정주의 시에서 보여지는 그 생활이, 또 현실에 대한 수동적 긍정의 태도가 일종의 도피주의와 멀지 않은 거리에 있다는 생각을 떨쳐내기 어렵다. 그것은 우리에게 『귀촉도』의 타자가 좀더 은밀한 곳에서 주체를 응시하고 있으리라는 의심을 지울 수 없게 한다. 비록 이 시기의 시적 주체가 정돈과 재기의 몸짓을 보이고 있다고는 하나, 초기의 서정주에게 내려졌던 원죄의 형벌이 아직은 남아있는 상흔으로 발견되기 때문이다.

어찌되었든 『귀촉도』이후의 서정주 시가 주체와 타자 사이의 갈등과 대립을 해소시키고자 하고 있음은 분명한 사실이다. 서정주는 그 길을 타자의 무력화가 아니라 타자성의 완화에서 찾고 있었다. 그리고 이러한 시적 전환을 가능하게 한 것이 동양의 일원론적 세계관이다. 초기시에서 보여지던 주체 분열 현상이 기독교적 원죄의식과 보들레르의 전이에 기인한 것이라면, 이제 서정주시는 동양정신에 기초한 화해의 길을 모색하고 있는 것이다. 동양정신이라는 범주 속에서 서정주는 불교, 도교, 샤머니즘, 신라정신 등으로 살아나는 설화 및 신화 모티브를 적극적으로 차용하고 있다. 그리고 이를 통해 그의 내부에서 타자로 자리하고 있던 원죄의식과 인간적 욕망의 악마주의에 윤색을 가하며, 주체의 자리 찾기를 시도하고 있다고 볼 수 있다. 따라서 이러한 설화 및 신화 모티브는 주체와 타자가 만나는 접점이자, '주체 / 타자'의 갈등과 대립을 완화시키는 매개항으로 기능하고 있는 셈이다. 서정주 시를 텍스트로 한 우리의 독서 과정, 즉 주체로서의 담론 수행 과정에서 이제 우리는 알게 모르게 설화적 조건에 좌우되며, 또한 그 설화 기호의 은유적 의미에 관여하게 된다.

우리들의 사랑을 위하여서는
이별이, 이별이 있어야 하네

높었다, 낮었다, 출렁이는 물ㅅ 살과
물ㅅ 살 몰아 갔다오는 바람만이 있어야 하네.

오―우리들의 그리움을 위하여서는
푸른 은하ㅅ 물이 있어야 하네.

도라서는 갈수없는 오롯한 이 자리에
불타는 홀몸만이 있어야 하네!

직녀(織女)여, 여기 번쩍이는 모래밭에
돋아나는 풀싹을 나는 세이고 ……

허이언 허이언 구름 속에서
그대는 베틀에 북을 놀리게.

눈섭같은 반달이 중천에 걸리는
칠월 칠석이 도라오기까지는,

검은 암소를 나는 먹이고

직녀여, 그대는 비단을 짜세.

―「견우(牽牛)의 노래」 전문

이 시는 '견우 직녀 이야기' 설화를 모티브로 하고 있다. 시 전체의 담론체계를 뉴크리티시즘의 기수였던 브룩스의 말을 빌려 '잘 빚어진 항아리'라고 명명할 때, 그 항아리 속에는 여러 질료들로 만들어진 하나의 내용물이 들어 있다. 그리고 그 질료들 중에는 스스로 다른 질료들을 통제하고 내용물의 가치를 결정하는 주된 성분이 있게 마련이다. 詩라는 항아리 속에서 기능하는 이 주된 질료를 우리는 '구조적 지배소'라 부른다. 그렇다면 이 시의 구조적 지배소는 무엇인가?

이제 「견우(牽牛)의 노래」라는 항아리로 다가가서 그 안을 들여다보자. 수많은 질료의 기표들로 시선을 옮기다 보면, '견우 직녀 이야기'가 모든 질료들을 질서화하고 있다는 사실을 어렵지 않게 발견하게 될 것이다. 또 어느 순간, 항아리 속의 내용물에 반사되고 있는 우리의 얼굴을 보게 될 것이다. 항아리 밖에서는 볼 수 없었던 나의 얼굴, 그러나 결코 '나'일 수 없는 그 얼굴이 곧 우리의 타자이다. 주체로서의 나와 숨겨진 타자로서의 나는 항아리 속 '견우 직녀 이야기' 설화를 통해 만나고 매개된다.

이 시의 전반 네 연과 후반 네 연이 갖는 의미의 양상은 사뭇 다르다. 전반 네 연은 '주체/타자'의 갈등 국면을 드러내고 있다. 우선, 타자의 욕망 기표인 '사랑'과 주체의 이데올로기 기표인 '이별'이 모순어법 속에서 갈등을 초래하고 있으며, 이러한 갈등은 이어서 '물ㅅ 살/바람', '그리움/은하ㅅ 물', '오롯한 이 자리/불타는 홀몸'의 모순관계를 형성한다. 그러나 이러한 갈등은 각 연 끝의 "있어야 하네."라는 주체의 이데올로기적 당위성에 의해 기표들의 후면에 숨겨진 채 내연하고 있다. 이는 다음 후반부에서 주체와 타자가 화해의 길을 모색하리라는 징조를 우리에게 전달한다.

후반부에 오면, 본격적으로 설화의 세계가 펼쳐진다. 그리고 그 설화의 세계 속에서 주체와 타자는 하나가 된다. 그리하여 "돋아나는 풀싹을 나는 세이고……", "그대는 베틀에 북을 놀리게.", "七月 七夕이 도라오기까지는", "검은 암소를 나는 먹이고"와 같이 화해와 기다림의 이미지로 기표화된다. 이처럼 『귀촉도』이후의 타자는 바로 욕망의 절제를 위해 설화 속에 숨어들고, 설화로 인해 자기 소외와 원죄로부터 화해할 수 있었던 것이다. 따라서 서정주 시에서의 설화 모티브는 담론체계를 주도하는 구조적 지배소임과 동시에 주체와 타자의 갈등과 대립을 완화시키는 완충지대, 곧 매개항이라 할 수 있다.

서정주의 시에서 순수 대상은 아무런 의미도 없을 뿐만 아니라, 존재하지도 않는다. 모든 대상은 설화나 신화적 세계 속에서만 의미로울 수 있고, 주체와 타자 역시 그 속에서 갈등하고 화해한다. 이는 초기시로부터 후기시에 이르기까지 변하지 않은 법칙이었다. 단지 초기시에서는 서구의 신화가 선택되었고, 그 양상이 갈등과 대립으로 드러났다는 점이 중·후기시와 다를 뿐이다. 설화나 신화의 시간은 과거의 시간이며, 그 공간 역시 비실재적인 초월공간을 지향한다. 이런 점에서 서정주시는 시종일관 현실 문제와 일정한 거리를 두고 있었다고 볼 수 있다.

우리에게 너무나 잘 알려져 있고, 그의 시 중에서 비교적 대상성이 두드러진 작품이라 인정되는 『서정주 시선』의 「국화 옆에서」까지도 초월적 우주론에 바탕을 두고 있다는 점이 이를 잘 대변해 준다. 「국화 옆에서」에는 어떤 구체적인 설화가 등장하지는 않는다. 그럼에도 불구하고 거기에는 소쩍새에 얽힌 설화적 변용이 보여지고, 우주 탄생의 세계관이 겹쳐지고 있다. 그리고 이러한 매개 설화의 시간과 공간 속에서 주체는 "머언 먼 젊음의 뒤안길에서 / 인제는 돌아와 거울앞에 선" 내

누님처럼 자신의 타자를 관조하고 또 화해한다. 이는 「귀촉도」에서 "그대 하는 끝 호을로 가신 님"으로 표상된, 애절하지만 절제된 비애의 세계보다도 한 걸음 더 나아간 주체 회복의 시라 할 수 있다.

이처럼 서정주의 중·후기시는 타자와의 화해를 통해 현실과 인생에 대한 긍정적 자세를 취하고 있다. 이제 그는 모든 세상사를 "괜찮타,…… / 괜찮타, …… / 괜찮타……"(「내리는 눈발 속에서는」)고 받아들이고, "누이의 수(繡)틀 속의 꽃밭을 보듯 / 세상을 보자"(「학(鶴)」)고 말한다. 그러나 그의 시에서 주체와 현실이 균제 상태를 이루는 것도 잠시일 뿐, 그는 곧 순정한 설화의 세계로 빠져들고 만다. 그 결과 그의 시들은 화해의 단계를 넘어 직시적 초월을 지향하며, 심지어 주체의 인격과 설화 속 인물의 인격을 동일시하기까지 한다. 매개항으로서의 설화 모티브가 곧 서정주 시의 모든 것을 대변하는 겹구조를 이루게 된 것이다. 서정주는 우리가 지적하고 있는 설화 모티브 시에 대해, 그리고 그의 시적 여정에 대해 다음과 같이 언급한 바 있다.

> 내게 있어 현실의식이란 목전의 현대만을 상대하는 그것이 아니라 人類史의 과거와 현대와 미래를 전체적으로 상대하는 '역사의식(歷史意識)' 그것인 것이다. 그리고, 이것은 간헐적으로 역사적 기록을 가끔 생각해보는 그런 의식이 아니라 역사의 中流에 처해 있는 것이라는 항시 자각된 의식이다.
> …… (중략) ……
> 나는 공간의 어느 좁쌀만한 면적에도, 허무를 둘 수 없이 되고 시간의 전체를 선인들과 후손들과 같이 가는 데 여정으로 삼고 있다.[5]

위의 글에서 서정주는 현실의식과 역사의식을 동일 개념으로 생각하

---

5) 『현대문학』, 1964년 9월호, p.38.

고 있다. 그리고 역사의 물결 한가운데에 자신이 처해 있다는 자각이 곧 현실의식이라고 말한다. 그러나 그의 원대한 구상처럼 그의 시가 역사의 격랑 한가운데서 힘차게 노젓기를 했다고 볼 수는 없다. 우리의 독서 과정에서 만나는 그의 역사는 결국 설화의 세계로 귀착되고 있었던 것이다. 설화는 그에게 있어 역사라기보다 일종의 종교였던 셈이고, 주체와 타자의 매개를 통한 자기 위안의 장에 다름 아니었다. 그러므로 『귀촉도』, 『신라초』, 『동천』, 『질마재 신화』를 관통하고 있는 그의 설화 모티브에는 고대정신과 신라정신으로 대표되는 또 다른 타자가 주체를 반사하고 있다고 볼 수 있다.

> 천길 땅밑을 검은 물론 흐르거나
> 도솔천의 하늘을 구름으로 날드래도
> 그건 결국 도련님 곁 아니예요?
> —「춘향유문(春香遺文)」에서

> 꽃아. 아침마다 개벽(開闢)하는 꽃아.
> 네가 좋기는 제일 좋아도,
> 물낯바닥에 얼굴이나 비취는
> 헤엄도 모르는 아이와 같이
> 나는 네 닫힌 門에 기대 섰을 뿐이다.
> —「꽃밭의 독백(獨白)—사소 단장(娑蘇 斷章)」에서

이 시들은 '춘향(春香)'과 박혁거세의 어머니인 '사소'의 목소리로 읊어지고 있다. 그리고 그 목소리를 통해 근원설화의 이데아였던 순환론적 윤회설과 영생의 의미를 설파한다. 따라서 우리가 독서해야 할 두 개의 시 항아리 속에는 온통 설화 모티브만이 채워져 있다 해도 과언이 아니다. 그 항아리들 속에서 우리는 '춘향'과 '사소'의 주체로 다시 현

신하게 될 것이고, 우리의 타자를 만나는 대신 춘향과 사소의 타자를 만나게 될 것이다. 그러므로 우리의 주체는 불가시(不可視)의 세계 속에서 공허한 허공을 떠돌 수밖에 없다. 이는 이들 시에서 보여지는 형식적 아름다움이나 상징 수법의 완성도에 대한 평가와는 별개의 사안이다.

시적 담론은 언술행위와 언술내용이라는 두 차원에서 동시에 조직되는 것이고, 담론 수행 과정에서 산출되는 의미 또한 현재적이어야 하기 때문이다. 그 의미가 현재적이지 못할 때, 독자의 정서로부터 역동적인 반응을 기대할 수 없다. 물론, 서정주 시인이 절묘한 언어적 리듬을 개발하고, 새로운 정신적 지향성을 시에 도입함으로써, 우리 시단에 어느 시인보다도 커다란 자취를 남겼다는 점은 부인할 수 없다. 그러기에 더더욱 설화 모티브의 시적 의미망을 살려 현재화하지 못한 채, 오히려 거기에 경사되고 말았던 그의 후기시에 진한 아쉬움이 남는 것이다.

Ⅳ. 리리시즘 속의 에포스

우리는 지금까지 서정주의 시에서 타자와 설화 모티브를 읽어 왔다. 이러한 독서과정에서 우리가 필연적으로 부딪칠 수밖에 없는 마지막 과제가 서정주 시의 리리시즘에 관한 일이다. 그리고 리리시즘의 정체 또한 타자와 설화 모티브의 차원에서 밝혀야 한다는 일이다. 서정시의 담론 주체가 실제적이고 개별적인 체험 방식을 따른다면, 타자는 항상 원초적이고 집단적인 체험 방식에 의존한다. 리리시즘은 곧 이 양자 사이의 갈등과 대립, 그리고 그 해소의 과정에서 파생된다고 할 수 있다.

슈타이거는 서정시를 주체와 대상이 서로를 왜곡, 변모시키는 상호 침투의 양식이라 규정한다. 나아가, 상호 침투로 인한 주체와 대상 사이의 간격 부재 현상이 곧 리리시즘이며, 이 간격을 메워 주는 것을 '회상'이라 부른다. 슈타이거의 '회상'은 라깡의 '타자'와 개념상의 유사성을 갖는다고 할 수 있다. 이런 점에서 서정주의 시는 우선 리리시즘의 본령에 충실해 있다.

그러나 문제는 서정주의 시에서 주체가 가시적인 대상과 상호 침투하지 않고, 불가시적인 설화 세계와 간격 부재를 이룬다는 점에 있다. 이는 다시 말해, 설화 모티브가 그의 시에 리리시즘을 형성시키지만, 역으로 리리시즘 역시 설화 모티브에 영향을 미쳐 원형으로서 설화가 아닌, 설화시 또는 구전서사시로서의 에포스적 성격을 갖게 하는 것으로 생각된다. 지금까지 우리가 독서하여 왔던 「화사」가 그렇고, 「견우(牽牛)의 노래」, 「춘향유문(春香遺文)」 등이 그렇다. 따라서 서정주의 시에 대해 즉물적 서정시라기보다는 즉자적 또는 에포스적 서정시라는 의미 부여가 가능해진다. 물론, 여기서 말하는 에포스는 서사시라는 장르 개념으로 쓰일 수 없다. 단지 설화세계를 모티브로 하고, 그 세계를 리리시즘에 의해 재구성하고자 하는 시정신 차원에서의 서사시 지향성을 의미하는 에포스이다.

서정주시에 있어서 에포스라는 액자화된 세계는 리리시즘의 근원이기도 하고, 또한 그 귀착점이기도 하였다. 『화사집』의 리리시즘은 창세신화라는 에포스의 세계에 그 뿌리를 내리고 있다고 할 수 있다. 창세신화는 인간 원죄에 대한 인식의 소산이며, 그 인식은 인류의 공동심상과 상상력에 기반을 두고 리리시즘을 산출한다. 따라서 이 시기의 서정주 시에서는 인간 본능의 원초체험, 즉 타자성이 리리시즘의 중심에 자리한다. 반면 『귀촉도』이후의 시에서는 오히려 에포스의 세계가 리리시즘의 최종 거점으로 설정되어 있다. 이 경우에는 무엇보다도 주체가 설화의 집약된 이념에 적극적으로 참여하여 설화 속의 인물과 매개를 이루고, 그 인물이 빚어내는 내적 갈등과 함께 교감하여야 한다. 따라서 이 시기의 리리시즘에는 에포스와의 정합성이 강하게 요구될 수밖에 없었던 것이다.

이상에서 살핀 바와 같이, 서정주 시인은 에포스의 세계에서 리리시즘의 육체를 불꽃처럼 살라 왔으며, 주체로서 그리고 타자로서 기나긴 시의 여정을 떠돌아 왔던 셈이다. 또한 독서 주체로 그 여정에 동참한 우리는 시인이 마련해 둔 형이상학의 질서 속에서 끊임없이 타자의 자화상을 읽어 왔던 셈이기도 하다.

열린 언술체계와 사랑의 뮤즈

― 1960년대 시조시의 서정과 담론 ―

I. 현대시조의 상호텍스트성

　현대시조, 특히 1960년대에 등단하여 이제는 우리 시조단에서 중견의 위치를 확보하고 있는 시인들의 작품을 접하면서 새삼스레 한국 시문학의 본체성에 의문을 가져야 하는 것은 무슨 까닭일까? 그것은 현대시조가 고시조와 자유시, 전통과 서구, 정형과 파격, 관념과 현실 등 겹겹의 이중구조 속에 자리하고 있기 때문일 것이며, 또한 그 구조 조정을 위한 고뇌의 몸짓들이 중견 시조시인들의 작품에서 끈끈하게 묻어나 있기 때문일 것이다.

　흔히 우리의 현대 시문학에 대한 논의는 1910년대 후반 서구 상징시의 영향을 받아 자유시로서의 몸체를 갖게 되었다는 데서부터 출발한다. 조선조 후기 사설시조의 존재와 그 의의를 인정하면서도 어쩌된 일인지 현대 시문학의 본체성을 논하는 자리에서는 시조의 역할이 항상 변두리로 밀려나 있기 마련이었다. 이런 현상에 대해 학계나 문단의 한 켠에서 식민사관에 입각한 문학사론이라거나 서구지향의 전통 단절론이라 지적하는 목소리가 있어 왔지만, 그 목소리가 문단 전체에 걸쳐 유용한 스펙트럼을 형성해 내지 못하고 있음도 사실이다. 그것은 이러한 목소리들이 自省을 동반하지 않은 채 비판에만 급급하여 왔기 때문이라는 것을 우리는 잘 알고 있다.

이런 점에서 몇몇 중견 시조시인들의 작품과 시론들은 필자에게 우선 반가움으로 다가 왔다. 그들은 전시대의 신시조나 혁신시조가 안고 있던 내재적 모순점을 갈파하고 있었으며, 한편으로 최근의 시조작품들이 보이고 있는 맹목적인 자유시화의 경향을 경계하는, 어쩌면 지극히 당연한 염려까지 곁들이고 있었다. 시조의 나아갈 길이 전통성이나 지속성에만 있는 것이 아니라, 시대정신과 삶의 체험내용을 보다 복합적으로 포괄하는 데 있다는 것, 그리고 전통의 진정한 의미 역시 현재적이며 창조적인 실천에서 찾아야 함을 우리가 자성적으로 받아들일 때라야만 현대시조는 우리 시문학의 본체성을 구유한 대표적인 장르로서 자리매김될 수 있지 않겠는가.

우리 시대 시조문학은 일차적으로는 고시조와, 다음으로는 현대시와 상호텍스트성inter-textuality의 관계에 있다고 볼 수 있다. 이는 현대시조가 장르적 성격으로서의 '시조성'을 잃지 않아야 할뿐만 아니라, 오늘에 현존하는 문학양식으로서 이 시대의 개성적 체험 방식을 반영해야 한다는 '현대성'의 문제로부터도 자유로울 수 없다는 것을 의미한다. 어느 비평가가 이를 가리켜 '시조적 질서'와 '개성적 질서'로 명명하고, 시조적 질서와 개인에 따른 개성적 질서 사이에 형성되는 이러한 충격이야말로 현대시조 특유의 서정성이라 말한 적이 있다.

이 비평가의 말을 군이 되새겨 보지 않더라도, 문학이 살아 숨쉬는 생명체와 같다는 사실은 어느 누구도 부인할 수 없는 고전적인 명제가 되어 버린 지 오래다. 문학의 살아 있음이란 다시 말해 역동적인 변화에 다름 아닐 것이다. 그렇다고 해서 이러한 변화의 개념이 문학양식의 파괴와 해체까지도 정당화해 줄 수 있는 것은 물론 아니다. 어디까지나 상호텍스트적 관계망 속에서의 변화여야 한다. 그래야만 역사적 전개 과정에 함께 하는 본체성의 발전과 창조적 변이를 가져 올 수 있기 때 문이다. 따라서 현대시조가 시조적 질서와 개성적 질서의 어느 한 편만 을 강조할 경우, 우리는 고시조와 같은 복고풍의 관념형 시조에 길들여 져야 하거나, 더 이상 시조이기를 거부한 자유시형의 모조품을 만날 수 밖에 없을 것이다.

필자는 김제현 등 1960년대에 등단한 시조시인들의 작품을 숙독하면 서 가능한한 이들의 작품들을 한데 아우를 수 있는 몇 개의 얼개를 찾 아보려 하였다. 그것은 같은 시대의 서로 다른 문학적 체험들도, 그들 이 의도하였든 의도하지 않았든 간에, 결국은 서로에게 기대어 있는 상 호텍스트적 존재라는 믿음 때문이기도 하다. 우리는 문학 스스로가 체 현하는 이러한 구조적 변이를 '체계화'라 부른다.

Ⅱ. 시조의 형식 문제와 언술체계

서로 다른 개성적 시편들을 대상으로 하여 한 시대의 문학적 현상을 조망하고자 할 때, 우리는 흔히 시상을 갈무리하는 방식, 즉 시적 언술 discourse의 정체를 밝히는 데서부터 그 작업을 시작하곤 한다. 시란 시 인 자신만의 자족적 대상이 아니라 엄연한 사회적 실체이며, 세계를 대 하는 시인의 태도에 따라 그 언술 방식이 뚜렷한 변별성을 갖기 때문이 다. 60년대 이후의 우리 시조들이 보여 주는 언술적 특성은 독자를 향 해 열려 있다는 점으로 요약될 수 있다.

반도 끄트머리
땅끝이라 외진 골짝
뗏목처럼 떠 다니는
전설의 돌섬에는
한 십년
내리 가물면
불새가 날아온단다.

— 윤금초, 「땅끝」에서

전체가 다섯 수로 이루어져 있는 윤금초의 「땅끝」 중 첫 수에 해당하는 이 시의 어디에서도 시조의 기본틀로부터 벗어나 있다는 흔적은 찾을 수 없다. 그만큼 이 시는 시조의 기본율과 3장구조에 충실해 있다. 그럼에도 불구하고 잘 써진 한 편의 자유시를 읽는 것처럼 파격의 신선함이 느껴지는 이유는 무엇일까? 그 의문의 실마리는 아무래도 시인의 말하는 방식, 즉 언술로서의 특성에서 찾아져야 할 것 같다. 시인의 서정적 자아가 話者persona라는 가면을 쓰고 시의 행간을 통해 독자와 직접 마주치는 존재라면, 시적 주체 또는 언술 주체는 시 밖에서 모든 언어와 행간을 조정하고 구조화하며 거기에 의미를 부여하는 존재이다. 우리는 이 시를 통해 화자의 노랫소리를 듣고 있는 것이 아니라, 언술 주체가 펼쳐놓은 한 폭의 아름다운 그림을 보고 있는 것이다. 적절한 행갈이를 통해서 외형율을 내재화시켜 보여주는 기교도 그러려니와, '돌섬'에 덧칠된 '뗏목'의 이미지와 원초적 始原의 세계를 떠올리게 하는 '불새'의 이미지들은 주체와 독자를 공간적으로 조우하게 하는 시적 효과라 하겠다. 신시조나 혁신시조를 포함한 과거의 시조들과 대비되는 이러한 언술적 변별성은 우리 시대 시조문학의 길에 놓여진 한 패러다임이라 보아도 좋을 것 같다.

달빛을 어르다가
암수끼리 어르다가

긴긴 밤 허리에 감고
당겼다 늦추었던

황진이
멋으로 꺾인
절벽에서 울었다.

한밤을 나르다가
산마루를 나르다가

목숨을 앗아가도
따를 수는 없다 하던

춘향이
절개로 뻗은
가지 끝에 앉았다.

　　　　　　－이우종, 「소쩍새 辭說」 전문

　　이 시 역시 '보여주기'를 시도하고 있다는 점에서 앞의 「땅끝」과 유사한 언술적 패러다임으로 살펴질 수 있다. 즉 "달빛을 어르다가 / 암수끼리 어르다가", "한밤을 나르다가 / 산마루를 나르다가"는 독자의 시선을 유도하는 장치이다. 시인은 자신의 뮤즈를 독자의 청각에 호소하려 하지 않는다. 오히려 이러한 유도 장치를 이용해 철저하게 억제된 뮤즈를 독자의 시각 앞에 제시하면서 자신은 그 이미지의 뒤편으로 숨어 버린다. 따라서 이 시에서의 시인은 자기 감정에 취해 애절한 가락을 읊어 대는 노래꾼이 아니라, 마치 능숙한 이야기꾼처럼 시적 대상과 언어

와 심지어 서정적 자아까지도 통제하는 언술 주체의 자리에 서 있는 것
이다. 서사적 문법에 의존하지 않고도 이야기일 수 있다는 것, 시조의
기본율에 의거하면서도 그림처럼 보여질 수 있다는 것, 그 가능성이 이
시를 통해 확인되는 셈이다.

한편 윤금초의 「땅끝」과 이우종의 「소쩍새 辭說」은 이와 같은 언술
적 유사성에도 불구하고 통사구조상의 차이를 갖고 있다. 「땅끝」은 각
각의 연을 구분하여 통사상의 독립성을 강조하면서도, 각 연 사이에 시
적 대상을 연쇄시키거나 대립시켜 의미의 연속성을 확보한다. '불새 →
인어 → 여자 → 여자의 宮門 → 날아간 새'로 이어지는 대상의 연쇄나
'땅끝 / 죽은 도시', '불새 여자 / 낯선 사내'와 같은 대립구조를 통해 시
인은 원초적인 삶과 始原의 세계에 대한 강렬한 희구의식을 드러내고
있다. 이에 반해 「소쩍새 辭說」은 1~3연의 첫 수와 4~6연의 둘째 수
가 완전한 대칭구조를 이루고 있다. 기표의 대칭에 따른 기의의 반복,
'소쩍새'로 대치된 서정적 자아의 대상성 강화 등과 같은 이러한 언술
방식은 독자에게 수동적인 해석자가 아닌 능동적인 창조자이기를 요구
한다 하겠다.

　　　저무는 밭머리에
　　　세상 일 흘려두고

　　　해묵은 인정 속에
　　　놀 타듯 취한 이 밤

　　　창밖에 설레는 달도
　　　기울 줄을 모른다.
　　　　　　　　　　　　　－ 김 준, 「고향을 가다」에서

살을 불지르며 아픈 정을 문지르며
돌 하나 피가 돌 듯 울음으로 감싸안은
긴 밤의 풀피리 소리 천지간의 내 소리.

　　　　　　　　　－이근배, 「가을의 書」에서

뎅그렁 바람따라
풍경이 웁니다.

그것은, 우리가 들을 수 있는 소리일 뿐,

아무도 그 마음 속 깊은
적막을 알지 못합니다.

　　　　　　　　　－김제현, 「風磬」에서

　위의 시들은 윤금초나 이우종의 시와는 다른 차원에서 독자에게 열려 있다. 이 시들은 공간적 전체성보다는 시간적 직시성에 바탕을 둔 언술체계이기 때문에 보여주기의 수법이 두드러지지 않는다. 시에 있어서의 직시적 서정은 주체보다 화자를 통해 형상화되며, 회화적 효과보다 음악적 효과에 더 많은 기여를 하게 된다. 따라서 이 경우, 전통 서정시조의 질서와 정서에 그 맥이 닿아 있기 마련이다. 그럼에도 불구하고 위의 시들이 현대시조의 새로운 가능성을 열어제치고 있는 이유는 기본적인 형식률에 개성적인 의미율을 대입시켜 아름다운 변조를 읊어 내고 있기 때문이다. 다시 말해 이 시들은 그들만의 독특한 언술 원리에 의해 음악성을 실현시키고 있으며, 나아가 독자의 상상력을 자극하고 있는 것이다.

　김 준의 「고향을 가다」를 규범 문법으로 환원시켰을 경우, 각 장의 의미소를 내포하는 최후 명제는 '저물다', '해묵다', '기울줄 모르다'가

된다. 이 의미소의 위치로 인해 독자의 인식 지평은 초·중장에서는 전반부로, 종장에서는 후반부로 향하게 되며, 여기에서 律讀과 意讀의 긴장과 해소가 이루어진다. 형식률은 나아가려 하고 의미율은 돌아가려 하는 초·중장에서의 긴장이 종장에 와서 해소됨으로써 얻어지는 변조의 미학을 이 시에서 읽게 된다.

이근배의 「가을의 書」는 세우고(起), 펼치고(承), 맺는(結) 시조의 의미 전개 방식을 비교적 명확히 지켜 내고 있다. 그러나 이 의미 과정에서 더욱 중요한 점은 세움과 펼침과 맺음이 각각 두 번씩 일어나고 있다는 점이다. '불지르며 / 문지르며', '피 / 울음', '풀피리 소리 / 내 소리' 등의 복합적 의미화는 단선적 형식률에 복선적 의미율을 중층시켜 서정성을 강화하고자 하는 언술 주체의 의도적 산물이라 할 수 있다.

김제현의 「풍경」은 매우 독특한 언술체계를 보여 준다. 우선 형식률부터가 예사롭지 않다. 평시조의 기본 틀을 벗어나 있음은 물론이려니와, 종장의 음보수가 길어져 있다는 점에서 엇시조의 구성원리에도 딱히 들어맞지 않는다. 이는 중장과 종장의 교환구조로 보여 지는데, 이러한 형식 실험이 시조적 질서로부터 완전히 이탈하는 것을 방지하기 위한 시인의 고뇌를 엿볼 수 있는 곳이 바로 중장이지 않을까 한다. 초장이나 종장과 달리 중장을 분절시키지 않고 펼쳐 놓음으로써 세우고 펼치고 맺는 형식을 취하되, 그 의미의 맺음은 오히려 중장에서 이뤄지게끔 장치되어 있는 것이다. 이러한 불균형 속의 균형이야말로 현대사회를 살아가는 삶의 원리일 지도 모른다.

Ⅲ. 체험의 형상화와 서정적 뮤즈

사랑 없이 시를 쓸 수 있는 시인이 있을까?

대답은 분명하다. 그 사랑의 정체가 무엇이든 — 자기애여도 좋고, 인간애여도 좋고, 자유애여도 좋고, 불타는 정념이라도 무방하다 — 우리는 시 속에 사랑의 자리를 마련하고, 시를 통해 사랑의 목소리를 읽어낸다. 이 시대의 해체시가 아무리 사랑의 속박으로부터 벗어나고자 한다 할 지라도, 문명으로부터 버림받은 자기소외의 껍질들을 차가운 언어의 각질로 바꿔놓고 있다 할 지라도, 그것은 치밀어 오르는 사랑에 대한 반동의 시일 뿐, 부정의 시라 할 수는 없다. 그래서 지금까지의 시의 역사가 사랑의 뮤즈에 감응하는 정서적 태도의 변화에 따라 쓰여져 왔던 것 아니겠는가. 결국 사랑의 '의미 찾기'야 말로 숱한 시인들이 원죄처럼 짊어져 온 존재성이라 할 것이다.

> 한잔 술 등불 아래 못달랠 건 정일레라
> 세월이란 푸섶 속에 팔베개로 지쳐 누은
> 당신은 귀뚜리던가 내 가슴에 울어 쌓네.
> — 정완영, 「가을 아내」에서

> 신발 끌리는 소리에 내 유년이 묻어오고
> 없어도 좋은 애기들이 기를 쓰고 자라는데
> 창 밖을 기웃대는 인적이 비에 젖고 있었지.
> — 류제하, 「변조·1」에서

> 임이라면 임이여 너, 한바다 어느 웅숭깊은 데로 틀고 갔길래 천리

바깥꺼정 그 소리 오는가.
몸 둘 데 없는 바깥 떠돌다가 떠돌다가
뜨는 달 그 되어 와도 고자누룩히 안을 운다.
　　　　　　　　　　　　　－서 벌, 「가야금」에서

　시적 대상에 대해 애틋한 사랑의 눈길을 보내고 있는 이러한 시들에
있어서 대상은 더 이상 대상 그 자체가 아니다. 서정적 자아에 의해 상
태화되어버린 대상은 이제 언어의 가면을 쓰고 울려 나는 가누기 힘든
뮤즈이다. 그러기에 "당신은 귀뚜리"일 수 있고, "없어도 좋은 얘기들"
이 다시 사랑의 이야기로 변하며, 가야금 소리에도 "고자누룩히" 울음
울 수 있는 것이다. 사랑과 비애가 만나는 지점, 그곳은 바로 인간의 가
장 근원적인 삶의 공간이다. 이 공간에서 피어나는 노래가 곧 서정시임
은 의심의 여지가 없다. 서정시는 서정적 자아의 공간 인식이 직시적인
가 통시적인가에 따라, 또 내부 지향적인가 외부 지향적인가에 따라 다
시 주정적 서정시와 주지적 서정시로 나뉘어 진다. 이에 비추어 볼 때,
위의 시들은 직시적이며 내부 지향적인 경향이 뚜렷하다는 점에서 전
자에 해당하며, 아울러 우리의 전통 정서에 그 맥이 닿아 있다 하겠다.
　반면 아래의 시는 사뭇 다른 모습으로 서정세계를 형상화해 내고 있다.

　벽을 지고 앉으면
　일어서는 또 하나의 벽
　목숨의 덩굴손만
　덧없이 자라는데
　투신할
　한 평 땅도 없이
　나는 한갓 떠도는 섬.

입덧난
한 그루 盆을
창가에 옮겨 놓고
실뿌리만 무성한
내 가슴을 들여다 본다
긴 긴 밤
낯질 일삼는
손길인 듯
불길인 듯.

　　　　　　　　－진복희, 「아파트」 전문

이 시는 일상의 체험을 형상화한 섬세한 서정성과 치열한 시의식이 돋보이는 보기 드문 수작이다. 벽으로 인해 격리되고 벽 사이에서 소외된 존재인 서정적 자아는 결국 "투신할 / 한 평 땅도 없"는 부재 상황에 이르게 된다. 그러나 이러한 소외와 부재만을 보여 주는 것으로 만족했다면, 이 시는 아무런 시적 감흥도 일으키지 못했을 것이다. 삶에 대한 끊임없는 애착과 회한의 정서를 '목숨의 덩굴손'으로 대비시킴으로써, 서정 자아는 비로소 뮤즈의 진폭을 노래하는 시적 화자일 수 있었던 것이다. 다음 연에서 서정 자아는 "실뿌리만 무성한" 한 그루 '盆'으로 전이된다. 그리고 그 '盆'을 "창가에 옮겨 놓"는 것은 소외와 부재의 대상을 따뜻한 사랑으로 감싸고자 하는 극복의 의지이다. '창'은 사랑의 통로이자 극복을 위한 매개항인 까닭에, 화자는 "손길인 듯 / 불길인 듯" 소중하게 생명의 잎을 키워 가고 있는 것이다. 앞의 시들이 화자와 서정 자아를 동일시하고 있다면, 이 시는 서정 자아를 화자로부터 분리시켜 대상화하고 있다. 이런 점에서 이 시는 직시적이라기보다는 통시적이다. 또한 자아ego의 양면성, 즉 페르소나persorna와 아니마anima의 두 측면을 적절히 균제시키는 지적 서정의 세계를 보여 준다.

서정성의 형상화 방식에 있어서 진복희와 같은 선상에 위치하고 있는 김제현의 아래 시는 그러나 사랑의 뮤즈를 초자아super ego의 범주로 확산시켜 내고 있다는 점에서 진복희와 그 양상을 달리 한다.

나는 불이었다. 그리움이었다.
구름에 싸여 어둠을 떠돌다가
바람을 만나 예까지 와
한 조각 돌이 되었다.

천둥 빗바람에 깨지고 부서지면서도
아얏, 소리 한 번 지르지 못하는 것은
아직도 견뎌야 할 목숨이
남아 있음이라.

사람들이 와 '절망을 말하면 절망'이 되고
'소망을 말하면 또 소망'이 되지만
억년을 엎드려도 깨칠 수 없는
하늘 소리. 땅의 소리.

— 김제현, 「돌·1」 전문

이 시에서의 서정 자아는 화자에 의해 철저하게 통제되어 있음을 볼 수 있다. '돌'에 투사된 서정 자아는 '나'라는 화자와 동일시를 이루고 있지도 않으며, 대등한 관계에 있지도 않다. 따라서 화자와 서정 자아는 초자아적 道德律에 의한 지배적 관계에 있게 된다. 화자는 서정 자아에게 천둥 비바람에도 "소리 지르지 못"하도록 억압하며, "견뎌야 할 목숨이 / 남아 있음"을 근엄하게 주지시킨다. 화자가 이처럼 초자아의 위치에 있게 됨으로 인해 돌(서정 자아)의 소리는 억년의 인고를 짊어진 "하늘의 소리. 땅의 소리."이자 견고한 고독의 소리일 수밖에 없다.

그러므로 '돌'이라는 대상을 통해 일어나는 사랑의 뮤즈는 자기애의 범주를 넘어 도덕적이고 사회적인 의미를 지향하게 되는 것이다.

　　마른 풀도 키를 낮춘 우금치란 언덕배기
　　뼈와 살 함성마저 바람으로 누워 있다.
　　일백 년 잡초의 사발통문 깨지 않는 깊은 잠.
　　　　　　　　　－이상범, 「역사 見聞錄·1」에서

　　동란 때 쏟아진 총성
　　피비린 혼절을 딛고

　　묵상한 반세기 너머
　　뼈대 하나 세워둔 채

　　솔방울
　　떨구는 자식들
　　사대부(士大夫)가 쓰러진다.
　　　　　　　　　－이은방, 「벌목장에서」에서

　　의붓어미 그늘에서 풀물 든 설움이야
　　뛻은 보릿고개 도토리랑 삼켰다마는

　　民籍에
　　퍼렇게 앉은
　　植民의 피는 못 지웠다.
　　　　　　　　　－박재두, 「쑥물 드는 신록」에서

　이 시들은 사회지향적 의미가 특히 강한 경우로, 초자아로부터 서정자아를 도출해 내는 역진적 서정성의 시, 즉 역사의식이나 현실인식의 시편들에 해당한다. 이는 전쟁과 혁명과 反혁명의 역사적 굴절기를 해쳐 온 세대로서 이 시대의 현실에 적극적으로 대응하고자 하는 서정적 태도와 서사적 의지에서 기인한 것으로 생각된다. 이 시들에서의 서정 자아는 각각 동학혁명과 6·25와 식민지 체험으로부터 출발하여 "깨지 않는 깊은 잠"의 현실로, "사대부가 쓰러지"는 현실로, 그리고 아직도 "植民의 피는 못" 지운 현실로 귀착하고 있다. 이처럼 서정 자아가 서사적 시간의 거리를 넘나들면서 일으키는 은유적 뮤즈 역시 사랑의 정서를 바탕으로 하지 않고는 불가능한 심리 기재일 것이다.

지금까지 우리는 60년대 등단 시조시인들의 대표작과 최근작을 중심으로 현대시조의 언술체계와 서정성의 특질을 살펴 온 셈이다. 사실, 여러 시인들의 다양한 개성이 스며있는 작품들을 몇 개의 범주 속에 아우른다는 것은 매우 어려운 작업일 뿐만 아니라, 일관적이지 못할 수도 있다. 또한 개별 작품마다의 독특한 체취와 속살을 흘려 버리고 말수도 있다. 그럼에도 불구하고 필자의 이러한 독법이 어느 정도 의미로울 수 있다면, 그것은 시 역시 시인과 독자 사이에 가로놓여진 의사소통의 매체인 것이고, 이러한 매체는 결국 시인과 독자와 시대와 사회 사이에 상호텍스트적 관계를 맺고 있어서 他者로서의 일반 독자를 제2의 언술 주체로 끌어들이는 계기가 될 수 있기 때문일 것이다.

이제, 그 동안의 독서 과정에서 우리 시조의 미래를 확신하면서도 끝끝내 떨쳐내지 못했던 아쉬움의 느낌을 질박한 愚問으로 대신하면서 이 글을 맺으려 한다.

시조는 시조를 위해 존재하는가, 삶을 위해 존재하는가?

찾아보기

서정시의 기호와 담론

인쇄일 초판 1쇄 2001년 6월 5일
　　　　2쇄 2015년 6월 3일
발행일 초판 1쇄 2001년 6월 10일
　　　　2쇄 2015년 6월 12일

지은이 김 동 근
발행인 정 찬 용
발행처 **국학자료원**
등록일 1987.12.21, 제17-270호

서울시 강동구 성내동 447-11 현영빌딩 2층
Tel : 442-4623~4 Fax : 442-4625
www. kookhak.co.kr
E- mail : kookhak2001@hanmail.net
ISBN 978-89-8206-599-6
가 격 14,000원